山东青年文学名家文库
山东省作家协会 编

LUGUOSHI
HEREN

艾 玛 作品

路过是何人

山东文艺出版社

图书在版编目（CIP）数据

路过是何人 / 艾玛著 . -- 济南：山东文艺出版社，2020.3

（山东青年文学名家文库）

ISBN 978-7-5329-6002-6

Ⅰ. ①路… Ⅱ. ①艾… Ⅲ. ①中篇小说—小说集—中国—当代②短篇小说—小说集—中国—当代 Ⅳ. ① I247.7

中国版本图书馆 CIP 数据核字 (2019) 第 273243 号

路过是何人

艾　玛　作品　　山东省作家协会　编

主管单位	山东出版传媒股份有限公司
出版发行	山东文艺出版社
社　　址	山东省济南市英雄山路 189 号
邮　　编	250002
网　　址	www.sdwypress.com
读者服务	0531-82098776（总编室）
	0531-82098775（市场营销部）
电子邮箱	sdwy@sdpress.com.cn
印　　刷	山东临沂新华印刷物流集团有限责任公司
开　　本	700 毫米 × 1000 毫米　1/16
印　　张	14
字　　数	208 千
版　　次	2020 年 3 月第 1 版
印　　次	2020 年 3 月第 1 次印刷
书　　号	ISBN 978-7-5329-6002-6
定　　价	48.00 元

版权专有，侵权必究。如有图书质量问题，请与出版社联系调换。

《山东青年文学名家文库》
编辑委员会

主　　　任：王红勇
常务副主任：程守田　姬德君　黄发有
副　主　任：李　军　葛长伟　陈文东　李运才
委　　　员（以姓氏笔画为序）：
　　　　　　王　伟　王方晨　王秀梅　东　紫
　　　　　　刘玉栋　孙书文　铁　流　张　继
　　　　　　张海珊　张晓楠

目 录

路过是何人 ············ 1

浮生记 ············ 13

一只叫得顺的狗 ············ 22

菊花枕 ············ 35

万金寻师 ············ 45

有什么事在我身边发生 ············ 56

诉与何人 ············ 69

白日梦 ············ 110

相书生 ············ 130

市场街少年的芭蕾舞 ············ 143

远大的前程 ············ 153

被埋没的神 ············ 164

陶父吟 ············ 178

船长的船 ············ 191

小马过河 ············ 201

路过是何人

二位请，请进！

饺子立马就好，请先喝杯茶解解乏。客人您好眼力！是的，我这店是百年老店，货真价实的百年老店！您瞧这副老牌匾，香楠阳刻，红漆泼衬，多少年前的手艺！方圆百里找不出第二块。您这一路上看见了不少百年老店吧？东街何师傅一天能刻一百多块有"百年老店"四字的铜字招牌呢，各种字样儿，随便挑。现如今这世道，不好说，别人嘛，我也说不好，我单说我自己——您瞧我这饺子！您瞧我这饺子上的褶子！可不是一般的褶子，有名有姓儿，叫个"马氏绉纱褶"，《澧洲志》上白纸黑字记着的，这可是我婆娘他们家祖传的手艺。我原本不姓马，这"马小二百年煎饺"的"马"，是我婆娘家的姓。嘿，是的，我是上门女婿，嘿嘿。不是我吹，我们这煎饺的手艺不是一天两天练成的，到我和我婆娘手上都传了六代了，镇长、书记还有所长们都常来的。今天早上他们还来过呢，瞧！您瞧这地上的烟头，中华的是镇长的，镇长抽中华；书记喜欢芙蓉王；工商所长抽精白沙。我小二不是瞎吹，这镇上，人人都晓得的，小二我不是个扯谎的人。

您先喝口茶。是的，暂时我们只有白菜肉馅的煎饺，客人您下次来，就可以吃上鱼肉馅的煎饺了。我们镇上的鱼老板陈七，在乡下水库里养出了扁担般长的四鼻金色鲤鱼，从鱼身上抽出来的腥线，做得了裤腰带。去年，陈七老板的鱼拿了个什么博览会金奖，政府要搞产业一条龙，很快，这一镇的人就要和鱼打上交道咯。我们要卖鱼肉煎饺，镇上还会有鱼肉米线、鱼肉锅盔、鱼肉火锅、涮鱼肉、炸鱼肉、烤鱼肉、鱼肉糕、鱼肉面、鱼肉丸子、鱼肉干什么的。鱼肉煎饺目前我还没做过，不敢说，但是这白菜肉馅的煎饺，等我煎好这一锅你们尝一尝就晓得了。我看你们也是见多识广的人，哪样好看的没看过？哪样好吃的没吃过？神仙也欺哄不了你们的，我有这个自知之明。不是我吹，我这煎饺的白菜肉馅可讲究着呢。白菜呢，是我们自己种的大白菜；肉，绝对不是死猪肉，也绝对不是血脖肉，我拿我的脑壳打包票！我这煎饺都是现包现煎，不是那些一水儿包出来撂冰柜里冻着的，一镇的人都晓得的，我婆娘天天从早到晚坐这儿包饺子，好比老母鸡抱蛋不挪窝。您别看我婆娘人长得黑糙，手也不白净，可我婆娘特爱干净，包的饺子就更干净，你们闭着眼吃都行。不是我吹，我婆娘这一手包饺子的手艺方圆几十里难找——婆娘你白眼我？嘿！黑糙是事实嘛，要我睁眼说瞎话？我又没有嫌弃你，你瞧你！我这不还夸你手巧嘛！嗨！瞧，瞧瞧，倒又笑了，女人心性！

　　是的，我们这个小镇叫太平镇，都说很快要改名鲤鱼镇了。你们刚刚路过的那座桥叫太平桥，也都说要改名鲤鱼桥。这些都是老百姓的闲话，政府不发文，就当不得真，您随便听一听。你们是头一回路过我们这里？你们从荆州来？还是从宜昌来？你们要到哪里去？过常德，去长沙？还是再往南走？你们的车牌是湘N，湘N……嘿！你们是怀化人——我们这里很少有怀化人路过。怀化距我们这里可不近，怀化往西就出了省界，往东就是邵阳，邵阳往东就是衡阳，衡阳往东……邵阳人恶得很！"暮投石壕村，有吏夜捉人"，邵阳的计生干部原先白天也捉人，现在不兴捉人了，改罚钱，破财能消灾，也是好的，也算是个道理。外面的事我多少晓得点儿，虽说我只是个卖煎饺的，但我每天看新闻联播，关心国家大事，天下兴亡，匹夫有责，不能不关心国家大事。

　　您问河里怎么没有船？嘿，不是所有的河里都有船的嘛，不过这河里原先倒也有船——婆娘你起身把狗赶一赶——以前有人从河里挖沙子，用船拖到津市去卖，也有人拖过津市下洞庭去卖，后来政府不让挖沙子了，说是再挖河岸就要垮了。您别看这河水不宽不急，可不敢随便下去，河底到处都是挖沙留下的坑，大坑套着小坑，水在底下是打着旋儿流的，人一不小心就给旋到坑里去，河里年年淹死人。游出来？怎么游出来？坑那个深哦，鱼下去也游不出来！去年还淹死了一个小女孩子，东街的，花朵儿似的，到河边摆个脚，滑下去就没了。人哪，值个什么。打官司？客人您这个说法好稀奇，死生有命，怪不得别人，打什么官司咯。年年淹死人的，没一家打过官司。告谁？挖沙的？嗨！人家早都不挖了。是的，您说得也对，总要讨个公道。只是小百姓嘛，自古都是讨米易，讨公道难，唐宋元明清，公道讨不真。不过呢，公道也不用讨，古人不是说了吗，公道自在人心。是的是的，古人也说了，世间最是人心恶，万事还需天养人。人心这个东西最是靠不住，人心——客人请放心，我们这里的人，心地都厚道得很，你们路过也好，歇下来耍两天也好，不会有什么事的。退一万步说，真要遇到点儿什么事，您就去派出所找王所长，什么事他搞不定？

王所长可不是一般人，他当所长这些年，这镇上可以说是风平浪静的，刚刚又打过黄赌毒，真真是太平得很！你们可以找个旅社，过一夜，明天顺道去城头山把古文化遗址看一看。城头山晓得不？国务院批准的国家级古文化遗址！总理亲笔题字！方圆千里独此一家！中国最早的城市不是北京，也不是上海，而是俺们这城头山，别看它现在是座荒山。世界上的事，都是三十年河东三十年河西——婆娘你先不要包饺子，起身把狗赶远些——刚打过黄赌毒，清静得很，你们只管歇一夜，把中国最早的城市看一看，不怕路过，就怕错过。一会儿吃完煎饺您去西边街上转一转，西街人称小东莞，洗脚按摩的二十四小时不歇业，吃完煎饺您可以去捏捏脚。哈！太太您放宽心，刚打过黄赌毒，这段时间是真捏脚……婆娘你说什么？王所长的狗？阿黄？明明是只黑狗嘛！婆娘你的眼珠子只怕是被玻璃划了吧。对！对对对！阿黄是王所长以前那只狗，王所长现在的狗是只黑狗，瞧我这记性！婆娘你看清楚了？真是王所长那条阿黑？快！快快快！快把昨天剩下的煎饺扔几只给它。客人让您见笑了，镇上狗不少，不是每只我都认得的。狗跟人一样，也是各式各样的。梁师傅说大鼓书，鼓王，好人才，好声调儿。"坟前摆祭品悲声告禀，尊一声老祖宗在天之灵……"听的人没有不哭的。你们若是感兴趣，明儿下午可以去梁师傅的茶社听听书，他的狗识得字，晓得"杨门女将"，晓得"战太平"。鼓书牌子丢在一只竹筐里，今天讲哪本，狗就叼出哪本来。王所长的狗来头大，警犬的种，看着有些怪模怪样的，屁股后挫，腰子是塌的，像压了块砖头。可王所长这狗着实厉害尊贵，只吃肉，不吃屎，人都说是只好狗！

哎哟王所长，路过是何人，我还真有些说不清。一男一女，三十多岁的年纪，两人都是一身黑色运动衣，男人头发很长，脸上有道疤，看上去也不像坏人，和气得很。疤是什么疤？疤应是伤疤，不像是从娘胎里带来的，从额头到右耳，一拃长，可能是刀疤，也可能是摔伤后留下的疤。所长您莫怪，夜里了嘛，我老眼昏花的，看得不很清。话都是男人在说，问东问西的。女人斯斯文文，看样子像是读过书，一共说过两句话，一句夸我的煎饺，"酥脆鲜香，真好"，走的时候对我说"谢谢"。哎呀！我卖了二十多年饺子，头一回听到客人对我说谢谢。

　　所长，我哪敢欺瞒您？您还不知道我小二吗？您要我往东，我什么时候往过西？您要我往西，我什么时候往过东？那男人一共问了我五个问题，一个不多，一个不少，小二我记得清。第一个问题，饺子什么馅？我说是白菜肉馅的。第二个问题，我不是说白菜肉馅嘛，男人又问，肉是什么肉？这个问得好稀奇！一镇的人都没有这样问的嘛，哪个不晓得是猪肉！我就告诉他是猪肉。猪肉没事，猪肉他们都吃。第三个问题，河里怎么没有船？河里好多年都没有船了嘛。第四个问题，我不是说河里早都没有船了嘛，那男人就问，原先那些跑船的人呢？我就告诉他了嘛，胡四包了中巴车，跑车不跑船了，胡五前年得了肝癌，死了。他听了点了下头，没有吭声。说到这里我的饺子也煎好了，我就给他们上了一大盘煎饺，六十只，没一只不是金黄的，也没一只是煎破了的。我婆娘还给他们一人上了碗青菜萝卜丝汤，那男人就不再问什么，埋头喝汤吃饺子了。女人吃得很斯文，男人的吃相就像个饿痨鬼，六十只煎饺他少说也吃了四十只。他吃完煎饺喝完汤，还打了几个很响的饱嗝。我和我婆娘都笑了，客人吃得好，我们高兴嘛。那女人也有些不好意思地笑了，她把水杯推到男人面前——是他们自己的水杯——他端起来喝了几口，饱嗝就止住了。止住了饱嗝男人接着剔牙，男人的牙可能不太好，吃东西容易塞牙缝，当然，也有可能是我们饺子里面的肉太多。男人剔完牙又点了支烟来抽，他一连抽了两支。他不抽白沙不抽芙蓉，他抽的是黄鹤楼。如果我婆娘昨夜儿偷个懒，不扫地，您这会儿就能看到两只黄鹤楼的烟把儿，颜色比白沙的要深，比芙蓉的要浅。好的所长，言归正传，不扯烟把儿。他们到底几点走的，我是真说不清个准点。搞了一天生意了，人也累得差点儿成两截，哪里还有精力管他几点钟！再说我这小店里也没个钟。我只记得那女人吃得很斯文，我和我婆娘一边收拾东西，一边准备打烊，我们收拾好了，那个女人才吃完。

夜都深了嘛，左邻右舍都关门歇业了，狗也都各自归家了嘛……狗！对了！狗！所长，要想知道他们到底几点走的，问问狗就晓得了——不是开玩笑，您可千万别生气！您先喝口茶，听我慢慢说。

所长您办案，我哪敢开玩笑？借小二八百个胆子，小二我也不敢哪。我昨夜打烊迟，这一男一女是最后一拨客人了，左邻右舍都打烊了，镇上的狗最后就都聚到我这儿来了，它们就坐在门前这儿有光亮的地儿上，个个支着两条前腿，身子挺得笔直地望着我和我婆娘。嘿，您那条爱犬阿黑，昨夜也在这儿，我婆娘还丢了几只煎饺给它，它吃得很欢。一镇的狗，数阿黑最知味，它天天来。别看我婆娘女人心性，平日里过日子抠，可对阿黑，她是真喜欢，哪天不就手丢几只饺子喂它？那一男一女和阿黑是前后脚离开的，不同的是他们往东，阿黑往西。阿黑回派出所的点，如果您还记得清，那就是这一男一女从我这儿走人的点。他们上了车，方向盘一打，呜的一下往东街去了。至于他们往东去了哪里，这我就说不清了。是的是的，一共五个问题，我只说了四个，我没有忘记，您不提，我也要跟您汇报第五个问题，这么重要的事，我怎么可能忘记嘛！那男人抽着烟，女人也吃完煎饺了，女人就用男人面前那只杯子里的水漱口，他们用同一个杯子喝水，也用同一个杯子里的水漱口。女人漱完口跟我婆娘结账，她递了张百元大钞给我婆娘，我婆娘找了三十五块给她，六十只煎饺六十块钱，青菜萝卜丝汤两块五一碗，平日里怎么卖我昨夜也是怎么卖，做生意童叟无欺，不杀熟，不欺生，这一点我小二还是相当过硬的。那男人抽完第二支烟，他起身把烟把儿丢到地上，一脚踏上去碾了碾。男人冲我招了招手，我以为他还想要点儿什么呢，就赶紧走过去招呼他，男人就问了我第五个问题。男人看着我，慢悠悠地道："明天，如果有人问你有没有见过我们，你打算怎么说？"语气和气得很，就像在跟我打商量。可是他话里有话呀，这让我心里直敲鼓，觉得不对劲儿，莫非他们后面还跟着冤家对头？江湖上跑来跑去的人，惹上什么事也是常有的嘛。但我转念又想啊，他们有冤家对头干我什么事！我做我的生意，门一开，来的都是客！再说我们太平镇，外边儿爬来的螃蟹也敢横着走？有王所长您在，我信他这个蟹（邪）！于是我就应付着回答他："就说没有见过你们嘛！放心咯，我这人最大的毛病就是记性差，每天来吃煎饺的人那么多，我怎么记得清！""很好！"他说。他连说了两个"很好"，然后就带着那个女人往东去了。我和我婆娘赶紧收拾收拾，关门歇息。我一觉睡到天亮，身都没翻一下。要不是您来问我，我哪里晓得昨夜陈七老板耳朵被割了！两只！一只都没给陈七老板留下！他祖宗的！太狠了嘛！做人这么狠，迟早遭报应！

众街坊，散了吧，快回去搞自己的生意去吧，问来问去的，有什么好问的嘛！我们做一天事赚一天吃喝的人，管恁多，岂不是六根指头挠痒痒——多了一道嘛！不过，你们要是一人来盘煎饺，坐下来边吃边扯白话也是可以的，这我还是欢迎的，小二我再忙也奉陪。你们都别笑，我说正经的，你们就是每人都来盘煎饺，我也要把丑话搁在前头，我晓得的我刚刚都告诉王所长了，我不晓得的你们再问也白搭！煎饺吃完了我可以再给你们做，话说完了我到哪里去给你们搬？我小二可不是有这种本事的人！我晓得你们平时都嫌我话多，嫌我嘴上不牢靠，背地里叫我"马碎嘴儿"，我可是告诉你们，我话多是多，可没一句是乱讲的！小二我根本就不是那种人！

是的！我也听说一只耳朵丢进了派出所大院，一只丢到了鲤鱼池。我还听说那坏东西临走前丢下话给陈七老板："耳朵我有，我不要你的，明儿一早，你去找你的鱼要，你去找派出所要。"是的，丢进派出所大院的那只没找到。被狗吃掉了？啧啧！这是极有可能的！一镇的人都晓得嘛，王所长那狗爱吃肉，它能放过那只耳朵？不能嘛！丢到鲤鱼池的那只今早找到了，陈七老板家的伙计杀了百十条鱼，最后在一只三十多斤重的大鲤鱼肚子里找到了，和一团草料裹在一起，还是完整的一只，就是比先前大了些。可惜的是，镇医院的医生说接不上了，在鱼肚子里泡发了。山外有山人外有人，陈七老板这样好身手，都吃了这样大的亏，哪个想得到嘛！我见陈七老板动手，还是那年在鱼码头打小叫花那回，得有十来年了吧？陈七老板只一脚，那小叫花直接飞到了十米开外，怀里揣着的几条鱼当场跌出来，好一个人赃俱获！小叫花满脸是血，在地上躺了半天。后来他爬起来，扶着鱼码头那排杨树，慢慢挪到胡四的运沙船上去了津市，再没来过我们太平镇。能让陈七老板吃亏的，看来是个狠角色！绝对的狠角色！一镇的人都晓得的，陈七老板人住在鱼档后面，窗户上装的是拇指粗的实心不锈钢护栏，可里外两道铁门，外加一道拇指粗的不锈钢护栏都没能挡住他们。狠角色！王所长说现场第一目击者是陈七老板家的伙计，今儿清早，天还不很亮，那伙计去鱼档时，见大门洞开，无人应声，壮起胆子走到后屋，开灯一看，只见椅子上绑着陈七两口子，都瘫软如泥，胶带缠嘴，陈七老板还肩扛两片血红，可把那伙计吓得不轻！绝对是狠角色！

没错，你们说得没错，他们开着辆黑色旧桑塔纳，一镇的人都看见了嘛。车就停在巷子口那棵樟树下，距老刘的烤肉店最近。从我这里只能看到车屁股，我看到什么？我看到满车屁股都是泥！车牌子你们看清了？我反正没看清，我只看到"湘N"两个字。王所长从老刘那儿问过来的，有什么他不知道？有什么事儿能瞒过他？他没有问我车的事儿，摆明他晓得我不晓得车的事儿嘛。车牌是怀化的，这没错，但我不知道他们是不是怀化人，他们没说，我也没问。没错！他们是到我店里吃了份煎饺，喝了两碗汤，每天到我店里吃煎饺喝汤的人有多少！我是卖煎饺的，就只管卖煎饺。

没有！他们没有问过我任何跟陈七老板有关的事！绝对没有！我也没跟他们说起陈七老板，我有日子没想起陈七老板来了。陈七老板他不怎么吃煎饺，我做煎饺只用猪肉不用鱼肉，我有日子没去陈七老板的鱼档买鱼了。一想到从明年开始我每年都要从陈七老板那儿拿一千斤鱼——我不晓得你们，反正我现在是这样的，我馋鱼了我先扇两下我的嘴巴，吃鱼的日子就在后头呢！急什么？你们也别笑话我，我们做吃吃喝喝小生意的人，除了晚上困的女人不一样，日子过得一样一样的。老赵，像你顿顿米线一样，我顿顿煎饺，没卖完的，是我的，客人没吃完的，是我的，煎破皮的，是我的，没破皮煎煳了的，也是我的，吃得我喊爹喊娘。我都不晓得鱼长什么样儿了，我哪里想得起陈七老板来？

瞎扯！这对男女穿的就是一身普通黑色运动衣嘛，还黑披风！你以为他们是蜘蛛侠？狗日的老张你真能胡扯，连夜行衣都扯出来了，如果他们穿的是夜行衣，还会让你看见？如果他们穿夜行衣，那他们就不是一般的狠角色！他们不是一般的狠角色！那陈七老板丢的恐怕就不是耳朵，而是脑壳！胡扯！纯属胡扯！我真没看到男人腰里别什么刀子，他手里就拿了个保温杯嘛，不锈钢的。女人背着个双肩包，不大，猪肝色，包里装什么东西我就不晓得了，她一直把包搁在膝盖上，我没见她打开过。他们在我店里吃煎饺时倒还是客客气气的，钱也一分没少我的，那女人临走时还对我和我婆娘说了声谢谢。我骗你就是你养的！知人知面不知心，哪个晓得他们是这样的人！我是真没见他们携带什么凶器。

　　胡扯！真是胡扯！他拿刀子剔牙？我给你把刀子你试试！王所长不是说了嘛，割耳朵的刀子是陈七老板自己的刀子，杀鱼刀。听说那坏东西先是抄起一把鱼鳞刨比画了下，鱼鳞刨哇！那一家伙下去，陈七老板的脸蛋还不得变腰花？陈七老板也吓坏了，求饶道："好汉，给个痛快！"听说那挨枪子的还笑了，就手又换了把杀鱼刀。陈七老板新买的杀鱼刀，大拇指宽，一尺来长，刀尖上挑，快得很！镇上很多人都见过，陈七老板花了不少钱买来的。听说那刀有三样好处，一是削铁如泥，一是吹毛得过，没错！另一样好处就是杀鱼不见血，看来人人都晓得这把刀。削铁如泥听说没试过，陈七老板舍不得。吹毛得过，陈七老板在菜市场耍给大家看过。用鸡毛？南大街凤泉照相馆的老王说了，用的是毛屠夫他婆娘的头发，一吹即断！杀鱼刀上不沾血，那见过的人就多了去了。几十斤重的鲤鱼，从鱼尾到鱼头，一气儿拉下去，跟划块豆腐差不多，刀子抽出来后，鱼还是完整的一条，看上去毫发未伤，光是鱼嘴巴直咧鱼眼珠乱翻，害冷一样浑身打战，可用手就鱼鳃一提，嚄！好家伙！鱼早都分成上下两片了！刀子呢，干干净净，像道白光耀人眼目，一滴鱼血都不沾的。现在这把刀子已是犯罪证据，王所长他们已经把它用干净的塑料袋子装了，派专车送到县公安局去查指纹，只怕一时半会儿回不了陈七老板手里。今儿一早起来，一镇的人都在说这把刀呢，人人都说是把好刀！

　　嘘！婆娘，你先把手上的活儿放一放，为夫的有几句话要跟你讲。一会儿来吃煎饺的人，少不得问东问西，你只管把嘴巴闭紧，日后也休得跟别人提起！你可晓得？时代发展了，国家的法律也越来越齐全，现在有管杀人放火的法，也有管乱讲话的法。去年年底，有个唱歌的女人乱讲话，不就给抓起来了吗？莫以为动动嘴皮子不犯法！你撇什么嘴？陈七再活该，你也不能撇嘴！你完全没有意识到问题的严重性！你现在在我面前撇嘴，将来到了别人面前，你就会不自觉地撇嘴！你以为撇撇嘴没事吗？撇嘴就是无声地说话，你一撇嘴就能让人看出你的态度，从你的态度就能看出你的嫌疑，看出你的嫌疑就会给我们带来麻烦！我们有麻烦，那我们的生意还怎么做？生意做不了，我们靠什么活？还笑？女人心性！我只问问你，你家这间煎饺铺，在常德城丝瓜巷时多大？现在多大？没错！你还没忘本，还记得！你曾爷爷那阵儿半个丝瓜巷都姓马！要搁那时你就是马家大小姐，穿金戴银，衣来伸手饭来张口，成天拿个团扇在后花园扑粉蝶玩儿，一双手准保比猪油还白还滑溜，日子过得比梁师傅鼓书本里的崔莺莺不差毫分。我要把你搞到手那我得费多少工夫！我又要去求丫头红娘，我又要会爬墙……你莫笑！我问你，你可晓得为何煎饺铺变得现在这般小？为何你现在要一天到晚坐在炉子边包饺子，给人烧汤倒水忙得脚不点地？就是因为惹上了麻烦事儿了嘛！你曾爷爷当年劳军募捐不积极，得罪城防长官秦团长，这是头一桩麻烦事儿，对外说是躲战火搬出常德城，那是打落牙齿和血吞，面子上好听点儿。后来是你爹，得罪消防局……一桩接一桩的麻烦事儿，马家煎饺铺节节败退，从常德城退到澧州城，从澧州城退到太平镇，煎饺铺就变得现在这般小了。你要晓得，但凡做生意，都是从小到大难，从大到小易，从小到无更易！别的不说，光是王所长每天喊你去问几趟话，我们这小铺就得关门大吉。我可不是在吓唬你！得，闲话少扯，接下来，我有三件顶顶重要的事交代你，件件你都要给我记得清：

一、要提防邻里，提防狗。这件事情蹊跷多，那对男女是深夜里过来的，那会儿大家都在要打烊还没打烊的点，他们从巷口过来，要经过老刘的百年烤肉店、老赵的百年米粉店、阿毛百年钵子馆、胡四媳妇百年老鸭店、徐记百年排骨米饭店，好再来百年狗肉馆、锦上花百年土鸡馆、大富豪百年火锅店，然后才是我们这百年煎饺店，难道那些店他们都没看中，偏偏就看中了我们的煎饺店？他们偏偏就只想吃煎饺？我们的煎饺好是好，可他们两个过路人，晓得什么嘛！平日里来个过路客，这街上哪回不演一场饿狗争食？老刘弄不进去，老赵也会弄进去；老赵弄不进去，阿毛也会弄进去；阿毛弄不进去，胡四媳妇也会弄进去。哪里轮得到我们马小二煎饺？这里面，绝对有蹊跷！或许，他们早就听到了什么风声，要不就是……是的！你不用这样看我，这可不是没可能的，一条街上混饭吃，你道你就晓得他们都是谁？百年老店新开张，小狗急了跳高墙！是的！他们……没准就是！先不说老赵，老赵这人看不穿，海底针，藏得深。其余几家吧，阿毛老家有鱼塘，胡四一家住河边，要做鱼生意，还用找陈七？狗肉店、烤肉店、老鸭店里卖鱼汤，多恼火！婆娘啊，凡事要往坏处想，往好处行，自今往后，到点打烊，左邻右舍，少去串门！你呀，你可都记住了？

也要提防狗！那一男一女只要了六十个饺子两碗汤，我们卖给他们的绝对不是九十个饺子，价钱也不是刚好一百，你最后还给他们找了三十五块。这件事很重要，你可记住了？你要晓得，昨夜呀，一镇的狗都没有叫！只有一只狗叫，或是只有一只狗没有叫，这都是正常的，可镇上三十多条狗，一只都没有叫！这就是件大事！今早王所长来问话，我小心又小心，还是有说不到位的地方啊，我实在不该说全镇的狗都到我们这儿来了。智者千虑必有一疏，唉，现在唯一的办法，就是只承认你喂过狗！刀架在脖子上，也绝对不能说那女人给狗喂过饺子！我们的饺子绝对绝对不能沾上这个事儿！你说你我除了饺子，还有什么？给狗喂饺子的是你不是她！而且你只喂了阿黑！给全镇的狗喂煎饺？这怎么可能！我们哪里有这么多煎饺喂狗？再说你天天都喂阿黑的，一镇的人都晓得的，你要想在喂狗的饺子里动手脚你早就动了，何必等到现在！别人问到你，你就照我的话讲，就阿黑吃了几只煎饺，其他的狗想都别想。照我的话讲没事。别人要是还问你有没有听到狗叫声，你就讲，搞了一天生意，累得要死，一觉困到天亮，不晓得到底有没有狗叫。这都是实话嘛，我们确实累得要死，确实不晓得狗叫了还是没叫。这是实话，凭他是谁，说实话我们没什么好怕的！

　　二、绝对不能再在人前抱怨陈七，也不能抱怨鱼！前天你站在门前那棵杨树下，和胡四婆娘说什么？你想不起来了，我可都给你记着呢。你对胡四婆娘说："姐……"真不知她是你哪门子姐！你说："姐，没办法，这镇子是他陈七的。"这句话我当时听着就不妥，想过后提醒你来着，怪我一忙竟忘了。这镇子是他陈七的——这是句什么话？陈七听到了不会答应你，政府听到了也不会答应你！这镇子到什么时候都是国家的！他陈七算个什么东西？嗨！我这句话也有不对的地方，不能说陈七算个什么东西，我错了，我改，你可千万不要学我呀。陈七，那是有本事的人！从他二十来岁起，有他做鱼生意，哪个还敢在太平镇做鱼生意？还记得那年跟他抢生意的湖北佬吗？鱼码头那一架打过后，湖北佬在床上足足躺了两个月，最后自己养好伤卷包袱走人，悄没声息地回他的湖北洪湖去了。湖北佬回去时路过鱼码头，陈七和王所长在树荫下摆桌儿喝酒吃肉，陈七冲湖北佬撒了杯酒在地上，九头鸟的湖北佬把头一低，死人一样受了，屁都没敢放一个！陈七现在是受伤躺在医院里了，你以为你就可以抱怨抱怨陈七了？他又不会在医院里躺一辈子！

万一有人把那些不好听的话传到他那里去，他把两只耳朵的账算到我们头上，往我们头上安个"买凶伤人"，你我还活不活？

也不要抱怨鱼！你晓得不？那男人把陈七往椅子上绑时，陈七求饶道："好汉，陈七有什么不对的地方，好汉但凡指出来，陈七没有不改的。"你猜那好汉怎么说？他说："你没什么不对，是我不对，是我闻不得鱼腥味，我一进这镇子就闻到了你身上的鱼腥味，鱼腥味让我恶心。没办法，现在只有血腥味才能止住我的这恶心！我止住了这恶心才好接着赶我的路去。"这是原话，陈七的婆娘哭着跟王所长说的，多少人都听到了。明摆着嘛，做这事的人不喜欢鱼，你还敢抱怨鱼？陈七是真有本事的人！你得佩服有本事的人！我要有本事我也会让每家每户都吃我的煎饺。人这也是凭本事吃饭嘛，人凭本事吃饭你有什么好抱怨的？你得把心态放正！再说，我们做煎饺的，做做鱼肉煎饺有什么不好？也算是创新了，没准鱼肉煎饺比猪肉煎饺还好吃还好卖！卖鱼肉煎饺总强过老赵要卖鱼肉米线，你想想，鱼肉米线，多可怕！可老赵说什么了？人家就当什么事都没发生过，人家今天一早听说陈七只丢了耳朵，还念"阿弥陀佛"，还说一句"人没事就好"呢。所以，不能抱怨陈七，不能抱怨鱼。每年一千斤鱼，你细想啊，那也是好事，真真是年年有鱼（余）！哪个不想年年有鱼（余）？往这一想，你还好意思抱怨陈七，还好意思抱怨鱼？

三、那男人说的话，你要把它们忘干净了。忘不掉？忘不掉就搁进肚子里烂掉！尤其是那男人临走前放下的那句话，当时听着没什么，现在一想全明白了，这摆明就是要搞事嘛！不光是搞陈七，也是搞王所长，不然他为何要把陈七的耳朵丢到派出所大院里？这是件大事呀！这绝对不仅仅是陈七耳朵的事，王所长能当什么事都没发生过？王所长若是不高兴了，问你我个知情不报你我要如何开交？都是狠角色！走着瞧，后面的事也绝对小不了！我们要格外小心！要是有人问起那男人说了什么，你就让他们来问我，你一直在那儿包饺子，你晓得什么嘛！说错了话影响王所长办案，你我还活不活？说错了话那男人回头找过来，你我还活不活？那女人说的话，你可以往外说，女人一共就说过两句话，一句夸我们的煎饺"酥脆鲜香，真好"，另外就是走的时候对我们说"谢谢"。今早我跟王所长也是这样说的，你实话实说就好，不要多说一字，也不要少说一字，别看那女人斯斯文文客客气气的，也不是什么好惹的！听说那男人割陈七耳朵时，她在旁边笑得花枝乱颤的。都是狠角色！

　　以上三件事，你可都记住了？记住了就好，记住了就好，去吧，包你的饺子去吧，我且打盆清水，把这块老牌匾好好抹一抹、擦一擦。天塌下来，生意也是要做的，饭也是要吃的。一张嘴，管死腿，人就是这么个玩意儿！委曲求全不易，明哲保身更难哪！今儿早上光讲话就把老子累死了，老子还从没这么累过呢！梁小来师傅好几天说个全本儿，我这一早上就说了个全本儿，活个人容易吗？！梁小来师傅说书，说什么"人生如行船，处处是险滩"，我们这回算倒霉，碰上险滩了，愿祖宗保佑我们划拉过去！你我不是周王，冲天烽火搬不来救兵，能怎么着呢？我看明儿，咱两口儿得换件干净衣裳，买些香蜡纸扎、时鲜果品，去祖宗坟前摆祭品悲声告禀，求祖宗保佑我俩在太平镇得享太平……急惊风再不济也得有个慢郎中不是？

　　（原载《人民文学》2015年第11期）

浮生记

"请看在打谷的分上……"

新米坐在毛屠夫的火塘边,听到姆妈用恳求的语气跟屠夫说话,就把头低下去。姆妈以前都不用眼睛看毛屠夫,新米这还是头一次听到姆妈对他说话。

毛屠夫是新米的爸爸打谷的同庚,人人都知道他们曾在后山的一树野桃花下撮土盟誓,要做一辈子生死不离的好兄弟。毛屠夫对别人冷淡得很,却独独对打谷好。新米小时候不止一次听到大伯栽秧劝阻打谷与毛屠夫来往。

"这鸟人,邪性!"栽秧说。

打谷红着脸低了头,一声不吭,却照旧隔三岔五和毛屠夫一起喝苞谷烧——这也是人人都知道的事。

毛屠夫的火塘里烧的是一整棵的栎树根,劲儿大得很,烤得新米的脸红红的,发烫。屠夫的女人一言不发,面无表情地用火钳在柴火上烧清水粑粑。新米低着头,看见白玉般的粑粑被柴火燎起一个个小泡泡,泡泡迅速地瘪下去,变成焦黄的斑点儿。粑粑身上遍布这样的斑点儿时,屠夫的女人把火钳松开,让它落在新米脸前的柴灰里。

"新米,吃!"屠夫的女人说。

清水粑粑是姆妈带来的。立秋前种下的糯米和粳米,打下来后晒干,用筛子筛出完整的米粒,三升糯七升粳,蒸熟捣匀,费了一番心力做成的粑粑,一直养在半人高的绘有蟠龙的清水坛子里。在煤矿里当掘进工的打谷,歇班在家的时候把衣袖卷得高高的,在门前的稻场里喜滋滋地捣米浆。不过他还没有来得及吃上几个,就在入冬后的一个下午被埋了屋后的土坡上。他在新米爷爷长满蒿草的坟墓旁占了块同样大小的地方。

火塘的铁支架上坐着一只乌黑的铝锅,里面煮着猪大肠和白菜苔。毛屠夫就着锅里的菜喝着苞谷烧。柴火和苞谷烧都养人,毛屠夫的脸像块绸布似的又红又亮。

"新米不是可以顶班去煤矿里吗?"毛屠夫喷着酒气说。他始终没有看姆妈一眼。

姆妈从柴灰里捡起一个烧好的粑粑,拍掉粑粑上的灰,把粑粑一分为二,递给毛屠夫的两个女儿。那个大点儿的女孩子比新米小两三岁,像屠夫的女人那样不苟言笑。小女长着一张毛屠夫那样的肥肥的圆脸,因为还小,看上去就有几分天真可爱。她们把下巴搁在膝盖上,挤挤挨挨地坐在火塘边,隔着乌黑的铝锅和带着噼啪火星的青烟偷看红着脸的俊秀的新米。

姆妈把手伸到毛屠夫大女的头上,慢条斯理地理她打结的头发,说:"田家已有两辈人死在煤块下了,栽秧那一房我管不了,我的新米,尿尿我也不许他朝着煤矿的方向。"

说完,姆妈从怀里掏出一个红纸包,放到她带来的一篮子清水粑粑上去,然后说:"新米十六了,脚长手长的,好力气就在后头。你要是同意新米给你磕两头,这钱就是新米孝敬的苞谷烧。"

毛屠夫把身子后仰,打着酒嗝醉眼看着一直低着头的新米。新米长得着实像打谷那个鬼。

"这几天都有活做,吃过早饭过来挑家伙。"毛屠夫的语气温和下来。

新米跟毛屠夫学杀猪的事很快传开了。新米的伯伯栽秧让儿子新荞给新米拎来一双崭新的高筒水鞋。新荞跟新米一样在右臂上缠着打谷的黑纱,他和新米蹲在新米家门前的枣树下说话。

"听说同庚叔给小四家杀年猪的时候手抖了。"新荞说。

"活还是做得很好的,血放得很干净。"新米说。

小四家杀猪的时候,新米也曾过去帮忙。毛屠夫手持抓钩,和小四的大哥一起跳进猪圈里。毛屠夫跳进猪圈时，正好踩在一摊猪粪上，他差点儿摔一跤。看热闹的人哗地笑起来。毛屠夫没有笑，他示意小四的大哥揪住猪尾往上提，猪后腿刚一离地，毛屠夫一个箭步冲上去，将猪头夹在腋下，揪住一只猪耳猛力往后扯，猪头后仰嘴被迫张开，它还未来得及哼一声，毛屠夫手中的抓钩已牢牢钩住了猪的上腭。整个动作干净利落，博得了满堂喝彩。毛屠夫把抓钩的一端钩在一根手指上，慢慢悠悠从敞开的猪圈里走出来，那头猪就跟条上了钩的鱼似的，嘴里咬着抓钩乖乖地跟在他后边。几个小伙子一拥而上，合力将猪抬到案板上捆好。新米从樟木刀架上抽出杀猪刀递给毛屠夫，毛屠夫并没有马上接，他把手扣在肚子上，面无表情地端详那猪。后来毛屠夫把刀子捅进猪心窝里后，动作上有轻微的停留与迟疑，让新米感觉到了他一刹那的不同往日的异常。小四的爹端着盛着一些盐水的木盆站在猪脸前，看到这一幕，脸一下就拉了下来。活做完后，小四的爹没有邀请他们留下来吃杀猪饭，只是照例把一段猪大肠和一叶猪肝用草绳捆了，挂在刀架上，包着十元钱的红纸包却没有放进冲洗干净的腰盆里，而是搁到了案板上。

新米问新荞："你年后去煤矿上班？"

新荞没有吭声，他随手捡起一根小木棍在地上画来画去。新荞读到高中毕业，因为没有考上大学，所以这书就跟白读了一样，他只有和小学也没读完的小四一起去砖厂打工。他没有小四有力气，干得还没有小四好。

新荞在地上画了半天，说："新米你什么时候后悔了，跟哥支一声。"

在煤矿干一个月就可以赚到上千元钱，命大干到退休的话，老了以后就能光拿钱不干活呢。新荞总觉得自己像是占了新米的便宜。煤矿里好几千工人，有很多人活到头发雪白，日日坐在矿区的小花园里含饴弄孙。新荞不相信田家的运气总是那么坏。再说了，跟活着比起来，有时候死个人反倒是一件再平常不过的事呢。

新米听到新荞的话，摇摇头站起来，用力把一块小石子精准地扔到了稻场下的稻田里。冬天的稻田像饥饿的嘴一样空空地张开，小石子落到这空里，连声响也没让人听到一个。新米摇头不是不相信新荞，他知道新荞是可以为兄弟舍命的人。打谷在的时候，新米时常带着妹妹新叶到煤矿里去玩。他们都喜欢吃煤矿食堂蒸的钵子饭，夏天食堂还卖三毛钱一杯的冰酸梅汁，冬天有热水澡堂，洗澡的时候一点儿也不冷，每个洗完澡的人都像刚褪完毛的猪，浑身被热气焖成粉红。不过现在的新米,只要想到打谷最后的样子,他宁愿把煤矿的诸多好处统统都忘掉。打谷在的时候,有许多好时光,现在回想起来简直会让人胸口疼。姆妈出去打猪草回来,一边把满满一篮子猪草抵在稻场边的枣树上歇息,一边笑吟吟地看打谷捣米浆。打谷当着孩子们的面埋怨姆妈,说:"死婆娘,老毛喊我去喝苞谷烧,还有辣椒炖猪大肠,你偏要我在这里捣米浆。"不知道为什么,打谷面上有些恼,但他的语气听上去却是喜滋滋的,仿佛比喝了苞谷烧还畅快。姆妈亦很麻利地回答打谷:"哦呵!我又没有拴住你,你的腿难道是两条桌子腿?要不就是两条蛤蟆腿,你想吃的不是猪大肠,只怕是天鹅肉。"新米和新叶就一起笑起来。

新荞把手中的木棍也用力扔到稻田里去,说:"哪天轮到外婆杀猪,你喊我一声。"新荞所说的外婆,是新米和新叶的外婆,新荞还没有出生,他自己的外婆就死了,从小他就和新米新叶共了一个外婆。他们都喜欢外婆屋里的一张带踏板的雕花坨床,小时候的新荞和新米,并头挤在外婆那张杉木坨床上做过数不清的好梦。年初,新荞去砖厂打工前,特地陪着新米去乡场上给外婆捉了一只小白猪,两人用麻袋装了"小白",轮番拎到外婆家。外婆往新荞新米口袋里塞煮鸡蛋和米花糖。外婆说:"新荞,年底和新米新叶一起来吃杀猪饭。"看来新荞没有忘记这顿饭。

新米到毛屠夫那里挑家伙。

新米脚上是新水鞋,半截裤管都塞在靴筒里,看上去帅气得很。毛屠夫的大女在结满霜花的窗前梳头发,一言不发地看着站在门口的新米。她的头发似乎是这个世界上最难梳理的东西,新米站在门口,隔窗听到梳齿拽动头发发出的噼啪声。毛屠夫一大早就坐在火塘边喝苞谷烧,打谷过世后,他的酒喝得多而寂寥。屠夫的女人一副漫不经心的样子,手里有一下没一下地扫稻场。

新米走过去接过扫把,唰唰唰地扫起来。

大女把梳子咬在嘴里看新米扫稻场,看得有些呆了。她走到火塘边坐下,端起一碗白菜煮清水粑粑吃了两口,就停下筷子,发了一会儿呆。大女说:"长得那么好看,不去读书当秀才,却要……"她像个大人似的叹了口气。毛屠夫听大女说得有趣,很难得地一笑,说:"吃人家的粑粑,说人家的坏话,杀猪朗格不好？他又未必杀一辈子猪。"毛屠夫说着话，就在椅子上伸直了脖子，从窗子里看稻场上的新米。新米扫地的样子让他想起打谷。吃的是同一川的稻子，喝的是同一个塘里的水，打谷自小就与众不同。年少的打谷性情和顺、眉眼清秀，像过年的时候贴在墙上的观音。一帮男孩子一起去塘里洗澡，脱得精光的打谷扎了个猛子从水里钻出来，整个人清新得像一杆莲花，可是最终他却是这样一种收场。太好的东西大约都是经不起磕碰的，一朵花再长久也就是一季，哪能一年开到头？毛屠夫忆起打谷最后的样子，心就像被掏空了一样。他想，人这一辈子实在是没有什么意思的，于是就仰脖把一盏苞谷烧倒进肚子里去。

杀猪的家伙大大小小有十几种。毛竹挑子上一头是个雕花樟木刀架，刀架里插有两指宽的杀猪刀、剔骨刀、大斩刀、小斩刀、梃棍，还有刮刨、抓钩、挂钩等，件件都被鲜血滋养过，每一件都亮铮铮，闪着寒光；另一头是一只松木腰盆，油腻腻的，盆底沾有各色猪毛。毛屠夫背着两只手走在前面，新米挑着担子走在后面。田埂狭窄弯曲，两边的稻田里覆着白霜。刀架上的刀子碰到钩子，寒风中发出了叮叮叮的细碎而冷冽的声响。毛屠夫走得慢悠悠的，身子略微有些摇晃，他的后背看上去宽大厚实。新米看着毛屠夫的背影，想起新荞说他手抖了这件事。

不知为什么，那天毛屠夫没有像以往那样一下子就把刀子捅到猪心上，这应该是他近二十年屠宰生涯中从未有过的事。后来，他只好用刀尖在猪的胸腔里小心翼翼地寻找猪心，他每移动一下，猪那被草绳捆缚的蹄子就在案板上敲出一阵急促的鼓点。毛屠夫的脸渐渐变得煞白。尽管最后刀子拔出来时，血紧咬着刀尖喷射而出，一滴不漏地溅入木盆，他还是没有拿放在案板上的红包。新米想起小四他爹那难看的脸色和毛屠夫最后黯然离开的情形，就有些不平。不管怎么说，活还是做得很漂亮的。新米始终这么想。可毛屠夫却不这么看，从小四家回来的路上，毛屠夫一路无语。新米把挑子搁进毛屠夫家的偏屋，出来跟他道别的时候，毛屠夫两眼看着脚尖前的一点儿地方，喃喃自语："即便是猪，也应该有个好死嘛……吃的人也会感觉到。"新米听到这话，稍稍停了会儿才离开。回家的路上，新米想起了自己跪在煤矿澡堂那湿漉漉的地板上，看着伯伯栽秧与毛屠夫一起清洗父亲那血肉模糊的身子时的情景。寒风中的新米流着眼泪，默默地哭了一路。

这日的猪是只黑毛猪，体格庞大，嘴脸狭长，后臀像马一样高高耸起来。毛屠夫站在猪栏前看了一眼，说："好个猪。"

主家在稻场上支起一口铁锅烧水，铁锅的旁边架着一张门板，门板旁边是两张并在一起的条凳，屋檐上靠着一把木梯，一个简易的屠宰场像个小戏台一样搭了起来，且样样齐整，单等主角登场。新米把杀猪的家伙一件件从樟木架子上摘下来摆在门板上，稻场顿时充满杀气。

主家的女人生着一脸雀斑，她坐在灶孔前往灶里添木柴，不时撩起衣服前襟擦眼泪。猪养了整一年了，开春的时候，她踩着雪化后的泥泞小路去乡场把它买回来的。那时候它还很小，不像一般的猪那样安分，半路上竟然把背猪的背篓拱坏了，她是把它抱在怀里走回来的。二月的风很冻人，她倒出了一身的汗。还有一回，是个雨天，男人闲着没事打了她。她哭着哭着，听到猪栏里的猪叫声，到底还是披了蓑衣，挽了竹篮出去扯猪草。每回她提着潲水桶进养猪的偏屋，这猪都会从墙角下起身，哼哼着走到栏边迎她。这件件事，哪一件不让女人感伤落泪？不过新米对女人的眼泪并不以为然，每年到杀年猪的时候，都能看到这样的场景。女人养大了牲畜，年底到乡场上的税务所扯上张税票，亲自喊来杀猪佬给它一刀，心情就难免要变得复杂，人就难免抹眼泪。她们到底是哭那可怜的猪，还是哭自己一年的不易？恐怕没有人能搞得清。不过，等猪被解成一块块挂到秤钩上去称，来吃杀猪饭的亲朋好友啧啧有声地夸这猪的肥壮，女人就会擦干眼泪，面露得意之色，说一顿也没有饿着它。女人大都这个样。

女人坐在灶孔前抹眼泪的时候，这家的男人招呼了几个亲朋好友过来帮忙。他们和毛屠夫一起立在猪栏边，抽着老旱烟打量这猪。

"只怕有三百斤。"有人说。

新米拿来一桶热水冲洗门板，一切准备停当后，他也来到猪栏边。这猪不像一般的猪那样懒洋洋的，它大约也察觉到大限来临，像只狗一样满栏打转。新米想起小时候听打谷说猎野猪的事，心想这只黑毛猪，倒有点儿像野猪的样子，有劲道，不憨。新米看着这猪，心突然怦怦地跳起来，他想起外婆家的小白，他和新荞从镇上挑中了它，两人合力把它拎到外婆家……新米压制住怦怦的心跳，对毛屠夫说，让我试试吧。

毛屠夫抽完烟，把抓钩夹在腋下，搓着被寒风吹僵了的手，也想起了和打谷猎野猪的旧事。那时候还没有实行严格的猎枪管制，他和打谷都在比新米现在略大点儿的年纪，也一样都逞强。他扛了祖上传下来的一杆老枪，成日和打谷形影不离地满山打转，遇到兔子猎兔子，遇到野鸡猎野鸡。有一回碰到一只半大野猪，他想也没想抬手冲它开了一枪，这野猪的肚子当即像个筛子一样漏下血来。但这一枪并未致命，受伤的野猪像辆疾驰而来的车一样冲他过来了，而他却来不及给枪再装上颗子弹，情形很危急。最后还是打谷从侧面冲出来，用一把砍刀砍翻了它。毛屠夫到现在还记得打谷浑身溅满猪血，站在死了的野猪旁边哆嗦个不停的样子。回过神来的毛屠夫扔了枪走过去，使出毕生的力气抱住了打谷。打谷身上猪血的味道，毛屠夫在很多年后忆起来依然觉得新鲜。

也就是在这一回，他们下山到一户人家借扁担绳子抬野猪，遇到了做姑娘时的新米的姆妈。这个女人不过是给打谷端了碗水，就想让打谷把在桃树下许下的誓言都忘了。毛屠夫对新米姆妈的不满在打谷的葬礼上突然终结，他们偶然交互的一眼让他们在一瞬间看清了彼此，他们何曾是敌人，他们不过是难友。

毛屠夫看了新米一眼，把抓钩递给新米，双手往猪栏上一撑，人就到了猪圈里。新米和几个帮忙的男人也跟着跳了进去。毛屠夫把猪尾握在手里，抬脚往猪肚上猛力一踢，双手用力上举，猪的前半个身子扑通一下落在了地上，几个男人扑上去，把它牢牢地摁住了。新米揪着一只猪耳，往后猛力一扯，顺势将抓钩狠狠地扎进了猪的上颚。

众人连声叫好。

毛屠夫惊愕地看着新米，慢慢退到猪栏边站定。新米从会走路起，就是打谷的小尾巴，他安静地跟在打谷后面下塘里玩水，上山里捉獾，是个不喜形于色的孩子。毛屠夫发现自己以前竟然很少注意到他。打谷时常坐在毛屠夫家的火塘边喝苞谷烧，他们并没有多少话说，两个人只是在微醺的气氛里相对而坐，慢慢将身心从微贱而艰难的日子里挣脱出来。他们各自把手撑在自己的膝盖上，眉头舒展、面容安详，像经历过无数沙场恶战的英雄，一片天高云淡。有几回，新米也在，大人们喝得正好，小小的新米打着呵欠，把头从打谷的腋窝下伸过来，有些戒备地看向毛屠夫，这种眼神引起的短暂的不快，连当时的毛屠夫自己都未能清楚地意识到，此刻背倚猪栏，新米那戒备的眼神却清晰地在毛屠夫的脑海再现。

毛屠夫倚着猪栏站着，一群兴奋的孩子在稻场里跑来跑去。

几个男人合力把猪抬到了条凳上捆好，新米把抓钩递给其中的一个，示意他往后拉扯。男人稍一用力，这猪的头就往后仰，猪心窝一览无余。毛屠夫双手抱在胸前，看新米麻利地将刀子捅进猪颌下的一尺三寸处，新米一抽刀，血像条蛇一样蹿出，一滴不漏地射入木盆。

接下来是给猪开气脚、吹气，用刮刨给猪刮毛。被吹得肿胀起来的猪四肢张举地躺在松木腰盆里，看上去竟有些欢喜，有些憨态可掬。杀了这么多年的猪，毛屠夫还是头一次注意到这种景象。他默默地走到条凳前坐下，看新米用梃钩棍轻轻拍打被刮得干干净净、吹得肿胀的猪身。新米全神贯注地做事，举手投足间似有些不屑，而略带稚气的眉宇间又似有股凛然。新米用挂钩钩住猪的后臀，指挥众人将猪挂到斜倚在屋檐下的木梯上去。新米取出小斩刀，先绕猪脖子一切，卸下猪头，再顺猪尾一刀劈到猪的胸腔处，只见猪的心肝肚胃肠顺势涌出，冒着热气落入木梯下的木盆里。新米弯腰用抓钩从木盆里钩出猪尿泡，转身扔给那几个围观的兴奋的孩子。孩子们接过去，尖叫着踢着跑远。新米无声地一笑，转身从樟木箱子里取出大斩刀，将刀举过头顶，凝神屏气，顺猪脊一路劈开。但见刀过处平整光洁，无半点儿零星碎骨，令人叫绝。

毛屠夫默默地看着手起刀落、神情专注的新米，他惊讶于单薄的新米那令人困惑的力量与专注。此刻的新米不再是那个偎在打谷身边，用警惕的眼神看他的孩子，他在一瞬间长大成人。

毛屠夫把手撑在身体两侧，静静坐在沾满猪毛的条凳上看新米做活。他想起新米将刀子捅进猪心窝前的情景，新米把那把细长的杀猪刀隐在肘内，示意那个手持抓钩的男人用力往后扯猪耳。男人一用力，躺在条凳上的猪无助地将头后仰，它嗷嗷叫着，双眼潮湿而惊恐。新米伸出一只手——合上猪的双眼，这潮湿和惊恐消失在新米手掌抚下的那一刻。毛屠夫惊愕地发现他看到的不是新米，而是另一个打谷，这个打谷在温和的外表下，有着刀一般的刚强和观音一样的慈悲!

毛屠夫用双手支撑着自己的身体,沉浸在自己的发现里不能自已。这时,这家的麻脸女人给毛屠夫端来一杯热茶,女人恭恭敬敬地说:"你这个徒弟,难得。"

毛屠夫接过茶,听到女人的话仿佛吃了一惊。他回过神来看着手持利刃的新米,眼前浮现起多年前跪在一树桃花下起誓的打谷,打谷俊秀的脸上竟然有和此刻的新米一样的神情。

原来自己从来没有像今天这样看清楚那一天的打谷。这一发现令毛屠夫忍不住潸然泪下。

(原载《黄河文学》2009年第9期)

一只叫得顺的狗

得顺原本不叫得顺,而是叫阿黄。它是一只非常不起眼的本地土狗,长相极其普通,短嘴、平额,四肢粗短,毛色棕黄,双耳柔软阔大,温顺地耷拉在圆圆的脑袋两侧。它的头一个主人,是涔水镇派出所的所长王坪达。王所长养狗,不为看家护院,只是为了冬季进补,因而他的狗都没有什么像样的名字,他只是叫它阿黄。涔水镇上有过许多阿黄。

王所长酷爱食狗肉,这在涔水镇是件家喻户晓的事情。年轻的时候,王所长爱吃公狗肉,两岁左右的公狗,一身都是生猛的肌肉,很合他的胃口。后来上了年纪,王所长渐渐觉出了公狗的腥臊,爱上了细腻肥嫩的母狗肉。王所长认为产过仔的母狗肉质松散、粗糙,因而他不吃生产过的母狗。每年冬至过后,王坪达会把宰杀后清洗干净的狗分成大致相等的小块,养在结着薄冰的清水里,随吃随捞,红烧、黄焖或葱姜爆炒。下雪天,西窗白,王坪达会支上只火锅,温一壶老酒,边吃狗肉,边赏一院梅香雪。这样的日子,就是神仙,只怕也过不到许多的。到了年底,王所长吃完一只一岁半左右的小母狗后,会去乡下寻找另外一只来养。阿黄从乡下来到涔水镇时,不过三四个月大的样子,有一副孩子似的心无戒备、天真烂漫的表情。它在派出所大院的水泥坪上跑来跑去,就跟它在乡下的田野里撒欢一样自在。没几天,阿黄就跟大家熟了起来,不管谁叫一声"阿黄",它都会欢快地跑到那人面前,用自己柔软湿润的鼻子去那人的腿脚上磨蹭。初来涔水镇的阿黄很快乐。

王坪达除了爱吃狗肉,还好一样,就是去浮生茶社听梁小来的大鼓书。

梁小来二十五岁，年纪不大，却是当地有名的鼓王，拿过许多次大鼓擂台赛的冠军，从涔水流域、澧水流域一直拿到沅水流域，方圆百里名头都很响。茶社开在小镇西街上，由先前的裁缝铺改造而成，坐北朝南，暗褐色的大门上方，黄褐锃亮的梨木牌匾上，碗大的"浮生茶社"四字，年年都要用曹素功的墨认真地润上一遍。临街的墙上装上了阔大的攒心格子木窗，墙面也用老式青砖重新砌过，与周围那些花花绿绿瓷砖贴面的店铺相比，浮生茶社就像是一个和现世有点儿隔膜的旧式绅士，端严、内敛、不事张扬。茶社的生意谈不上好坏，只是细长如流水，不溢不竭，不盈不亏。左邻右舍，布匹店改卖东北米，锅饺店改卖香蜡纸扎，水果店变成了麻将馆，只有这茶社，多年来坐看他人城头变幻大王旗，兀自岿然不动。与市井的热闹相比，茶社另有一番清凉。一个人进了茶社，叫上一壶太青绿，看日影缓缓掠过街对过的檐角，纵有天大的烦恼，也暂且搁到脑后去。时疾时缓的鼓声，伴着一折《甘露寺》，或是《斩马谡》，将人手中的一段平常光阴，演化得格外意味悠长。冬天到，寒风起，薄霜降，万物收敛，却是乡下人的闲暇好时光，梁小来的浮生茶社每天午后准时开讲。到了年底，出外打工的人陆续回来了，茶社也格外热闹起来。王坪达只要有空，就会穿街过巷去茶社听书。出于职业的习惯，听书之余，他也观人。出外挣钱的人中，有那么几个，荷包满了，却是带了病回来的，脸色比去年差了很多。内中一个神情委顿的中年男子，似有大伤，往往是一曲未终，就拂衣而去了，遍布街头巷尾关于他卖肾的流言，似乎不全是空穴来风。几个西装革履的年轻人，钱来得多少有些蹊跷，王坪达从他们的眼神里也能窥出一丝端倪。外面的世道不见得就有多好。

王坪达去茶社听书，阿黄来来去去都跟着他。与别的狗不同，阿黄到了茶社，见了生人，从不乱窜乱吠，鼓声一响，阿黄就趴在王坪达脚下一动不动，凝神屏息，安静得很。梁小来于是特地为阿黄设一座，准备了一只垫着稻草的竹筐给它。久而久之，阿黄也成了茶社的常客。听完书回去的路上，王坪达哼一句，阿黄应一句：

"劝千岁呀——"

"汪汪！"

"杀字休出口！"

"汪汪汪——"

"老臣与主那个呀、说从头！"

"汪！汪汪！"

…………

人人都觉到了阿黄的有趣。

梁小来看到阿黄时，也总是要俯身抱一抱，或摸摸它毛茸茸的圆脑袋。阿黄呢，则会把头往梁小来怀里偏一偏，或伸出舌头将他的手掌舔一舔，小儿女情态尽显。镇上的女人们见了，就不免要打趣梁小来：

"嘀！好个母狗！"

梁小来尚未娶妻，也不知是从什么时候起，镇上的女人们爱拿这单身汉开玩笑。那些曾牵线搭桥，想把妹子嫁给他却落了空的女人，偶尔会恨铁不成钢地伸手在他身上拧一把，道："一块好羊肉，倒落在狗口里！"梁小来从来只是笑一笑，并不搭理那些疯女人，一般说来，汉子们都惹不起她们。她们跟小孩子一样，疯起来最会厮缠，你纵有千钧力气，又能用到哪里去呢？在涔水镇，人人都知道梁小来和他师傅的小女儿周水清相好，周水清住在涔水河对岸的绿浦村，比梁小来小六七岁。梁小来要想娶她，还得熬上两年。都说周水清身体不好，自小多病多灾的，肩不能挑手不能提，娶回家大约也只能当菩萨供着。也有人说她没怎么上过学，识字全靠了她爹的一箱子鼓书本子，人也是有些痴痴的，周围的人都不大看得懂她。还有人说她是个跛子，出不得门，都不曾到过涔水镇的。隔着窄窄的一条河，能有什么事瞒得过镇上的人？梁小来少年老成，自小就很有主意，不像时下的年轻人，谈起恋爱来只是胡闹。不管别人说什么，他还是常常把自己收拾得干干净净的过河去看周水清，来来往往不急不躁的样子，让那些想取笑他的人渐渐也没了心绪。这镇上有不少人是看着梁小来自难处过来的，那么小就没了爹娘，姐姐远嫁，哥哥又是常年不回家的，他自己安安静静地长大了，没有给别人添过一点儿麻烦，是个多么讨人喜欢的年轻人！阿黄亲热他，又有什么好奇怪的呢？

梁小来十来岁习鼓书，多年沉浸其中，上自帝王将相，下到痴男怨女，从古说到今，虽是一门小技，但久而久之，他也渐辨得些性情，考得些方俗，能形容万类，知得千古秋凉。阿黄，孩子似的天真、敦厚和顺的样子令他欢喜。梁小来得了个空，一本正经地对王坪达说："明年冬天，我拿十只肥狗换阿黄，可好？"

　　王坪达摆手答道："换，即是不忍；不忍，则食之不香。不香，你给我一百只肥狗，又有何用呢？"

　　生而为狗，真是可怜！听闻的人不免感叹。但感叹归感叹，万物都得各安其命，阿黄也不例外。这个道理大家还是懂得的，于是日子照旧过了下来。

　　转过一个冬来，阿黄长大了不少。长大了的阿黄，还是孩子似的心性，快活，对人友善且无比信赖。时常有顽皮的孩子爬到它的背上去玩，阿黄支撑不住了，就和背上的人一起滚到地上去。人人见了这番情景，都不免要叹一句："好歹也是狗哇，怎么就一点儿都不恶呢？"

　　进入四月，阿黄六七个月大了。六七个月大的阿黄，已是一只青春曼妙的狗，它的身形在不知不觉中变得更加长，毛色也格外光亮，完全是一副漂亮的成年母狗的模样。浐水镇的人很少能在街上见到阿黄了，王坪达去茶社，也不再带着它。四月天，天气太过和暖，万物生机勃勃，但凡阿黄出门，总有公狗尾随挑逗，王坪达不胜其烦，就把阿黄关在了派出所大院内。镇上那些成年的公狗，开始有事没事地往派出所大院跑。王坪达时常拿了警棍站在大院门口驱狗。后来，阿黄的脖子上多了一根狗绳，狗绳一端系在院子里一棵开满白花的梨树上。阿黄时常围着梨树打转，眼神忧愁地向外张望。阿黄在树下转来转去，绳子在树上绕哇绕，变得越来越短。绳子短得不能再短的时候，阿黄竟知道掉过头来，再把绳子绕回来。阿黄的这股子聪明劲儿，引起了人们观赏的兴趣。来来往往的人常常停下脚步，看阿黄如何把尾巴歪向一边，围着梨树打转。有时候阿黄受了那些公狗的挑逗，当着众多看客的面，汪汪汪叫着直往外挣，挣得雪白的梨花落了一身，看上去让人十分不忍。

　　就有人拿阿黄与王坪达套近乎："王所长，你行行好，给它招个女婿吧。"

　　"它还小。"王坪达笑一笑，不紧不慢地应道，"再说，阿黄那么漂亮，总得挑一挑的，不过——"他停下来，歪着脑袋将那人上上下下打量一番，然后一本正经地说道："倘若你肯，我又有何不肯的？"众人于是都快活地笑了。

　　浐水镇派出所共有三位民警：所长王坪达，警员小刘，外加一个内勤小孙。小刘除了时不时跟着王坪达出警外，还有一个任务，就是替王所长看管阿黄，以防它被那些发情的公狗坏了金身。小刘二十出头，不同当下那些活泛的年轻人，却是个实肠子，给他个棒槌，也当起针（真）来，看狗没几天，他就开始挠头了。派出所是老百姓经常进出的地方，补办身份证，给新生的孩子上户口，放养在山上的老牛不见了，邻居家的竹根长得越了界……凡此种种，都是免不了要到派出所走一趟的，因而派出所大院的门不能总关着。阿黄倒是跑不出去，可是那些公狗，一不留神就会溜进来。

小刘对王坪达抱怨道："这事何时是个头哇？比抓贼都难。"

"嘿嘿！你以为它像你一样，一年到头都惦记这事吗？"王坪达看着不停打转的阿黄，笑着打趣小刘，"过了这半个月，只消半个月，它就安静了。"

小刘很有些难为情地笑了。

小刘恋着县城里一个卖童衣的姑娘，这在溽水镇也是件人尽皆知的事情。卖童衣的姑娘比小刘大三岁，小刘叫她姐姐。姐姐对小刘时好时坏的。姐姐对小刘坏，小刘是得个空就要往县城跑的；姐姐对小刘好，小刘更是得个空就要往县跑。现在正是对他好的时候。小刘去县城不敢开所里那辆吉普车，怕所里有什么急事要用，他全靠了一辆旧摩托，突突突去，突突突回。溽水镇到县城二十里路，有时只是两三个小时的空，他也突突个来回。瞧他忙得！镇上的人就不免要笑话他。

听说是半个月，小刘于是松了一口气。但他还是疑惑得很，只是不好问人。闲下来他蹲在阿黄面前，两手撑着腮帮子看着它，想起自己与姐姐的热闹，不免患得患失，柔肠百转。他恨不得问阿黄一句：感情的事，果真能这样来无影去无踪吗？阿黄解不了小刘的疑惑，它为自己的那点儿欲望所困，只管在树下转来转去。小刘很有些惆怅，末了回过神来，想到阿黄不过是条狗，于是又都释然了。

王坪达比小刘多吃了三十年的饭，路过的桥，接起来要比小刘走过的路还长。小刘和阿黄，他都看在眼里。四月桃花天，人与狗，都易患痴症。因此看到时，王坪达的脸上会生出一点儿若有若无的和蔼的笑。年轻人，身子就是一池活泼泼的春水，能经得起什么风吹？老成如梁小来，也不例外。同样是讲《昭君出塞》，梁小来在春上讲的与在冬天里讲的会有所不同，茶社窗外的桃花一开，梁小来的鼓书里不知不觉就多了些"无风竹影，有月窗纱"这样的词儿。因此，王坪达认为，不管是不是在桃花天，也不管是不是与痴症有关，人，总归会像阿黄一样，一辈子难免会有这样一两个不知害臊、糊里糊涂的"半个月"的，别人先且不管，就拿他自己来说吧，以前常穿一双能踢碎人脑壳的军用皮鞋，走个路也弄得山响，连狗都怕他，可是末了，还是觉得千层底的布鞋舒服，还是觉得安安静静走自己的路好。一切都只是个过程而已。

世上万般事，都是人算不如天算。阿黄这事也不例外。

一天早晨，王坪达正在米线店里吃一碗牛肉米线，电话响了，是他在沅城中级人民法院做法警的同学老赵打来的。老赵喊王坪达去杨树湾，说是"有事相商"。杨树湾是个枪决死刑犯人的地方，老百姓都叫它"杀场"。这杀场位于沅城与溇水镇之间，靠沅城方向，一个极其不引人注意的所在。杨树湾不是湾，而是一个向阳的山坡，山坡上也没有杨树，而是长着一大片黑压压的松树。王坪达接完老赵的电话，发了一会儿呆。一眨眼，和老赵竟有好些年没见面了。老赵以前是武警，转业后做了法警。年轻的时候，两个人气血俱旺，一个管抓，一个管杀，都有些担负了这清明世界神圣守责的自得，是谁也不服谁，见了面要互掐一番，甚是热闹的。后来，他们年纪渐长，慢慢看开，很多事就都淡了下来。现在老赵冷不丁来个电话，王坪达一时竟想不出能有什么事。他匆匆吃完米线就给小刘打电话备车。

从溇水镇到沅城三个小时的车程，沿途的油菜花都开了，像匹明艳艳的织锦，从公路两边直铺到田野尽头的山脚下。农民整洁的小楼散布其间。间或能看到一两口蓄满水的池塘，池塘里悠闲地游着三两只鸭子。天空也是蓝莹莹的。王坪达看着窗外想，仙境也不过是如此了。他想起来自己的老家，不过是山多一些，难得有这样开阔的田野，但这个季节的山里，一坡坡的翠竹，一坡坡的油茶花，也是美不胜收的。

得抽空把老家整饬一下了。他想。

警用吉普跑了两个小时后，来到了杨树湾。汽车从高速公路上下来，又走了一段盘山路。山上野花都开了，香气扑鼻。

王坪达望着窗外，对小刘说："还是古人讲究，秋后算账。哪像我们现在，一开春就忙这种事。"

"那是！"小刘一边开车，一边应道，"说到底还是老祖宗会办事，古代砍个头可不简单，搁现在那就是行为艺术。你想啊，吃的是长休饭，喝的叫永别酒，用胶水把头发刷得服服帖帖，绾个鹅梨角儿端端正正，鬓边再插朵红绫子纸花，砍下来拎在手上，那也是好个体面脑袋！"话未落音，忽听得汽车后座上传来几声狗叫。小刘扭头一看，只见阿黄趴在后座上，正好奇地抬头往车窗外张望。

小刘叫起来："它怎么跟来了？我明明把它系在树上了的。"

王坪达也回过头去看了看，笑道："这狗东西，大约也想出门看个新奇呢。"

汽车停在了一个戒备森严的院子里，阿黄还没有下车，院子里的几条警犬就都骚动起来，尤以一只改良黑背闹腾得厉害。老赵闻声走过来，看了看阿黄，摆手说道："带狗来也就算了，还带只母狗来，这不是成心要乱我军心嘛！快拴到外面的林子里去吧。"小刘赶紧把阿黄牵了出去。

王坪达将老赵上上下下好一番打量，打趣道："才几天？活成了个烧火佬！"老赵的儿子在北京工作，刚结了婚。涔水镇的人喊那些刚做了公公的男人为烧火佬——家业交给儿子打理了，从此只能坐在灶孔前给做饭的儿媳妇搭把手烧烧火了。只是烧火也就罢了，偏偏看到忙前忙后、年轻貌美的儿媳妇，心里又会生出些男人的不安分的愚蠢想头——人生中最后的一点儿不切实际的愚蠢想头。过了这段时候，等给天仙烧火也老实了，那时候才是真老了。

老赵当胸捣了王坪达一拳，说："你不一样也快了？看你还能蹦跶几天！"

王坪达没心思再开玩笑，问老赵："今天是谁呀？非得让我来。"

"你不看新闻的吗？公审公判大会刚开过了的，还能有谁？早不说晚不说，今天一早突然说要见你。"老赵说着，把王坪达带到一间小屋前，站在门口喊了声，"田小楠，王所长到了，你有什么话快说吧。"

王坪达听到"田小楠"三字，不由心里一沉。"到底还是死刑啊。"他在心里叹了一口气。田小楠的家与王坪达的老家相距不过十来里路，一年前，王坪达配合沅城警方到田小楠家所在的那个小山村抓的她。当时田小楠藏身在她家屋后的一个小山洞里，熟悉地形的王坪达没费多大劲儿就找到了她。田小楠揪着王坪达的袖子，跪倒在地上，不住地求情："王所长，黑皮吃白粉吃死了后，我就知道错了，再也不敢了，求求你！求求你！看在我爹娘还有女儿的分上……"王坪达把手铐给她铐上后，她用绝望的眼神看着他说："你，这是让我去死呢！"王坪达也算是久经沙场的人，什么样的人没交过手？

他从来都是快准狠的，可这一次，不知为什么，他虽然是毫不犹豫地铐了田小楠，但心里却觉得有些空荡荡的，少了以前常有的那种踏实感。后来电视也好报纸也好人们的议论也好，他都不怎么看不怎么听，似乎是刻意要忘掉这回事。

王坪达进到屋内，看到一个身形瘦削的年轻女子挣扎着从一张椅子上站了起来。

"坐下说吧，坐下说！"王坪达连忙说。

田小楠表情平静，两手搁在膝盖上端坐在那儿，头发整整齐齐地抿在耳后，两只裤腿都用细麻绳扎紧了。王坪达的目光像被火烫了一样从田小楠的裤腿上跳开了。大部分的死刑犯人，即使是那些穷凶极恶的杀人犯，在临刑前一刻都会有屎尿失禁的情况，所以必须把裤腿扎紧，以防屎尿溺下。当了一辈子警察，王坪达对这一切都已不再陌生，但他还是感到了惊心。

田小楠看着王坪达，嘴角牵动了两下，算是笑了，说："对不起，让您跑这一趟。"

"没关系的，有什么话，你就说吧。"王坪达说。

田小楠垂着头，半天不吭声。王坪达不忍心催她，就把脸扭向窗外。外面阳光明媚，绿莹莹的空旷的草坪中央，铺着一块颜色鲜艳的毛毯，几个荷枪实弹的法警站在毛毯边上默然地抽着烟。

"可惜了那毯子。"田小楠说。

王坪达回过头来，看见田小楠也望着窗外，就对她说："国法无情，这是没有办法的事。你还有什么事需要我做的，只要我能做，会尽力的。"

"王所长，你知道的，我父母，一病一瞎，我女儿叮叮，又那么小，他们三个，常常连饭都搞不到嘴巴里去，低保的事，还得麻烦您。"

"都跟乡里都说好了，去年年底就该办下来了。怪我，年底一忙，竟忘了问问。"王坪达说这话的时候，不敢看田小楠的眼睛。年底的时候，他去过一趟田小楠家，田小楠的老父亲，无论如何也不肯接受低保，他的原话是："我们有什么脸面再拿国家的钱？我没有教好那一个，我不能再不好好教这一个，一粥一饭，都得自己堂堂正正挣来。"

"去年没有办下来。"田小楠说着话，扑通一下跪到了地上，头撞得地板咚咚响，说，"拜托了！"

"放心吧！"王坪达连忙把田小楠扶了起来。

"看来呀，这种事用手枪比用步枪好。实习那阵儿，我见过用八一式半自动步枪的，威力大了点儿，半个脑袋都崩没了，场面实在难看。"回去的路上，小刘一边开车一边说。他看完了整个行刑过程，感慨颇多。

王坪达不吭声，沉默地望着窗外。

"沅城这帮家伙倒是懂枪，用七七，威力够贯穿，一枪毙命，弹眼小，射击残留物少，把人翻过来一看，嗬！好家伙！前额上的眼儿不过硬币大小，毛毯还挺干净，洗一洗补一补还能再用呢！"小刘拍着方向盘直感叹。

王坪达不悦道："专心开车吧，不说话会憋死你吗！"

小刘看了王坪达一眼，道："所长，对坏人仁慈就是对好人残忍！田小楠她是罪有应得，她在县城贩了这些年的白粉，害了多少人？够死上十回八回的了！黑皮，不是她，能死吗？我和黑皮从小一块长大的，他死的时候，我都不认得他了，两只眼窝子陷到了后脑勺，整个人光剩了一把骨头！我要是早两年来涔水镇，就轮不到你抓她，我直接就把她给抓了——阿黄，你说我说的对不对？"

阿黄一声不吭，安静地趴在后座上。

"我倒不是后悔抓她！她得到了一个公正的审判，这没什么好说的。只是，这死刑，怎么说呢，惩恶是一定的，可是，也彻底剥夺了一个人要做好人的机会不是？我现在呢，厌恶行恶，也厌恶行刑，不过是一报还一报的事，能高明到哪里去？"王坪达道。

小刘看了王坪达一眼，笑道："所长，你老了！软了！"

"老了就老了吧，谁还能不老呢？"王坪达说着话，十指交叉起来兜住后脑勺，看着车窗外稍纵即逝的风景发呆。至于是不是软了，他懒得为自己辩解。田小楠要不是死刑，老百姓也不会答应。满世界都是无法消除的戾气。

王坪达发了一会儿呆，对小刘说道："喂，你说，假如我们把一个坏人也送上天堂，让他在一个全是好人的环境里重新做人，会怎么样呢？"他看了一眼小刘，接着说："比如，把田小楠，送到一个没有白粉的地方……"

小刘扑哧一下笑了，他摇着头道："坏人都能去天堂，那天堂还是个天堂吗？"

"嗬，也是！"王坪达愣了下，摆摆手，有些羞赧地说道，"这真是吃饱了饭没事干,撑得瞎想!"他把座椅放平躺下,把大盖帽盖在自己脸上,闭上眼开始睡觉。可是一路上,王坪达满脑子都是田小楠裤腿紧扎着坐在那里的样子,直到车开进了涔水镇派出所,他也没有睡着。

春种、秋收,都是茶社的淡季。布谷鸟一叫,乡下开始种瓜种豆,梁小来的大鼓书,就改为隔几天一讲了。隔几天,他也没个定数,有时三天,有时五天。剩下的时间,梁小来开始编一个新本子,现代故事,忠犬救主。讲的是一个进城打工的中年农民,因为急用钱,不小心陷入黑市器官交易,后来是他在城里收养的一条流浪狗救了他,最后这个农民带着一个健康的身体,还有那只流浪狗回到了家乡。梁小来试着把这个故事讲给周水清听。周水清坐在窗前绣十字绣,听完这个故事,泪水把花绷子都湿透了。周水清提笔在梁小来的鼓书本子上写了几句开场词:

借狗狗忠义本色,添芸芸儿女家风,两般有无不同?算来是痴人一梦。

为了写好这忠犬,梁小来常去派出所看阿黄。他隔窗对王坪达说:"一只忠犬,就应该是阿黄这样子的吧。"

王坪达不吭声,只是看着小来笑。

小刘正用拳头撑着脑袋打瞌睡——没事的时候他总是这样,按小孙的说法就是要"养足精神,去看姐姐"。小刘恍惚听得梁小来说"忠犬",就站起来隔窗说道:"阿黄这性子,典型的菜狗,忠奸不辨,照它的情形,坏人它也爱的,这温暾水,哪里救得了人?老赵那条黑背还差不多。"

"救不救得人,另说,但说起忠犬,阿黄一定也不差的。"梁小来不改初衷。

阿黄呢,听不懂这些,安安静静地趴在梨树下。

从杨树湾回来,阿黄性情大变,终日懒洋洋的,对谁都有些不理不睬。

不久,阿黄挑起食来,食盘里常常剩下一大半。这样的次数多了,梁小来就注意到了。他跑去对王坪达说:"阿黄别是病了吧,得找个兽医看看。"

王坪达把报纸从脸前移开,扭头看了窗外的阿黄一眼,淡淡笑道:"不碍。"

到了五月,梨花开尽。阿黄的"病症"似乎加重了,更添了一层呕吐。

梁小来按捺不住了，跑进派出所办公室去打电话叫兽医。

王坪达把梁小来的电话扣上，说："不碍的。"

小刘在一旁说："都养到这份儿上了，要病死了，可惜了。"

小孙也说："这样下去，年底你吃什么呀？"

"缺了阿黄，还能不吃狗肉了吗？我以后哇，吃不了三净肉，吃二净肉。"王坪达扭头看了看阿黄，笑道，"告诉你们吧，它不是病了，是怀孕了。"

梁小来高兴得不得了，问："可是真的？"

"这还能有假？"王坪达答道。

小刘跳起来："怎么会！这是什么时候的事呀？"

王坪达并不说明，笑道："呵呵，它比你高明，悄没声息就把事办了，你服不服？"

小刘两眼瞪得铜铃大，道："嗬！到底是什么时候的事呀？它是怎么干的呀？"

"怎么干的？你问它咯。"王坪达只是笑。

进入六月，天气渐热，稻子渐黄，阿黄生了。

五只小狗崽，毛色、长相、性情各不相同，有全身乌黑的，有一身棕黄的，也有黄中带黑花的，尾巴都蓬松上卷，多少都像着阿黄。王坪达对小刘小孙说："怎养得了这些？这黑的给我留着，明年退了休，带到乡下去正好。剩下的，你们看看有没有合适的人可以送。"

小孙抱了一只回去给儿子当宠物。周末小刘回县城，他挑了只看上去乖巧懂事的送给了黑皮的父母。一个来派出所补办身份证的农民要走一只。梁小来闻讯赶来，照样只是要阿黄。

"年底，我给你十只肥狗！"梁小来说。

王坪达想起镇上的女人们打趣梁小来的那句"好个母狗"的话来，就笑道："什么时候见过你这么喜欢狗的？一条狗罢了，值什么！"

梁小来高兴地谢过王坪达，弯腰摸着阿黄的脑袋道："所长，阿黄还真是命大，你这样子严防死守，它还是做了妈，真不容易呀。"

小刘摸着自己后脑勺，思忖着说道："想来是在夜里，有狗翻墙进来，成其好事。"

王坪达看小刘迷迷瞪瞪的样子，就说道："狗跳墙？亏你想得出。告诉你吧，是在杨树湾，老赵那条黑背……"

原来，王坪达见过田小楠后，就赶紧走出刑场，坐到车上抽起烟来。刑场里外两层警戒，气氛很有些肃杀。阿黄被小刘拴在距车不远的一株松树上，松树下开着一小簇野蔷薇，一群蜜蜂嗡嗡嗡地在上面忙个不停。王坪达一支烟没有抽完，就看见那只黑背从院子里窜了出来，胸背带上的不锈钢卡环在地上拖得叮当响。黑背一点儿不客气，直冲阿黄过去了，它用脑袋把阿黄拱了拱，三下两下，就把阿黄抵到松树上，两只前爪按住阿黄后背，两条后腿直立起来，霸气十足地忙活开了。黑背脊背高耸，一边忙活，一边呼呼呼地直吐猩红的舌头，办起事来气势如虹，与一般的土狗完全是两样。王坪达觉得有趣，且不去管年底进补的事了，只把两条胳膊支在车窗上津津有味地看。一个法警从里面急慌慌地追出来，王坪达连忙下车拦住他，说："已经这样了，姑且成全一下。"

那法警看着两只欢情正浓的狗，自知要分开它们也难，弄不好，还伤狗，只得快快作罢。王坪达拍拍他的肩，递了根烟给他。两个人抽着烟，站在车旁默然地看蜜蜂忙乎，看狗忙乎。没多久，传来短促的啪的一声枪响，惊飞松树林里的几只乌鸦，人和狗，却都没有动一下。

听完这些，两个年轻人都默然无语。

梁小来给阿黄取了个新名字，叫得顺。

一镇的人，没有这样正儿八经给狗取名字的。涔水镇上的狗，基本上都是本地土狗，论模样，也都是规规矩矩的狗模样，少有长得奇形怪状、狗不像狗的。名字吧，随便叫个阿黄阿黑或者阿花，也都是规规矩矩的狗名字。有那么一两家有闲钱的，最多养个京巴，当玩物，叫个欢欢、乐乐什么的，至少有股子小意儿，也都还说得过去。给狗取个名字叫得顺，你让那些叫顺得顺心、叫得福得喜的人怎么弄？

梁小来性情温和，一向都好说话，可是在给狗取名字这件事上，固执得很。一锅米饭焖好了，梁小来先盛出一盘来喂狗。

"得顺，来吃！"

梁小来出门来，把搪瓷盘子往地上一顿，喊这么一嗓子，得顺就乐颠颠地跑过来了。

街上的人都笑他。背地里有人道："听上去像叫儿子！何不干脆给它个姓？叫梁得顺！将来连儿子也省得生了！"梁小来不管那些风言风语，还是一口一个得顺地叫。新华书店的李得康，看到得顺脸就拉得老长，他跑到派出所告梁小来的状。

"王所长叫这狗阿黄，他偏叫个得顺，显得他就有多高明？"李得康说。

小孙和小刘都笑李得康是个小气包，道："以前怎么没看出来您老那么会说话，瞧这风煽的！"

王坪达也笑，他拍着李得康的肩膀说："得康，我记得你的小名叫狗剩，我的小名你知道吗？"

李得康摇摇头。

"叫狗蛋。"王坪达道。大家都笑起来。

王坪达又说："人可以叫个狗名字，狗就不能叫个人名字吗？你又不是不知道，梁家两代人，到了小来这才过得有点儿样子了，他的那点儿子心思，你还不明白吗？"说得李得康很不好意思地笑了。

自此，在涔水镇，得顺这名字，就算归狗了。

梁小来去河对岸，不再是独来独往了，得顺总是跟着他。它一会儿跑在梁小来前面，一会儿跑到梁小来后面，兴兴头头的，与平常日子格外两样，仿佛到河对岸去，对它来说，也是一件天底下最快乐的事。

得顺后来又活了二十年。与其他同种或不同种的狗相比，得顺的一生，可谓是漫长的一生。狗的二十来年，差不多相当于人的一百二十年，这样一算，就知得顺的一生，也是漫长得令人惧怕的一生。得顺的儿孙们，尽管身体里或多或少地流着得顺的血，但它们是进行了一场一代接一代坚韧的接力赛，才勉强活到了得顺最后抵达的时代：一个光怪陆离、绝望与希望并存的时代。得顺死去后的涔水镇，陆续添过许多新鲜的狗面孔，比如镇长夫人的吉娃娃，财政所长家那头长得像个绒球的松狮。跟得顺相比，这些新鲜的后来者，都有着一个宠物应有的干净、体面，它们甚至像人一样，拥有一两套有趣的衣服。可是多年以后，涔水镇的人能想得起来的，视其为伙伴的狗，还是像得顺这样的狗。

(原载《时代文学》2011年第7期)

菊花枕

德生去了一趟长沙，给兰馨带回来了咏立的消息。

"他们在宝蓝街。"德生说。

天气很炎热，蝉在树上没命似的叫。

兰馨埋头在水井边刷一只搪瓷便盆，德生的话，就像风一样从她耳边过去了。

站在院子里枣树下的德生，望着兰馨沉默而单薄的脊背，感到了一阵令他虚弱的痛。仿佛有一只无形的小手，正把他的心一点点地揪起来呢。好像只是打了个盹，醒过来，发现原来有些闹的兰馨突然就安静下来了，可是这安静，却这样地揪德生的心。

兰馨缓缓地直起身，把身子转向德生。夕阳西下，越过院墙把一抹金黄涂在兰馨背后的山墙上，兰馨白而瘦削的脸浸在光影里，有了丝绸一样的质感。兰馨戴着一双绿色的塑胶手套，左手拿着一把猪鬃毛刷，右手拎着洗得雪白的便盆，她冲着德生虚虚地张了张胳膊，说："四婆婆问你呢。"

四婆婆躺在床上有些时日了。德生不出门的时候，天天过来看她。德生从菜市场走过来，穿过热闹的东街和一个十字路口，走过同样热闹的西街，折进一条两边种着翠竹的小径，安安静静地走那么三两分钟，就是四婆婆和兰馨住的这所小小院落。德生来看四婆婆，也看兰馨。咏立在的时候，四婆婆还硬朗得可以打哈哈，德生隔三岔五地在傍晚的时候来。当太阳把街边梧桐树的影子推倒在肉铺对面的房子上，德生就会摘下腰间溅满污血的皮裙，站在水龙头旁用马头牌肥皂把自己搓洗干净。他走起路来很快，他人高马大的妻子桂子有时候会手托一片猪肝，咚咚咚地追上半条街。街坊们见到此情此景，就很羡慕四婆婆，说桂子的脑子，只怕是猪脑子。当年四婆婆让咏立顶自己的班到邮政所，让德生赤手空拳离开谭家小院倒插门到菜市场，街坊们站在桂子的立场，就很替四婆婆忧心。因为四婆婆这碗水，到底是没端平。

那些年纪大一些的街坊，人人都还记得四婆婆年轻时拿了花绷子，坐在邮政所门口绣菊花的样子。四婆婆能把一根花线劈成六股，绣出的菊花引得来蜂蝶。手巧，可是命不好。四婆婆最先相中的男人是另外一个乡镇上的年轻中医，两人订婚不久，中医就因为出身不好被送到西洞庭湖农场去改造。久等不来，四婆婆最后匆匆地嫁给了有一个歪歪斜斜小院的谭木匠。先生了德生，后是咏立，都姓着谭。到了孩子都可以打酱油的时候，木匠趁夜黑过河砍树修屋，失足跌到桥下淹死了。四婆婆一夜白发。

倒插门到菜市场肉铺的德生，时常迈着大步穿过几条街回来看四婆婆。德生喜欢和咏立坐在四婆婆清洁的小院里，就着兰馨炒的青椒熘猪肝喝澧洲干啤，听晚风拂过枣树梢，看月亮一点点爬到小院上空。四婆婆似雪的白发整齐地梳在脑后，她躺在枣树下的躺椅上，浑身散发着花露水的香气。兰馨穿着白底碎花的棉布裙子，坐在四婆婆身边摇着蒲扇给四婆婆赶蚊子。兰馨的蒲扇用的是同样的白底碎花的棉布绲边，那可是涔水镇最美的一把蒲扇。四个人在月亮地里坐着，并没有多少话可说，可只是那么坐着，德生就已觉得人像到了梦里一样，但是，现在这个梦被咏立打得碎碎的了。

德生垂首跟在兰馨后面，温顺的样子像个乖乖的孩子。四婆婆的房门口挂着细丝竹帘，德生抢先一步上前，为兰馨撩起帘子。屋子里很阴凉，四婆婆躺在洁净的床上，下巴以下的身子都隐在一床花色艳丽的毛巾被下。不过是隔了两天，她变得那么薄，令德生惊诧。德生坐到四婆婆床边的竹椅上，把四婆婆的一只手从毛巾被里拿出来握到掌心里。四婆婆手背上满是老年斑，皮肤白皱，搁在德生厚大的掌心里，是那么凉。没有生命的凉。德生就想起小时候被四婆婆牵着去常德城里看医生，四婆婆仿佛怕弄丢了他，用力攥着他的一只手，掌心里满是汗，可他怎么也挣不开。先是那些力气，后来是那些热气，四婆婆就这样一点点死去。

德生每天干的是白刀子进红刀子出的营生，见惯了生死，可面对四婆婆，依然感到伤心。那一天紧咬着一天的日子又未尝不是一把刀子呢？人终究只是跟猪牛一样，也是要把自己身子里的那一点儿热血倾尽，才能撒手而去的呀！德生眼里不由得有了泪，他扭过头去看窗外，透过洗刷得干干净净的窗纱，德生看到了院子里枣树下斑驳的光影和墙外弯弯的翠竹梢。蝉躲在某些神秘的树叶后，发出歇斯底里的忽远忽近的叫声。窗前还是那张松木桌子，朱漆剥落了，露出木头晕淡的纹理。桌上立着一个小小的镜框，镜框里的四婆婆红颜白发，她端坐在一张太师椅上，咏立与德生立在两边，两人脖子上都系着红领巾，脸上有同样的纯真的笑。

德生想起小时候四婆婆常常对他们说的那句话："不要恨别人，要自己发狠。"四婆婆这辈子，可不是发着狠活过来的一辈子。

兰馨端过来一壶茶。壶有着青绿色朴拙的壶身，是有些年头的铜官窑五文壶。沅水边中医院的老大夫把壶交给德生时，德生还是个不谙世事的孩子。那年他十一岁，放了暑假，四婆婆带他去常德城里看中医，以往坐在桌子后瘦削而慈爱的张姓中年男子不见了，换成了一个须发尽白的老人。老人对四婆婆说，是心脏上的病，倒没受什么罪。

老人从身后的柜子里拿出那把茶壶交给德生，说："留个念想。"

四婆婆牵了抱着茶壶的德生急急地往外走，隔着一条马路就是沅水河，四婆婆疾步走到河边的一张长椅旁，一屁股坐下去哀哀地哭了起来。

德生感到讶异，百无聊赖地站在四婆婆身边看河水汤汤。

后来，德生听到了一声汽笛的长鸣，远远驶过来一艘运煤的驳船，庞大的船破开开阔的水面，推涌起墙一样的波浪直拍到岸上来。德生像听到了一个命令一样，把茶壶往四婆婆怀里一塞，兴奋地跟着船跑了起来。

德生和桂子结婚的时候，不想把这把壶带到污血横流的肉铺去，就把它交给了兰馨，后来兰馨一直用它给咏立泡太青山的清明茶。芽尖儿细细、生有一层绒毛的清明茶泡到了壶里，咏立会屈起一根手指，砰一下弹在茶壶上，对来人说，尝尝，十块钱一两。仿佛他喝的是十块钱，而不是壶里的那一两。

兰馨把茶倒到一只陶碗里，搁在德生身边的桌子上。德生知道堂屋的电视柜里收着一套白细瓷杯子,是时下流行的骨质瓷,华丽的光泽、轻薄的质感,全因了牲畜的腥腥的骨血。那是咏立喜欢的。一个人的身外物,有时就是这个人的泄密者。德生想起咏立的那个女人,第一次见她是在兰馨工作的镇医院。德生闻讯赶过去的时候,见女人插着两手站在兰馨面前。

女人告诉兰馨,她要为咏立生个孩子。

女人很年轻,穿着黑色的紧身衣,她脸色青白,身形瘦削,整个人都硬生生的,是一个和兰馨完全两样的女人。而斯文的兰馨发怒的样子也让德生震惊莫名。

兰馨一直很平静,嘴角仿佛还带着笑意。只是当女人说到孩子时,兰馨跳起来,揪着女人的头发往德生面前拖。兰馨喊道:"杀了她!德生,杀了她!"

一镇的人都围了过去。

兰馨轻轻地在床边坐下来,她看着四婆婆毫无知觉的脸,说:"也就在这两天里了。"

兰馨天天都要给四婆婆打葡萄糖,打了葡萄糖的四婆婆有那么一会儿喘得就不那么厉害,甚至可以安睡一小会儿。一个人在这尘世上,就剩下一口气断不了,真是一件很痛苦的事。身体里这辈子的力都用尽了,那游丝般的一口气又如何支撑得起变成累赘的沉重肉身?四婆婆醒着的时候,光躺在床上喘气,每说一句话都像爬一座大山。她是那么厌恶自己的身体,有时她急于挣脱身体束缚的样子会让兰馨感到害怕,并因这种害怕忘记咏立带来的不快。人人都有这么一天,大家会在某一处相逢。看到了一个再平常不过的结果,兰馨慢慢就把揪心的事放了下来。

在后来的一些夜深人静的夜晚,兰馨把窄窄的光洁的额头抵在被夜露打湿的窗玻璃上,想着咏立。她想到的咏立,是那个在月亮地里拦住她,用令人发笑的普通话学电影里的人对她吟诵"假如生活欺骗了你"的咏立。

兰馨从四婆婆枕边拿过来一个小包袱,放在膝盖上一层层打开。

包袱里是四婆婆的寿衣。白棉布的对襟衫,同样白色的盘花扣,是德生多年前就看到的那一套。那时,还是孩子的德生和咏立在院子里抽陀螺,四婆婆坐在枣树下做针线,膝头堆着白棉布,就像坐在云端里。四婆婆偶尔会停下手里的针线,抬起头笑眯眯地对德生和咏立说:"快快长啊,长大了把兰馨和桂子娶过来。"

四婆婆知道菜市场的桂子是女人中的武将军，浓眉大眼，神色端庄。自小就一边梳头，一边隔窗看父亲杀猪宰牛的桂子，是处变不惊、举重若轻的桂子。家里有一个桂子那样的女人，再薄寒的日子也可以过得活色生香，再颠沛的日子也可以过得四平八稳。而兰馨呢，骨骼纤细，眉眼清秀，笑声像银铃般清脆，是浖水镇的公主。所以四婆婆的话刚落音，德生和咏立就会异口同声地答："我要兰馨。"那时还小，知道什么呢？德生后来明白，他原来有另外一种日子，是在菜市场临街的小院里。院子里永远充斥着热气腾腾的、带着新鲜的肉与血的腥气，角落里的泡桐树疯长，阶沿下的一小丛美人蕉完全失去了花的样子，大而茂盛得近乎嚣张。而人也是壮实的强大的，女人、孩子统统都活得比石碾子还结实。德生每晚睡得安稳，连梦也难得做一个。

寿衣的底下是一只枕套，兰馨把它展开给德生看。枕套长条状，充起来应该是像一段滚木的样子。粗糙的家织布的底子，染成了靛青色，两头用绿色软缎拼接，绿缎子上绣满了黄灿灿的舒卷的菊花。展开的时候兰馨和德生都闻到了樟木的香气，枕套上的折痕都有些发白了，该是多少年前的东西了。那些菊花依然一朵比一朵开得浓艳热烈，无关日月与风尘一般。

木讷的德生有一小会儿的疑惑，他无法把这个漂亮的东西跟一辈子寒素淡然的四婆婆联系起来。不过，这小院里的很多东西，来的时候莫名其妙，去的时候也莫名其妙。小时候的德生每年都会跟着四婆婆去常德城里看一回中医，为了他的莫须有的积食疳结。他们坐在一辆吱嘎作响的汽车上，跑很远还能听到咏立追来的哭叫声。受托看咏立的西街卖甜酒曲的福娘收过四婆婆两尺好绒布，发乱钗横地把乱蹦乱跳的咏立搂在怀里，格外大声而卖力地哄道："伢儿，伢儿，姆妈卖了德生买糖去来——"但是德生只是被那个穿白大褂的中年男子乱摸了一气回来，并没有被卖掉，倒是四婆婆包袱里的一竹筒清明茶，或是一双千层底的灯芯绒布鞋不见了，多出来德生和咏立的新衣服、新书包，有时还有桃酥、大白兔奶糖。更奇怪的是，有一回，看完大夫回来，四婆婆居然拿出来一笔钱整修了小院。四婆婆在院里院外种竹子、种树，她高高兴兴的样子，是自多年前做木匠的父亲坠河后不曾有过的。

"她交代枕这个走。"兰馨拍着绣满菊花的枕套说。

兰馨安静的样子，很让德生疑惑当日那个闹着要杀人的是另外的一个人。兰馨白而细长的十指抚过那些密密实实的花瓣，眉头微蹙地看着德生，说："到哪里弄荞麦壳呢？米店里都问遍了的。"

不知是谁定下来的规矩，这样的老式枕头，一律是要用荞麦壳来填充。人大部分时候还是愿意往老路上走一走，规矩大约就是这么个东西，使人更加心安地往老路上走。德生不知怎么想起咏立跪倒在他面前时的情景，咏立跪下去的时候，德生看到了他头顶的白发。

兰馨说话的时候神情很专注，她的头微微侧着，德生看到她眼角浅浅的细纹，浓密的头发松松地挽在脑后，露出一段白皙的细细的脖颈——依然是多年前的兰馨。似那些未曾结果的花，兰馨的花期也是特别长。

德生第一次知道咏立为了孩子在外面找了个女人的时候，他吃惊得合不拢嘴。在德生看来，一个男人，有了兰馨这样的女人，还要别的干什么呢？天下都是可以舍得的。看着兰馨流泪，时不时和那个女人揪一块在硬邦邦的麻石街道上滚来滚去，德生的心就像块玻璃，哗啦啦碎了。他跑去对咏立说："大巴和小佬，随你要哪一个。"

咏立将一口痰吐在地上，说："他们哪个也不姓谭！"

大巴和小佬明明跟德生姓着谭，咏立说出这样的话，德生就知道咏立信了涔水镇上的流言，他挥拳打了咏立一顿，为四婆婆，为兰馨，也为自己。但是现在兰馨看上去最关心的是填四婆婆枕套要用的荞麦壳，咏立这个人，她仿佛全忘了。

德生想起在宝蓝街看见咏立的情景。涔水镇的人要是一辈子做人家的儿子，讲究的是娘老子闭眼那一刻的孝道。人们背地里说起一个倒霉的人，不管这个人一辈子倒了多少霉，大家偏偏只记得他一件，远远看他在灰扑扑的街道上过，人们会说：喏，就是那个没赶上给娘老子送终的那个人！桂子陪兰馨守了四婆婆一下午，回去就吩咐德生去长沙找咏立。德生生怕成为一个倒霉的人，晚上带着十岁的大巴过去陪四婆婆，白天连猪也不肯杀了，涔水镇的人嘴巴里都淡出鸟来，他又怎么肯在这个时候跑到远得了不得的长沙，去找一个无影无踪的人呢？

桂子淡淡一笑，说："咏立在宝蓝街。筒车的悼歌、绿浦的乐队、中武的典子、斑竹的小鼓书，哪一样也比不上咏立哭一声娘。"

德生听了愕然。桂子知道咏立的去向，是他想破脑壳也想不到的事。桂子有一些神秘的本事，时时使德生觉得惊诧。桂子站在傍晚的院子里，朝天空看了看，说："有连阴雨，明儿杀个小的吧。"果然接下来下了几天雨，百十斤的肉也卖了两三天。有时四蹄被捆的猪不甘心地在条凳上挣扎，几个街坊也摁不住它，桂子就会走过去对猪说："阿弥陀佛，赶紧走吧，下辈子你是个干部呢！风不吹雨不淋，月月都有几百块钱花。"猪仿佛懂得了桂子的话，用湿漉漉的眼睛看她，格外安静地受了那一刀。

德生第二天就去了长沙。

宝蓝街是一条比涔水镇的东街和西街还要小的街，特别窄细的一条，弯弯曲曲的，像条蛇一样从一条宽阔的大马路爬到一片破旧的老房子里去。德生只是站在街口，就闻到一股子腻腻的香味。原来这条街里的人都是做美容、美发用品生意的。家家户户的店堂里都有几个硕大的塑料桶，盛着各种颜色各种牌子的洗头水、护发素，五颜六色的空瓶子堆在墙角，赫然标着飘柔、潘婷、沙宣的名头。敷脸用的珍珠粉五元钱一大袋，掺了中草药的按摩霜、海藻泥、各种精油都挤在摇摇欲坠的货架上，价格一律便宜得惊人。

咏立的米粉店占了街角的一小片地方，店子里放了四张桌子，炉灶摆在店门口。他做的是这条街上的老板、伙计的生意。德生看见咏立的时候，咏立还穿着那条在涔水镇做邮递员时穿的裤子，立在火热的炉子前烫米粉。那个女人脖子上吊着一个油腻腻的小挎包，正低着头在包里给人找零。他们并没有过得有多好，孩子照样是没有，因而咏立和女人看上去都有些面容憔悴、神情沮丧。

咏立把手上的漏勺递给女人，跟着德生走到一棵电线杆子下说话。咏立低着头，仿佛亏心得很，不敢看一眼德生，他支吾着说："老谭家的祖屋，是拿老张家的钱翻修的。我没脸在涔水镇活人。"

德生恼火得很，说："他们的嘴巴里都生了蛆，嚼蛆呢，你也信？"

咏立闷头抽烟，再不说话。末了，咏立流着泪给德生磕了个头。

有几句话，德生很想问问四婆婆，自己与咏立，到底是不是同娘各老子？涔水边中医院的那个张姓医生，到底是不是自己的爹呢？德生每次坐在四婆婆床边，心想等她醒来就问她。可是四婆婆一睁开眼，一口气在喉咙里忽上忽下，弄出拉风箱般的声响，德生就把要问的话都忘了。

兰馨摸着枕套上的菊花，侧过脸看一眼四婆婆，安慰似的笑了。兰馨长着长睫毛的眼睛像猫眼似的迎着光亮眯缝起来。兰馨对德生说："早上我扶她起来喝米汤，她喝了一口，说'馨，由他们……去！'"

兰馨完全懂得四婆婆的话，她想起自己藏在镇医院护士室的医检报告，想起自己授予咏立的借口，觉得自己在四婆婆面前，是多么傻呀。

"她明白得很。"兰馨说。

荞麦，涔水镇人也叫它乌麦。秋季作物，叶子呈三角形，开白色小花，果实为卵形。四婆婆坐在邮政所门口绣菊花那阵儿，没有鹅绒鸭绒，也没有高纤棉，人们把荞麦籽脱粒后，用它那褐红色的壳填充新人的枕头。人躺在上面，稍动一动，就有细细的沙沙声响，似一场枕边私语。

以前，人们把荞麦随意地种在瘠薄的坡地上，不经意地就会有一场好收成。现在已经很少有人种它了，连那些乌油油的上好水田也荒了好些。村子里的年轻人被城市的车水马龙所吸引，把家乡的一切好处俱抛到脑后，他们流落到城市，心甘情愿地流血、流汗、流泪。德生从四婆婆的小院出来，骑着咏立丢在枣树下的那辆邮政绿的旧单车，跑遍了小镇及周边的几个荒凉村落，一无所获。

最后还是桂子不知从哪里弄回来一袋。

德生把手插进荞麦壳里，指间发出一阵沙沙声响。德生问桂子："你从哪里弄来的？"德生的手掌感受到荞麦壳那令人惬意的微凉，他瞟了桂子一眼，用低得只有自己能听见的声音说："难为你。"

他从来没有跟桂子说过什么暖心的话，一开口，就觉得像是自己跟自己说话一样怪异。他不免有些羞赧。

桂子把一条磨刀石夹在两膝间，霍霍地磨着杀猪刀，淡淡一笑，并不答话。

四婆婆要去了，日子还得照样过，既然日子要照样过，猪就得照样杀。桂子认的只是这个理。现在猪从圈里放出来，大巴和小佬也可以帮着把猪逼到墙角去，桂子要做的，只是把猪摁倒捆了，再搬到长条凳上去给它一刀。将来即使没有德生，她大概也可以应付得很好。桂子认为，德生也好，咏立也好，兰馨也好，日子都没有过到点子上。他们的心像只眼太小的筛子，什么也漏不下去，因而他们过得格外伤神费力。

桂子磨着杀猪刀，想起来四婆婆。

桂子和德生结婚前，四婆婆带桂子去常德城里买新衣服。四婆婆把桂子带到沅水边，指给桂子看那家中医院。四婆婆说，没有谭家，就没有德生。

那时的桂子还很年轻，有着年轻人傻傻的好奇心。桂子踌躇着问四婆婆："他为了活命跟农场革委会主任家的姑娘结了婚，你就不恨他？"

四婆婆缓缓地摇着白发的头，说："那时德生都快生了，我一听就直念菩萨，心想，真是谢天谢地呀，他，还活着！"

很多年过去以后，桂子还记得四婆婆当时的样子。从无禁忌的桂子竟然在四婆婆的脸上看见了菩萨的慧相。四婆婆说话的时候一直看着桂子，目光似水一般透，似水一般静。

"德生是顺产。"四婆婆最后说。

四婆婆把最难开口对人说的话告诉了桂子，桂子就像是接过来一副最重的担子。

德生把荞麦壳挂在车把手上，对桂子说："夜来我和大巴过去睡。"

低头磨刀的桂子有一绺头发从头顶滑了下来，在她的脸前晃来晃去。德生忍不住想伸手替她掠一掠——这是以前从来没有过的事，他终究是没大好意思伸出手去。

午后，四婆婆醒过来，喝过一小碗米汤，神情比往日似乎要好一些。兰馨把寿衣和枕套拿给四婆婆看，四婆婆喘着气，颤巍巍伸出手来摸。兰馨就侧过头对德生说："是回光返照。"听到兰馨的话，德生的心就又像被只小手揪了似的一紧。他想象着接下来的热闹，会有一整夜的悼歌、一整夜的小鼓书，然后四婆婆会睡在填满了荞麦壳的菊花枕上，让吹吹打打的典子、乐队和打着灵幡的长长队伍送到河对岸的山坡上。而一场热闹过后，往回走到那整洁小院的，将只有兰馨，只有一个兰馨！

桂子直起身子，看着德生忧戚的面容，对德生说："你尽管去。"桂子真切地感受到德生的苦，她愿意把自己的苦忘却，做一个手里有刀、心里有慈悲的人。桂子愿意相信这也是一种功德，可以减轻她无法回避的恶业的罪孽，从而种下将来必可善报的慧根。

桂子把刀举到脸前，伸出大拇指拭拭刃，说："不要管别人。"

德生很不安地听出来桂子话里有话。桂子的这句话，不像是仅仅对德生说，好像德生身后还站着一长串望不到头的日子，桂子也是在对这些日子说。

德生翻身上车，驮了大巴急急地往四婆婆身边赶。

有句话，德生以前没有对桂子说过。去长沙之前他想对桂子说的，但直到现在，他也没有对桂子说出来。

德生踩着单车，想起来桂子磨刀的样子，眼睛竟有些酸涩。

最后德生在心里对自己说：两个人的日子还那么长，这句话说与不说，又有什么关系呢？

(原载《文学界》2010年第2期)

万金寻师

崔忠伯做好晚饭，去池塘边喊万金回来吃饭。

立秋过后，眼看开学的日子一天天逼近，万金这小东西难免又要闷闷不乐几天。往年，他还小，看池塘对面崔策松家的孙子小光穿着新衣，背着新书包焕然一新地往学堂里去，他会不顾羞耻地又哭又闹："我也要上学呀——爷爷！"

嗓门扯得又高又亮，人一蹦三尺高。

后来，同样的事，九岁的万金变得矜持了。每天看别的孩子上学放学从门前的田埂上经过，万金要么装作看不见，要么在脸上摆出一副毫不稀罕的冷漠神情，小小的嘴巴也会抿得像根棉线一样直。偶尔，他还会说句风凉话："这些蠢东西，进了课堂，就要坐得像个木头人一样咯！"

不知道为什么，万金这副样子，反而让崔忠伯更加心疼，他倒宁愿他闹些。崔忠伯曾舍下一张老脸，一趟趟找学堂里的老师。可是，老师又有什么办法呢？

"这孩子，户口不在我们这里呢。"或者会说："这个口子，我们开不得。"总之老师很为难，一个劲儿挠头。

万金是个黑孩子。

万金光着湿漉漉的小身子，坐在池塘边的松木栈桥上发呆，背心和裤头团在一边，两条结实的小腿一动不动浸在凉爽的池水里。黄昏黯淡而轻柔的光线里，一群蜻蜓贴着水面飞来飞去。

"爷爷，策松要死了，是吗？"

听到脚步声，万金把头转过来，看着崔忠伯。万金的眼神里有一丝不易察觉，但却很深很深的，忧愁。

策松病倒在床后，崔忠伯每天都要穿过一川稻田去望一望他。策松的精神时好时坏，精神好的时候，策松会喘着气跟崔忠伯开玩笑："老家伙，有什么……亲热话，捎给，小平妈？"仿佛他不是要死了，而是要去走亲戚，会故人。

只是一场小别。崔忠伯两眼望着策松家的方向想。活到一定的年纪，这样的事还算得上是个事吗？都有这么一天的，早一点儿和晚一点儿的差别而已。小平妈活着的时候，常说崔忠伯和策松是两个"齐了心可以把狗屎吃下去的老混虫"。

现在，策松，这个齐了心可以和他一起把狗屎吃下去的人，就要死了。崔忠伯当然也难免会有些伤感。

崔忠伯蹲下来，把手放到万金的小脑袋上。策松的儿子儿媳带着两个孙女都赶回来了，家门口支起了办丧事要用的塑料篷，远远一望，就像生了一朵白蘑菇。只要白蘑菇里大鼓和爆竹一响，策松在这人世上的最后一点儿风光就要开场了。

"是的，策松要死了。"崔忠伯摸着万金圆溜溜的小脑袋。

"人人都会死，是吗？"

"是的。"

"你也会死的，是吗？"

"是的！爷爷也有那么一天。"崔忠伯把万金的小手放到自己铁一样硬的掌心里，用力地握了一握。

崔忠伯掌心里的力大得让万金浑身都缩紧了。万金把手挣脱出来，笑了。以往崔忠伯告诉过万金，一个人之所以死，是因为他把这辈子的力用完了，没有力，连空气也吸不到鼻孔里去，这人还怎么活呢？一个人就像一块土地，全靠一股力量撑着。现在万金从爷爷劲道十足的一握里感受到了爷爷依然强大的生命的力，眼里的那一点儿忧愁就像被风吹跑了一样消失得干干净净了。

"策松死了，小光会去县城里上学，是吧？他会有新的老师，是吧？"万金的问题像小鱼儿一样，排着队游过来。

策松的儿子儿媳在县城给人看大门打扫卫生,是小光爸爸那做官的小叔给找的好差事。同样是黑孩子,小光交得起每年五千的借读费,一开学都要上三年级了。小光到了县城,可以和父母,还有两个姐姐住在一起,而且天天有得汽车看。策松躺在床上气若游丝,小光跑进跑出地抓蜻蜓玩,找万金玩,兴兴头头的,小光晓得什么呢?

"等我死了,万金不是也可以去番禺嘛!"崔忠伯拍拍万金的小脑袋笑道。

万金生下来后,家里的瓦房被扒了半边。万金爸爸小平的那辆半新的农用车,还有家里的猪和牛,都充了罚款。这还不算,小平夫妻俩足足欠下了八九千块钱的外债。以前油光水滑的日子一下子变得艰难起来,最后夫妻俩只好带着两个刚上初中的女儿去番禺熬粥卖。传回来的消息是,钱很不好赚,小小的铺面里支着七八个熬粥的炉子,大人孩子一天到晚汗湿衣衫。

崔忠伯至今还记得万金母亲出门前那愤愤的脸色:"这下满意了吧!又不像人家有个做官的小叔,重男轻女的老不死!"

同样是超生,策松家里只是"小光"一下,而小平夫妻俩呢,却是"万金"散尽。崔忠伯不怪儿媳妇,人人都以为他跟策松一样,就是想要个孙子传宗接代。传宗接代倒也没错,关键在于,如果没有男孩子,谁来种家里的那些田和地呢?孙女早晚是要嫁出去的。崔忠伯简直不能想象田地里长满荒草的样子。小平那个家伙是指望不上的,他是宁愿把汗水洒在城市那又脏又硬的水泥地上的。小平对养活他长大的这些田哪地呀始终谈不上有什么感情。崔忠伯不止一次看到他皱着眉对人说:"我们那儿,嗨!穷乡僻壤的……"有一年开春,小平在外面见识了一种抛秧的技术回来,他嘴里叼着支卷烟、趿拉着拖鞋站在田埂上往水田里抛掷秧苗的轻慢模样,让崔忠伯想起来就气塞胸膛。一个连脚丫子都不愿伸到稻田里去的人,竟心安理得地一日三餐吃着净白的米饭,他以为稻田的回报是天经地义的?天底下怎么会有这样不知好歹的人呢?

"老东西,年轻人有年轻人的活法!"以前策松总是这样开导崔忠伯。

"我才不去番禺呢!"万金站起身来,麻利地穿好衣裤。他跳到塘埂上,从一丛蒿草里捡起一根穿着一溜儿小鱼小虾的柳枝,说:"番禺有什么好!"

崔忠伯拉起万金的一只手，笑着说："我们这里好，番禺呢，或许也好。"村子里原先有三十户人家，家家户户，人丁兴旺，鸡鸣狗吠。如今，剩下七八家，都是老的拖个小的。有点儿钱的人，走了。有点儿本事的人，走了。年轻点儿的，有一把力气可以卖的，也走了。一场大雨过后，常常能听到某处久无人居的房子轰然倒塌的声音——出去的人连后路也懒得给自己留一条。水泥公路通到了村里，人们只是顺着它出去，却很少再顺着它回来。小平夫妻带着孙女们出去那么久，偶尔打个电话回来，人回来的次数更是屈指可数。再辛苦再不易人们也愿意待在那些陌生的"外面"，这"外面"或许真有他和万金不知道的某些好。

崔忠伯摇着万金的小手，说："我们不管别处的好，我们只管这里的好。走，爷爷回去给你煎小鱼吃。"

万金到池塘里摸鱼捉虾的本事见长。接下来，崔忠伯认为，该教他如何根据水面的波纹和气泡来分辨哪里有甲鱼，哪里有黄鳝和泥鳅。

最后一次去找老师，是在一年前，被拒绝后，崔忠伯决定用自己的方式来教万金。他气呼呼离开学堂时，对老师说下了狠话："你们这样能教出什么好的来！"

崔忠伯后来常想，自己是对的，看看现在学堂里出来的孩子：要么胆小怕事，似被穿了鼻子的小牛犊；要么五谷不分，好逸恶劳，谁的话也不听。崔忠伯周末的时候去涔水镇，每次都能在街上碰到那些从学堂里出来的无所事事的少年，他们三五成群，在大街上横冲直撞，或是在游戏厅里进进出出，个个都是无所敬畏、举止粗俗的样子，就好像他们在学堂里学的就是如何偷懒和享乐，如何冒犯上天和尊长。

崔忠伯最先教万金的，是如何去摸清这块土地的脾性。屋后坡地上的土是黑褐色的熟土，肥力很好，不需要怎么侍弄它。可是，得了好处的人要心怀感激，芝麻和红苕收过后，要烧几场火土埋在翻耕过的土壤里以接地力。油茶地里得上猪粪。山上的国防松不到万不得已不砍它。门前的稻田到了开春时节得翻耕过来晒晒太阳，它也是需要透透气的。崔忠伯干活的时候把万金带在身边，每样东西都让万金学着种一点儿。万金有样学样，干得很起劲儿。万金即使有做不好的地方，崔忠伯也不着急。他认为这育人就像熏腊肉，得慢慢来，慢慢熏，急不得，关键是用心。在这块土地上，只要肯用心，什么都好活。这一年随手插下的柳条、竹子，转过年就蔓生出郁郁葱葱的一片。还有油茶、橘子，还有黄豆、高粱、玉米，还有栀子、荷花、菱角……无数的花花草草。总之是种什么，有什么，种什么，什么好。

　　门前的枣树下，一坡花草繁密，有泽兰、鱼腥草、紫苏、青蒿、萱草、龙爪花。万金把小手从崔忠伯的大手里抽出来，弯腰摘了几片紫苏。小鱼煎好后盛出来，和切碎的紫苏叶拌一拌，那样一种香气和味道，还能到哪里去找呢？

　　万金最爱龙爪花，他从田间地头移来不少栽在坡下。冬天下场雪，别的花草都枯在雪下，踪影全无。只有龙爪花的叶子如矛如剑，破雪而出。秋天龙爪花开花的时候又是另一番景象：一片绯红花下，干干净净，片叶不着，有叶的时候无花，有花的时候无叶，花叶不聚头。尽管花开起来红艳艳一片喜庆得很，但跟寻常的花花草草相比，没有绿叶扶着的花，孤孤单单的，总是缺着点儿什么似的。崔忠伯每每看到小万金给龙爪花浇水施肥，总是心口一紧，不免要叹一句："这孩子……"

　　万金识得每一花每一草，且知道它们每一样的奇妙用处。有一次小光和万金爬枣树玩，小光爬到半截摔下来了，抱着擦破的膝盖咧嘴大哭。万金哧溜一下从树梢上下来，到草丛里捋了一把泽兰嚼碎了给小光敷上。第二天小光膝盖上的红肿尽消。连策松也说："一方水土一方人，小的中，也就你们万金，还像这一方人！"

　　万金的龙爪花开得好，策松曾向万金讨花栽。

　　"万金，把你的龙爪花连蔸挖两棵给我，好吗？"

　　万金很干脆地回绝他："种在这里你不是一样看吗？"策松病倒在床上后，又托小光要了一回，这一回万金给了。

　　"策松都要死了嘛。"万金挖花的时候对花说。

　　崔忠伯吃着饭，和万金商量起明天的活计。

　　"万金，看云相明天没有雨，如果策松没有死，明天我们要给油茶树扶扶蔸，策松死了就要去帮忙。"

　　"爷爷，看云相明天确实没有雨，如果策松没有死，红苕地的草不也该拔了吗？"

"是的，活都赶到一块儿了，芝麻地里也要捉虫了。可是如果策松死了，什么活我们都得放一放。"崔忠伯说完这句话，把碗放下来看着万金，神情严肃地说，"万金，我可以叫策松，你不可以，从今往后你还得叫他'策松伯'。"

"大家不是都这么叫的吗？"

"策松要死了。等他死了，你再也见不到他，想起来的会尽是他的好处……"说到这里，崔忠伯不免顿一顿，眼前像放电影一样出现很多人：老伴、老邻居、老伙计……他们都比他先走一步，现在轮到策松了，自己是哪一天呢？

"再说，我们同着一个崔字，等他一躺到山坡上的茔地旁，他就成了小光的，也是你的，先人，所以不可以还叫策松。"崔忠伯郑重地说。

"哦！"万金含着满口的饭使劲儿点头。

策松这家伙！被老老少少一口一个策松地叫了这些年，怪谁呢，只能怪他自己行不正。策松三十不到就当了鳏夫，他和他那白脸黑发的漂亮媳妇哪里过够了？自以为活了一把年纪，依然能趟得过万水千山的，年轻的时候都没有落下话把子，一个人把儿子拉扯大，谁想老了老了，却不小心在涔水镇的洗头妹那里失了格。

策松并不以为自己失了格。

"你们晓得什么！"提起这茬，策松总是先涨红了脸，然后把脖子一拧发出一声冷笑。

也不知道是从什么时候开始，涔水镇的大街小巷里，突然就冒出来一些洗头洗脚的店子，一家挨着一家，简直比卖油盐的还多。有那么几家，心思既不在头上，也不在脚上，陌生地方来的陌生女孩，日日坐在店铺门口无聊地东张西望。她们是那么年轻，在这人世上的日子短得简直都来不及对羞耻生出些许认识，却就一头撞进了这全然不顾及羞耻的行当。尽乍一看她们衣不蔽体、浓妆艳抹得让人尽起不良念头，但细一端详，却又个个都是一脸无知、十分天真的样子。她们哪一个看上去不还是个孩子？可怜的不知轻重的孩子！

策松这老家伙，偏就下得去手？崔忠伯总是疑惑。

曾有那么一段时间，趁小光去上学的那阵儿空闲，策松总要先在门前的池塘里洗了脸，换上干净的衣服急急忙忙地往涔水镇赶。起初，大家还真以为他是去浮生茶社听梁小来师傅的澧洲大鼓呢。有几回回来的路上,策松背着两手,边走边有模有样地学梁小来师傅哼唱:"你一朝坐到了龙椅上,哪还记得那韩素梅沦落在院行,你忘记了你骑泥马你闹汴梁,你把那可怜人儿抛一边忍凄惶——忍凄惶!"音调儿凄凄,不忍卒听。

有一天,一个同样白脸黑发的洗头妹赤着脚,神色慌张地从理发店里一路追出来,一边追一边心急火燎地唤:"策松!策松啊!"

洗头妹披头散发,一路追到桥头的中巴车停靠点,嘭嘭嘭地拍打车门。

"策松啊——,你的钥匙落了!"

语气亲昵,听上去像是他老婆,可没把策松当场羞死。这件事过后,大人小孩,谁还管策松叫策松伯呢?不久,小平从番禺打电话回来,跟万金说完话,末了让万金喊爷爷听电话,小平在电话里愣头愣脑来一句:"少和策松去涔水镇!"

崔忠伯对儿子小平唐突的话语并不气恼。老子老了,儿子就会像呵斥儿子那样对老子说话,哪一代人不是这样?儿子以此表示自己成了一家之主,接过了呵护家里老老小小的重担。小平到了用这种口气说话的年龄。可是,小平大约想不到,过不了多久,只怕万金也可以用这种口气对他说话了。

"爷爷,明天我的油茶树不扶蔸,它会不会像策松伯一样死掉?"

"油茶嘛,你只要种活它了,就再不用担心它会死掉了。"

"策松伯死后埋在地下,他会不会害怕?"

"不会的,他还会从地下钻出来的,那时他会变成一棵树,也可能会变成一根草、一朵花,就是不再是你策松伯了。"

崔忠伯关于策松会变成花的话让万金略略地笑了。万金笑得在床上打了两个滚,他简直无法把又黑又瘦的策松和娇嫩美丽的花朵联系在一起。

"一定不是龙爪花,应该是朵狗尾巴花吧!"万金很肯定地说。

"嗬!谁知道呢?没准还就是朵龙爪花!"

万金安静下来。就在崔忠伯以为他睡着了的时候,黑暗中万金轻轻地又问了一句:"爷爷,油茶果下树的时候,老师就会来,是吧?"

崔忠伯听到万金床上一阵窸窸窣窣的声响,知道万金又在抚摸姐姐们留下来的课本,于是很肯定地回答万金:"是的!"

万金六岁的时候，崔忠伯就开始带着他在屋后的山坡上种油茶了。油茶不认户口本不认钱，你用心对它，它就生根、发芽、拔高、开花结果给你看，小万金很快活。崔忠伯种三百棵，万金种三棵，油茶新苗当年都成活了。他的种植诀窍万金慢慢看会了，无非这么三条：首先要除好草，否则油茶地里就会柴多、草多、虫子多，那样很不利于幼苗的成活与成长；其次是施好肥，这一带的土地都是沙红壤，种油茶就如同种田栽菜，不施肥料当然就没有好收成；再次是扶蔸，崔忠伯每年都要带着万金对油茶地普挖一次，并给每株油茶树培好土，扶好蔸。想得到，必先有实实在在的付出。

种油茶的时候，崔忠伯对万金说："油茶果下树的时候，万金就会有老师咯！"

今年这些油茶树都挂果了。

万金的那三棵油茶树也是果实累累，少说也能产上八十斤熟果。八十斤油茶果拿到浐水镇的油坊里，直接就可以换到七八十元钱，当然，也能当场榨出足足四斤好茶油来。到了年底，万金就是想拿茶油泡饭吃，又有什么难的呢。再说他们的油茶树可不止这三棵，而是三百棵！到时，万金想上什么样的学堂不行？

可是，崔忠伯已经不想把万金往学堂送了。

崔忠伯想，一个只认钱的学堂有什么好上的呢，万金那孩子是多么好！

万金已有了不少的在这块土地上好好生活下去的本事，唯一令崔忠伯揪心的事，是万金识字太少了。

崔忠伯自己识不得几个字。虽然这并没有妨碍他成为一个种庄稼的好手，也没有妨碍他快快活活地过了七十多年，但崔忠伯还是认为识字是很重要的，简直就像种庄稼一样重要。至于为什么，崔忠伯自己也说不清。每每看到路上有写着字的纸，崔忠伯会马上捡起来，吹干净塞在墙缝里。崔忠伯认为，字就是神迹，通着天上的文曲星。崔忠伯希望，将来生活在这块土地上的万金，既是一个种庄稼的好手，也是一个能识文断字的人。小万金自己也是这样想的吧。有一天，策松家的小光跑到家里来找万金，小光在门槛上跳上跳下，嘴里念着新学的好听的唐诗：

绿遍山原白满川，

子规声里雨如烟。
乡村四月闲人少，
才了蚕桑又插田。

又是桑麻又是田的，崔忠伯听得入了神。回过神来的崔忠伯，一回头发现万金不见了，找到屋后的菜地边，只见万金正对着一株油茶树又打又踢呢。

崔忠伯一直留意着要给万金找一个教他识字的好老师。

周围也有不少识得几个字的人，可总是有这样那样的原因让崔忠伯不愿把万金交到他们的手里。邻村的胡会计，年轻的时候能背一本《毛主席语录》，可他是个连脸也洗不干净的人。当过兵的老强，喜欢看《参考消息》，有一回他把自己养大的狗吊在门前的桃树下用棒杀，狗凄厉的哀叫声传遍了整整一条川，谁听了不得难受几天？

春上油茶开花的时候，村子里来过两个照相的人，是两个读书人。穿白球鞋，戴眼镜。他们把摩托车停在山下的公路边，围着崔忠伯的油茶地咔嚓咔嚓拍了无数张照片。崔忠伯打听到他们是涔水镇法庭刚分来的大学生，崔忠伯很高兴，请他们到家里去歇息。崔忠伯把泡好的新茶和万金姐姐的课本一并端给他们，他们教万金认了十来个字，还教万金学会了写自己的名字。万金和崔忠伯都很高兴。崔忠伯在心里盘算，一周带万金去一次涔水镇，一次去认上十来个字，一年下来该有多少！崔忠伯乐呵呵地去乡场上的小卖部打了斤苞谷烧，还杀了一只芦花大公鸡招待大学生。

但是公鸡还没有吃完，崔忠伯就打消了请这俩大学生做万金老师的念头——这是两个不快乐的人。他们喝了点儿酒后，很快就把油茶花带给他们的一点儿喜悦忘却了。他们开始怀念各自曾经待过的城市，抱怨涔水镇和这乡下是多么糟。他们来涔水镇不到三个月，却仿佛已挨了三十年。他们皱着眉的样子，看上去特别愁苦。

崔忠伯满腹歉意地开导他们："城市好，我们这里……也好。"

大学生没有搭理崔忠伯，继续抱怨张三李四，仿佛他们来到涔水镇，完全是受到了别人的陷害。他们的嘴里没有好人，也没有公道。

崔忠伯不免吁叹：识字的人很多，可以做万金老师的人，却又太少了。

策松身体还好的时候，倒是推荐过一个人。

"梁小来师傅，人品、见识、本事，都在那儿呢，斯斯文文的一个人。万金要是有福……"

崔忠伯找了个空闲带万金去涔水镇，绕道西街到浮生茶社隔窗一望，只见梁小来师傅身穿一身黑长褂，袖口翻出一展白，挑帘出来往台上的鼓前一站，满茶社的人鸦雀不闻。一阵不徐不疾的边鼓过后，梁小来师傅手腕轻抬，道："大鼓置于前，重槌长缨飘，雷鸣以召众议，击鼓而引歌谣。各位，今日这本书，要从一个女人开始宣讲……"

原来讲的是"穆桂英挂帅"，声音醇厚沉静，果然是不同凡响。

崔忠伯回来对策松说："也太干净了些，看上去没丝儿土性呢。"

崔忠伯以为，这样的人是经不起折腾的，往往不容人，也不容于人。小孩子有样学样，就怕学得娇贵孤傲了。人一生那么长，谁能保证没一点儿风吹雨打？崔忠伯总是想起改造右派那阵儿，下放到村子里的两个读书人。有个干干净净的王先生，就有点儿像梁小来师傅，身板儿挺得笔直，眼神儿清澈深邃，洁净得似乎不沾一丝儿灰尘，让人走路都不敢挨着他——怕把他弄脏了。可是没过多久，王先生就用一根牛绳把自己吊死了。倒是那个姓张的大学历史老师，矮矮胖胖的，地里去得田里也去得，牛棚睡得猪圈也睡得，见人就哈腰点头地笑，打他左脸他赶紧把右脸伸给你，三十年后崔忠伯还见他在电视里津津有味地讲康熙帝讲乾隆帝呢。

"你也有看走眼的时候吗？"策松当时冷笑，告诉崔忠伯，"别看梁小来师傅年轻，他经历的事，也可以说一本书，要没一丝儿土性，能活到今日吗？"

"是吗？"

"我给我儿子说了，我死后就要请梁师傅来打孝鼓。别的人，哼！"策松从鼻子里喷出一口气，神情甚是凛然。过了一会儿，策松却又凄然一笑，道："他若来，是你看走眼了；他若不来，是我看走眼了。如果我死在你前头，你就可以知道，他做不做得万金的老师。"

这地方上的规矩，老人过世后，要打一夜孝鼓，追忆述评这过世者一生的操劳与不易。梁小来师傅的规矩是：生前杀人放火的不去，嫖赌毒的不去，忤逆不孝大不道的不去。去了说什么好呢？空口讲白话，有损德行嘛！

"爷爷，老师到底是什么样子的呀？"万金问。

崔忠伯思忖了一会儿，想起梁小来师傅站在台上，不慌不忙，徐徐道来，看上去何物不了然于胸的样子，就回答万金道："这个嘛，总之，是个好老师咯！"

"好老师……"

黑暗中，万金嘟囔了一句，片刻之后，他翻了个身，心满意足地睡着了。

崔忠伯却睡不着。老伙计策松要先走一步了，活到这个年纪，谁还把死当回事呢？只是，策松终归是有那么档子事的，到底请不请得动梁师傅呢？

（原载《黄河文学》2011年第4期）

有什么事在我身边发生

天还未亮，一阵电话铃声把我从梦中惊醒。也许潜意识里我还是很担心铃声会把我那患有神经衰弱症的丈夫吵醒，未及睁眼，我就翻身一把抄起了话筒。等我完全清醒过来后，才明白自己的担心是多么多余——我的丈夫罗浩睡在书房内，并不在我床上。他睡在书房已经许多年了。我手里握着话筒，发了一会儿呆后，拧亮了台灯。

床头柜上的小闹钟指向凌晨四点，会有谁在这个时候往我家里打电话呢？我把话筒贴到耳边。

"小莲……"

电话里传来姐姐木菡的哭泣声。两年前，姐夫钟华心梗发作去世，姐姐的生活显然受到了极大的影响。不过，在凌晨四点打电话给我，还在电话里哭泣，这可是头一遭。

我赶紧坐了起来，问她怎么了，她抽抽搭搭地哭个不停。于是我又换了个问题，问她在哪里。她抽泣着说，在北京。

我这才想起来，三天前，木菡从她工作生活的鹿城打电话给我，她说她要去北京参加书展，替她所在的单位——鹿城市图书馆采购些书回来。她还问过我有什么书要买。书展为期一周，可不正好在北京。

我又问她出了什么事。我猜她不过是因为梦见了老钟，心生悲伤的缘故。凌晨四点多，差不多是黎明前最黑暗的时候，如果你不幸在这个点醒来，而你又恰好孤零零一个人睡在一张宽二米、长二米二的双人床上，伸手一摸，半边床冰凉。请想象一下吧。谁还能没点儿伤心事？

木菡没说什么事，她只是哽咽着问我，你有空吗？能来趟北京吗？

我当然有空。我还能有什么事？我刚被我的学生告了一状，因为我对学术意识形态化的批评引起了他们的不安，学校宽大处理，让我暂时停课休病假。我的上初中一年级的女儿住寄宿学校，一个月才回家一次，她从不中途打扰我们。我的丈夫——丈夫没什么好担心的。好在无霾，航班难得准点，当天下午三点多钟我就赶到了北京，在海淀区的一家星级宾馆内找到了木菡。木菡房门上挂着"请勿打扰"的牌子。敲开门后，我吓了一跳，房间里堆着齐膝深的海绵碎屑。见了我她什么也没说，转身深一脚浅一脚地走回到窗前的一张圈椅边坐下。她两手抱膝坐着，一张脸蜡黄，眼角的鱼尾纹也比平时深了许多。不用问，这一天她应该都还没出过门，也没吃过东西。我在她对面的圈椅上坐下后，指了指地上的海绵，问她："这些东西哪来的？"

"床垫里的。"木菡说。

我起身掀开床单看了看，床垫开膛破肚，惨不忍睹。我不明白发生了何事，一时间有些蒙了。木菡看了我一眼，怏怏道："小莲，我病了。"

"什么病？"

"大约是……精神病。"

"掏床垫的精神病？"我松了一口气。坦白地说，我真怕听到什么更令人难堪的病。

"我总是无法自控地寻找东西。"

"寻找什么东西？"

"我也不知道……"

木菡的眼神看上去像个精神病人一样无辜，她说的那些话听上去也有些不正常。人不正常，不是一下子就能解决的。于是我开始把地上的海绵往床垫里塞，同时吩咐她去洗漱。无论如何，我们得先出去找个地方吃点儿东西。木菡收拾好自己后，我们把"请勿打扰"的牌子依旧挂在房门上，去了一楼的咖啡吧。我们要了些西点，还有咖啡和水果拼盘。木菡不说话，窝在沙发内的样子看上去特别疲惫和憔悴，仿佛她刚刚经历过一场特别辛苦的旅程，人看上去也老了不少。中年女人真是经不得什么。东西上来后，木菡埋头吃了起来。一杯热咖啡、几块点心下肚后，木菡眼光流转，脸色也红润起来，就像吸血鬼干尸吸到了几滴人血，立马又生机焕发，活了过来。我用小勺搅着咖啡，仍然在想着房间里一地的碎海绵，那里就像个无法处理干净的凶案现场。我不怀疑那些海绵都是木菡从同一张床垫里掏出来的，但是，我相信任谁也不可能再把它们都塞回到同一张床垫里去。生活中到处都是这样无法复原的事情。

"你不想知道吗？那个床垫？"木菡用餐巾纸擦了擦嘴角，看着我小心翼翼地问道。

"你想说的话，自然就会说的，不是吗？"

木菡叹了一口气，用她那双依然美丽的大眼睛看着我，说："小莲，我病了，病了很久了。"

"医生怎么说？"

"这不是医生能解决的！"她挥了一下手，就像在赶苍蝇，"老钟死后没多久就开始了。"她把屁股下那把沙发椅往前拖了拖，继续道："我就都告诉你吧。"

"你晓得的，我十七岁就开始谈恋爱了——"
"十六岁好不好。"

"好吧，十六岁就十六岁，其实只差两个月就十七了。你别打断我，让我说吧。"木菡调整了下坐姿，接着道，"到老钟，他大概是第七个？也许是第八个了，记得不太清了。在恋爱这事上其实你比我有天赋，不要不承认，你一下手就比较准，没费多少周折。罗浩和你还是很登对的，你看你们，一个是研究法制史的法学教授，一个是研究法制史的史学教授，你们有多少共同语言！"听到这儿，我张了张嘴，想说点儿什么，但木菡打了个手势制止了我。

"你不用跟我争论，旁观者清。唉，倒是我，白瞎了许多功夫。第一个男朋友是个公交车司机，跟他谈恋爱，只是因为他长得像牛虻。有几场恋爱，我一无所获，我不是在说金钱，也不是在说成长什么的。有那么两三个男孩吧，我后来连他们长什么样都记不起来了。真的，这很无聊，就是当你回忆起来时，脑海里竟一片空白，你就会在心里问自己：怎么回事？一场恋爱，总要留下些回忆才行，才像场恋爱嘛。不然，爱情有什么乐趣可言？可就有这种情况——白谈了一场。所以到老钟时，我大学毕业两年，人已变得现实多了，已学会对男人不抱不切实际的期望。图书馆的工资不高，而我一直希望能过上一种稍微宽裕点儿的生活。你还记得奶奶那把象牙梳子吗？经历了那么多批斗后，奶奶还是给自己留住了一样好东西。抄家的人以为是塑料的，这是奶奶笑着告诉我的。这把梳子现在在我那儿。小时候，我常常把玩那把梳子。我自小对这些东西就比你有兴趣，你一直就是个书呆子。这把梳子隐约让我看到奶奶年轻时所过的日子：穿着绫罗绸缎，跳舞看戏，上新式学堂，家里仆佣成群……小时候我曾暗暗希望自己是奶奶的女儿，不要是妈妈的女儿。当然我爱我们的妈妈。我爱妈妈，可我还是希望自己是奶奶的女儿。如果我是奶奶的女儿，我距那样的生活就会近一些。你一定觉得很可笑，是吧？可那时候我就是这样想的，至少在遇到那个公交车司机之前，我都是这样想的。后来，爱情让我生出了别的欲望，要做奶奶的女儿的念头才淡了下来。妈妈去世的时候，我哭得那么伤心，并不完全是因为她的离去，主要是因为我觉得对不起她，因为我曾经竟然希望自己不是她的女儿。过了那么多年后，想起这件事来，我还是会感到羞愧。"

　　我有些惊讶，默默喝着咖啡。说实话，我不记得什么象牙梳子，奶奶在我印象中也不像是过过仆佣成群的日子。以前，她做过鹿城女中的校长，读过很多书，这没错，但我记忆中的奶奶，却是个胆怯邋遢而又可怜的老太太，我从她炒的菜里吃到过头发、沙子和蚯蚓。在我们的母亲以及邻居们面前，她也总是一副讨好的表情，这一点曾让年幼的我深感难过。我从来不知道木菌竟然有过那样的想法——希望自己是奶奶的女儿。我的惊讶还没过去，木菌却又开始谈老钟了。

　　"你晓得的，老钟是我的一个同事介绍的，就是那个在我们的婚礼上喝多了，把酒吐了一地的中年女人。老钟的条件对我很有吸引力，比我大六岁——我一直希望丈夫比我大点儿。干部家庭出身，中人之姿，短婚未育，独自住一套三室一厅的房子。这房子是他母亲单位、市体育局分的，我们婚后一直住在那儿。这房子虽说跟我以前憧憬过的深宅大院没法比，但在二十多年前，对普通的工薪阶层来说，差不多等于豪宅。老钟那时已是市委宣传部的笔杆子，副处级干部，前途很光明。我们见了两次面，就把关系确定了下来。第一次见面，他告诉我他为什么离婚，他说他不喜欢小孩，而她前妻婚前也答应不要孩子，可是婚后不久就开始逼他。这方面我们真的是有共同语言，我很开心，因为那时我是真的不想要孩子。"

我很吃惊。我记得木菡曾对我说，她之所以挑中老钟，是因为老钟的"才华"。

"你知道吗？我曾经很嫉妒你，因为你最像奶奶，你们的脸型、肤色，都很相似，你看你生完小星，很快就恢复了好身材，奶奶就是那样，到老了还有着很得体的身形。我很怕变成妈妈那样，我觉得我像她，生完孩子后也一定会像她一样不可收拾地发胖。在孩子这个问题上的一致让我和老钟都很高兴，我们很快约着见了第二面。我记得第二次见面时，我们谈论了文学。他问我：'中国古典小说中，你认为描写孤独的最好的诗词是哪句？'我说的是哪句，我记得不太清了，左不过是'孤标傲世偕谁隐，一样花开为底迟？'之类。我倒想说《金瓶梅》来着，'懒把宝灯挑，慵将香篆烧，捱过今宵，怕到明朝'，没好意思说罢了。才见了两面嘛，不想把他吓跑。老钟说的我却还记得很清楚，'夜深独立无人问，一点流萤过曲廊'。很好的两句是不是？当时我一听他说出这两句来，就很高兴，暗自想笑。呵呵，你要知道，这是《九尾龟》中的两句，是嫖界精英章秋谷的诗。当时我就在心里想，这个看上去板板正正的男人，可能背地里还是蛮有趣的。那时我二十四岁，自以为成熟，历经沧桑，能看懂男人的了。现在我才知道，我那时还是太天真了，有一些男人，他们在心里给自己修了许多的路，哪里有红绿灯，哪条路通向哪里，只有他们自己知道，他们根据不同的情况选择走什么样的路，做什么样的人。老钟就是这样的男人。年轻时看古典小说，小说中的绅士，他们讲义气，很正直。不要以为现实生活中的男人会这样，尤其是那些聪明的中国男人。当然他们大都很善良。老钟他们这样的男人就更不会了。他们必须更现实些。他们做事永远讲究目的性，而不是目的的正当性。这样的人远不是你能想象的。我们在一起生活了二十一年，有些事情，要不是他突然去世，我可能永远也不会知道，他就有瞒你一辈子的本事。接下来我要跟你说的这件事，就是在他死后我才知道的，就是这件事，让我变成了今天这个样子。"

我把手里的杯子放下，凝神细听。

"老钟葬礼后的第二个周末，你去鹿城看我，你见我像个没事人一样，照样打扮，照样逛街坐咖啡馆，到处找好吃的，一开始你的神情很担忧，还以为我是过激反应。你还记得吧？你在卫生间偷偷给罗浩打电话，要他帮你调课，你说你想多陪我几天。你打电话时我都听到了，不过我也想让你多待几天，免得你就这样回去了还担心我。末了，你住了一周才走。我也确实难过过，不要说是个人，就是和只猫哇狗哇在一起过了二十一年，它突然抛下了你，搁谁谁不难过呀。老钟的葬礼过了两三天后，我擦干眼泪，打起精神来收拾屋子。头两天不时有领导、同事来慰问，屋子一团糟。两三天一过，大家都上班，都忙，谁还管你？我就想啊，生活要继续，一个人也是要生活的，于是我开始慢慢收拾起老钟的东西来。我把衣帽间里他的衣服围巾什么的都搜了出来，堆在地板上慢慢清理。他有一个手包，是他出访欧洲时买的，他上班天天拎着，出事后他的司机把它捎给了我，我就扔在了客厅沙发上。整理了一会儿衣物后，我觉得有点儿累，就去沙发上躺躺，他那手包正好在我边上，我就顺手打开看了看，一点儿零钱，几张信用卡，还有就是名片哪记事本什么的。可笑的是，翻他包时我还跟他说话呢。我说：'老钟，对不起呀，从来没翻过你包，但现在我要翻了，你不要见怪。'结果我在一个很不起眼的夹层里发现了一把钥匙、一张门禁卡。刚开始我也没当回事，我想大约是办公室的。我就把包放好，躺了一会儿后就又接着整理他的遗物去了。他有几十条名牌领带，都很新，有些甚至没拆包装。我想清出来看看能不能送人。我在打开一条阿玛尼真丝手绣领带时，脑子里突然像打了个霹雳。我到现在都还记得那一刻的感觉，就是脑袋里啪的一下，电光四射！那条领带上的鸢尾花好像活了，跳起舞来。我扔下手里的东西，跑到客厅，翻出那张门禁卡仔细瞧了瞧，是一个叫华府世家的小区门禁卡。我的心怦怦直跳，赶紧上网查华府世家，发现是鹿城市中心一个规模不大的精装修小区，大约是五六年前落成的，闹中取静的好位置，过马路就是烈士公园，护城河从小区边上流过。我马上拿着那张门禁卡，还有钥匙开车去了那里。

"一路上，我的心情很复杂，感觉不像是真的，但是有一点我无法否认，就是我很兴奋。到了那边后，我先把车停在华府世家对面的街道边，坐在车里打量了下那个小区。六栋小高层，带着宽大的落地窗，错落有致地排列开来，每一栋都无遮无挡，私密性非常好。小区大门距街道约有三十米，两排樟树亭亭如盖，给人庭院深深之感，中间花坛种着紫色薰衣草。大理石门柱，电子控制栏杆，大门两边各有一个神情严肃的穿灰色制服的保安。我第一眼就喜欢上了这个小区。我把车开过去，到了门口，降下车窗玻璃，拿出门禁卡对着电子读卡器晃了晃,只听滴的一声响,栏杆抬了起来,保安冲我敬了个礼,放行。进小区后,我顺着指示牌往左拐,看到地下车库入口,车库入口处也有电子栏杆,我再次拿出门禁卡试了试,栏杆抬了起来。我笑了,哎,太欢乐了!当时我已大概猜到是怎么回事了。没吃过肉,成天见猪跑嘛!后来我想了想,把车从车库门口倒出来停在路边,然后下车去找物业中心。那天是个星期二,下午两点钟,时间正好。如果这是老钟金屋藏娇处,那娇此刻不在屋子里的可能性就很大,我只需进去看一眼,就可以一清二楚。我下了车,先到小区里转了下,小区的南面就是护城河,河两边种着高大的垂柳,风一吹,数千万条绿丝绦迎风摇摆,看得我入了迷。楼与河之间,是一片狭长的树林,桃、李、杏花开得极灿烂,林下绿草如茵,小径上落英缤纷,散个步真是再好不过的了。家家户户宽大的弧形阳台下,就是这片美景,谁看到都会心生妒意。

"我一边走,一边想着几种可能的情形:一、户主是娇,那我就没什么搞头,转身离开;二、户主是老钟,里面有娇,那我要怎样把她弄走,又不让别人知道,这得好好想想;三、没娇,户主还是老钟,没说的,我会去给他烧香烧纸钱,感谢他给我这巨大的惊喜;四、户主不是老钟,是某个我不认识的人;五、户主是我……那一刻我的脑子飞速乱转,快得我都能听到它转动的声音。我很快找到了物业中心,物业接待处像个酒店大堂,非常舒适。我在接待处坐了一会儿,喝了杯水,发现他们工作非常认真,想来如果我回答不出相关信息,恐怕很难让他们告诉我这钥匙到底能打开哪扇门。于是我离开另想他法。说实话,我离开的时候心情很愉快,很好的物业嘛!我对所有工作认真负责的人都怀有敬意。后来,我花了两天时间,找了个高手破解门禁卡的内置信息——五号楼一单元六〇一,好朝向好位置呀。拿到内置信息后,我立马再次开车去了华府世家,我直接把车开到五号楼下的车库里,随便找了个车位停车,然后我去了一单元六〇一。为谨慎起见,我先敲了敲门,无人应声,我这才拿出钥匙开门。钥匙没费什么劲儿就插进了锁孔,我屏住呼吸,默默念了声芝麻开门,转动钥匙。上帝呀!门开了!那一刻,我这辈子都不会忘记的!小莲,这次回去后你一定要去那儿看一看。那套公寓非常宽大,有三个卧室、两个有窗的卫生间,除了那条护城河,站在阳台上还能看到烈士公园里的小山、湖泊。房间里空荡荡的,除了客厅里一张朝向阳台摆放的长沙发外,没有其他可移动的家具。我特意打开门厅处的鞋柜看了看,里面只有一双男士拖鞋、一双男式运动鞋,看尺码显然是老钟的,两个卫生间都没有发现女人的化妆品。主卫的浴缸上搭着一条棕色浴巾,衣帽间的柜子里挂着老钟的两件T恤、一件睡衣,那睡衣的颜色、款式都和家里那件一模一样。那一刻,我前所未有地思念起老钟来,假如不是突发心梗带走了他,他一定会选择个合适的时间带我过来的,最有可能的是在他退休之后。我了解他,他一直非常谨慎、克制,肯定不想让我知道太多。我觉得他是在保护我。我太感动了!那一刻真有一种永失我爱的伤感——"

"等等!"听到这里,我忍不住插嘴问道,"你是说老钟偷偷给你留了套房子?"

"可以这么说吧,一套不错的房子。"木菡笑道。

我万分惊讶,却也无话可说。

"我光了脚在屋内走来走去。后来我走累了,就在客厅的沙发上坐下来休息,这时我才发现沙发一侧的地上有个小纸盒,里面有一沓病历本、几盒药。我把那纸盒子捡起来搁在腿上,一件件检视翻看。病历有三十来本,有的很旧了,显然是多年积累起来的。这些病历来自不同医院,有北京协和、北京天坛、解放军三〇七医院、上海医科大附院、香港威尔斯亲王医院的等等,甚至还有一本是鹿城某男性专科诊所的,就是那种深藏小巷中的小诊所,典型的病急乱投医。每本病历上面写的名字都是钟广菊——一个陌生的名字。我都糊涂了,就又拿起那几盒药来看,有两盒是六味地黄丸,还有什么他莫昔芬片、硫酸锌糖浆,天知道是治什么的药!有一盒药,我拿起来看时,突然就控制不住地大笑起来,这药叫什么五子衍宗丸。天哪木莲,你能想象吗?五子衍宗丸!让人想到江湖骗子。老钟会不会就是钟广菊?如果是,那他并不是不想要孩子,而是他有毛病,他这辈子都在疯狂治病,到死都没有放弃!如果他不死的话,他要治到什么时候才罢休?如果治好了的话,他是不是会和我离婚,去娶一个适合生养的年轻女人?这么一想,我不免浑身发抖,抑制不住地一阵阵犯恶心,可同时我还在那儿笑呢,简直停不下来。你要知道,曾有那么一阵儿,我也想过要孩子的,大约是在小星两三岁的时候,可爱的小星让我想要一个孩子,是老钟打消了我的念头。'宝贝',他这样叫我,他对我说：'宝贝，我不想家里多个第三者来分享我对你的爱。'唉，你知道我总是需要很多的爱的，这是我的致命伤。他就这样说服了我。可谁能想到，他不要孩子，并不是为了全心全意爱我，而是因为他患有弱精症。这可能是他第一次婚姻破裂的真正原因，也可能是他和我结婚的真正原因，到哪里去找一个真的不想要小孩的傻女人？他的 a 级和 b 级精子数从未超过百分之五十。但从病历上的日期来看，情况也一直在好转。这是一个多么坚忍不拔、多么执着、又多么恶心的男人！等我打起精神从沙发上爬起来的时候，我就像换了一个人。我感谢上帝让老钟突发心脏病死了，并让他体面地死在了工作岗位上，他得到了应有的惩罚，不是吗？"

我想了想，道："也许他并不想要孩子，他只是想治愈自己。"

"谁知道？"木菡撇了撇嘴，接着道，"第二天，我跑到鹿城中心医院挂了个男科，把钟广菊的病历拿给医生看。医生表示了祝贺，说从检测结果来看，患者的精子成活率快接近正常水平了。从医院出来后，有那么一刻，我为老钟感到难过，功亏一篑呀。记得那天天气特别好，我站在医院门口的台阶上，抬头看着蓝天白云，下定决心要好好活着，即便是作为人民的好干部钟华的遗孀，我也要好好活着，还有许多事要做，不是吗？接下来，我打电话给单位领导请假，我什么也不说，只用了一种忧伤的语气说需要休息，近期不能上班。单位领导爽快地答应了，说市里领导早已打过招呼，要他们好好关照我，有什么需要尽管说。呵呵，这也是老钟的遗产，我没有理由不接受。我从医院出来后马上去找了家价格不菲的餐厅吃饭，想好下一步该做什么。我厘清头绪后，开始了我的探索之旅——寻宝。可以说，这两年多来，我基本上都是这么度过的。那房子里的每个角落我差不多都翻了一遍。小星生日时我去你那儿，傍晚我们在你们校园里散步，路过图书馆门前的莲池，你知道我当时想到了什么吗？我看着那个莲池，心里想：这池里会不会也有人藏着点儿什么东西？最初发现自己还有套房子，我是非常兴奋的，悲伤一扫而光。所以，过了两天，你来看我时，我正处于亢奋状态呢。你在我家的那一周，我也没耽搁。我打电话找了个可靠的同学，他的姐夫在房地产管理局上班，我让我同学帮我去房地产管理局查那栋房子的户主。户主是钟广菊，没错的，就是那个患弱精症的男人！这房子上无抵押贷款，也就是说房产证一定在钟广菊手里。

"你离开鹿城的那天,我把你送到火车站后,马上就开车去了华府世家。途中我在一家五金店门口停车,下车买了劳保手套、钳子、起子、撬棍、锥子等各种工具。我先从主卧室开始,把所有的墙纸都撕了下来,撬掉踢脚线。撕墙纸比我想象的难多了,一开始总是撕不干净,总有一层白膜撕不下来,后来就熟练了。现在我用不了多少时间,就能把墙纸从墙上整张揭下来,而且不留痕迹。第一次干的时候,我可是费了不少劲儿。卧室的地板是实木地板,撬地板不是件容易的事。天很快黑了,我也累得不行了,我就劝告自己不要太着急,我对自己说:有的是时间,慢慢来。我坐电梯下到车库时,看到一个保安拿着对讲机站在我的汽车前,正对着对讲机说着什么。边上停着一辆迷你宝马,一个年轻女孩坐在车内,满脸不悦。我意识到自己占了她的车位,于是马上过去道歉。保安对对讲机说,不用找了,业主到了。他的一句业主提醒了我。我把车开出来后停在一边,告诉保安我是几号楼几号房的业主,以前都是老公过来看房子,自己很少过来,记不得我家的车位了,请他帮我查一下。当时我还在心里责怪自己,为什么一开始没想到这一点呢?看来太兴奋是容易误事的。保安通过对讲机与物业联系后,问我业主叫什么名字。我说钟广菊。保安告诉我,业主名下登记了一辆车,一个车位——B区107。我谢了他,把车开到B区。如果说那天拿钥匙开门时我还有过剧烈的心跳,这次我就很平静,我知道我会看到什么。我找到了107,这个车位在电梯井背面,是一个不显眼的位置。车位上停着一辆黑色本田雅阁,和我的那辆车一模一样,只是颜色、车牌号不同而已。一辆白,一辆黑,情侣车!很搞是不是?车是锁着的,车身上有一层薄薄的灰尘,显然好久没人动过它了。我把额头贴在车窗上往里瞧了瞧,车里除了一盒纸巾,什么也没有。我的心情很愉快,愉快得什么也不想说。老钟,你——!我只想骂娘。这下可好,除了房产证,我还需要寻找汽车钥匙了。这是老钟死后不到一个月内发生的事情,接下来两年多,我都是这样过的。找到了这个,又发现了那个,找到了那个,又发现还有别的。我总能找到点儿东西,总能。我觉得我应该去检察院反贪局工作,现在,我能找到任何人为藏起来的东西。你在哪里藏了点儿什么没?让我去找找看?相信我,我能很快找出来。"

"没有。"

这是实话,除了一些危险的思想,我没什么东西可藏。

木菡从手袋里摸出来一根香烟点上,她抽了一口后,接着说道:"踢脚线是比较方便藏东西的,一般在两根踢脚线相接的地方,掏一个圆形的小洞,可塞下银行存单或是小根金条之类的东西。衣柜的拉手、浴缸底下,还有好太太晾衣架的晾衣竿,都是好地方。千万别小看冰箱内冻着的鱼,鱼肚子里藏得下许多东西。空调壁挂机的出风管道也是藏东西的好地方,室外挂机也是——真不知他是怎么爬出去的。署假名的那个身份证可能一直藏在你眼皮底下,还有书房里某本你可能永远也不会去翻的书,钟广菊的身份证就夹在一本书中。我还坐飞机去过张家界,从老钟办公室清回来的他的私人物品中,有一本名为《中国十大国家公园》的书,底页上夹着一张图,看上去像是随手涂鸦,翻过来是张家界的宣传标志。可我真就靠那张图在张家界天子山的一棵松树下挖到了东西。我还找到了老钟的一个私密记事本,非常小,用胶布贴在橱柜底板下,上面记了件很有趣的事,有个女人敲诈老钟,说她怀孕了。老钟什么也没说,只是把自己的医疗检测报告拿给那女人看,后来这女人再没出现过。老钟为此很得意。'君子断交,不出恶声。'老钟在记事本里这样写。看来,弱精症给他带来的也不全是坏处。我把这记事本又给他藏了回去,我就当自己从来没有见过它。很多东西我一时用不着,又不知该怎么办,我也慢慢藏回去,我藏得跟老钟一样好。我也当自己从未发现过它们。我在藏这些东西的时候,有些可怜老钟,这家伙生前活得该有多孤独哇!像个鼹鼠!记得他的司机把他的私人物品给我送过来时说过一句话,他的司机很哀痛地说:'我跟过很多领导,钟局长是个好人。'后来,我在翻箱倒柜找东西的时候,和在我把那些东西又藏回去的时候,都会想起司机的这句话。这句话对我来说是个线索。一个好人会怎么藏东西?尤其是一个群众心目中的好人。这种人藏东西,跟一个大家认为是坏人的家伙藏东西相比,肯定是有区别的。事实证明,我这么想是对的!"

我不知道该说什么好,当听到木菡说把那些东西又了藏回去时,我暗暗松了一口气,好像这对她来说是个不错的选择。

"不是全部。"木菡似乎猜到了我在想什么,她看着我,吐出一口轻烟,"有些东西藏不回去了的,有些是不方便再藏回去的,比如,我不可能再飞一次张家界吧,再说我也不可能还找得到那棵树。"

这我能理解，就像楼上房间内的那些碎海绵，回不去是人生常态。

"你想过上交单位吗？"

"你说什么呢！这不是要吓死人嘛！"木菡拍着胸口。过了一会儿，她又说道："不过，那辆汽车后备厢里有些现金，我以钟广菊的名义捐了出去，捐给了鹿城白血病患儿基金会。"

"我可以这么理解吧，你现在，即便不工作，生活也不成问题？"

木菡笑而不语，过了一会儿，她说道："我很花了点儿时间才消除了不劳而获的罪恶感，老钟这些人，你还真是不能不佩服他们。"

我沉默了，一时有些难过，不知该说什么好。她经历了这样不可思议的事情，可两年多来我竟然一点儿也没察觉。除了小星，除了罗浩，我还有什么亲人？木菡就是我在这世上唯一的亲人。我看着她，想到她在凌晨四点钟的哭泣声，心里很清楚她已为此付出了代价。我感到揪心，叮嘱她道："不管怎样，你得赶紧从这种状态里走出来呀。"

"是呀，我也这么想。可有时候刚躺下准备休息吧，视线一落到某个地方，突然就会觉得那里看上去像是藏有某件东西的样子，于是好奇心又促使我马上爬起来。我看人的眼光也不像从前了，刚刚给我们拿水果拼盘的那个女孩，她转身离去的时候你知道我在想什么吗？我盯着她的背影，想：她会不会接受客人的邀请去房间服务？不知道为什么，我就觉得她会。我知道这很不好，可怎么也控制不住。现在我看什么都可疑，这是寻宝后遗症？这次出差，头两天都好好的，我还以为我好了呢。可是到了昨晚……今天一早起来，我可真被我自己吓到了。"木菡脸上露出一股严肃的神情，"小莲，我的生活确实是出了问题。"

谁的生活不是呢？

我想起了我那过分乖巧的孩子，她正在郊区那所寄宿学校里知趣地静悄悄地长大，我的丈夫罗浩，他已在书房那张狭小的沙发上度过了许多个夜晚，我也想起了那些告我状的学生。尤其是那些学生，我一直都很爱他们，可是谁能想得到，我不过就是给他们推荐了几本他们以前从未读过的书，不过就是在课堂上讲了几句他们以前从未听过的话，可这就把他们吓坏了。

"给他们钱，应该就可以了吧？"

"你说什么?"

"那个床垫……"木菡不好意思地笑了下。

"哦,是的,给他们钱。"我说。

给他们钱,让他们去买张新床垫,这件事就算解决了。生活中有些事情就是这么简单。可是,木菡以后,要怎么办呢?

木菡现在显然不在想这个问题,确定钱可以解决眼前的麻烦之后,她的表情看上去又轻松又愉快。于是我也决定暂时不去想它,想又能怎样?这不是一个一下就能解决的问题。

"那个名字,为什么是钟广菊?"我问木菡。

"噢!天知道他是怎么想的。"木菡拍了拍自己的脑门,欠身把烟头熄灭在烟灰缸内。"钟广菊!广菊!"她端起杯子,将杯子里剩余的咖啡一饮而尽,然后她把杯子重重地搁回到茶几上,"这名字总是让我想起我们图书馆的一位清洁工大姐,她有个特别宽大厚实的臀部——"木菡比画了下,笑道:"像张桌子!"

(原载《上海文学》2015年第5期)

诉与何人

夜里下了一场雨，晨起只见海棠落了一地。

湿漉漉的信报箱上也粘着几片花瓣，他小心翼翼地把它们拈起来放进衣袋。有辆汽车沙沙地轧过他身后僻静的街道，车身上也满是落花。

空气是异常清新的。

他打开信报箱，照例是那几份报纸。作为文联创作室退休的专业作家，报纸、杂志也是福利。早报、晚报、日报、作家协会的机关报，名头不一，内容却都大同小异。

他的一天就这样开始了。

他的每一天都过得差不多。七点，起床，洗漱，楼下邻居家的狗会叫上那么一阵儿。他喝完一杯温开水后下楼取报纸。七点半左右，他会为自己煮一杯浓香咖啡，吃早餐，给盆栽浇水。九点半，街角的水果店开门，他坐在阳台上，看水果店的女老板骑着摩托从另外一个街区匆匆赶来，她把摩托推上人行道，停在一棵海棠树下，然后他会看到铝制卷闸门被她哗啦一下推上去。十点，他开始看书或是杂志，中间他会停下来写几个毛笔字，有时他也整理一下书柜，或是做一些预防阿尔茨海默病的填字游戏。中午他出去用午餐，然后回来午睡，在回家的途中，他会绕道去隔一条街的百草屋买些阿司匹林或是安定。下午，哦，下午总是显得很漫长。周一和周五的下午，他等着钟点工上门打扫卫生。其他的下午，他在黄昏时遵医嘱出去步行，沿着海边的步行道，从东走到西，有时候是从西走到东。而步行之前的一段时光，他并无什么很确定的事情要做。隔三岔五,他会去做个治疗腰椎间盘突出和肩周炎的按摩。换上蓝色丝绒绲边的布纹按摩服,趴在洁白的按摩床上,和那个叫丽莎的按摩女孩说说话,对他来说也是一种非常不错的消遣。总之,与其他老年人相比,除了一个唠唠叨叨的老妻,他什么也不缺。他的厨房里甚至有两只双立人的锅,一只是桶状的,可以煲汤——如果他想。另一只是平底锅,偶尔心血来潮,他会为自己煎块培根或是做个西红柿炒蛋什么的。

他搬来这个风景宜人的街区十年,丽莎做他的按摩师差不多五年——他从不指望按摩能把他的腰椎间盘突出和肩周炎治好,到了这个年纪,死亡才是最好的治疗——大约在一年半前,丽莎告诉他,她接受了一位张姓女教授所领导的学术团队不定期的访问。张教授正在进行一项关于特殊职业女性的心理状况、人格及其调适的研究,她付给丽莎的价钱不错,几乎与他付给她的按摩费一样多。丽莎在告诉他这件事的时候,他和丽莎的关系早已稳定在一种介于朋友与客户之间的状态。丽莎放弃了对他的试探,他能从丽莎的手指上感受到这一点。那些修长的现在已变得安静、端庄的手指。他对自己非常满意。一把年纪了,岁月消耗掉了身上那些鲜活的血肉,拆下身上随便哪根骨头,都能把鼓擂得山响。他不知道自己还能活多久,但他也知道这绝不是一个到底能活多久的问题。要是胡闹过后能立马蹬腿死掉还好说,要是一时半会儿死不了呢?他可是知道,像丽莎这样的女孩是怎么回事的。起初,丽莎只是无意中将她和张教授的部分谈话内容告诉他。不知不觉地,他竟对此产生了依赖——聪明的丽莎似乎比他更早知道这一点。现在想来他还真是有些羞赧。有那么一段时间,他几乎每天下午都要到按摩会所去,他把长了老年斑的枯瘦的双手垫在下巴下,趴在按摩床上听丽莎复述她与张教授的对话。

"是为了钱吗?"张教授问。

他闭着眼趴在那儿,把张教授想象成一位亲切、优雅的中年知识女性,年龄在四十五岁到五十岁之间,对他来说,这个年纪的女人不算老,当然也不算年轻,但对他来说,是刚好,他们之间,应该会彼此懂得,有很多的话说。

"不全是,我的按摩手艺不错,我能养活自己。有时候,我只是……"

他安静地趴在那儿,等着丽莎继续说下去。

"我只是……想了。"丽莎的声音低下来,喃喃道。

末了，这句话像颗子弹一样击中了他。

现在，他已有很长一段时间都没有去按摩了。

那沓报纸中夹着两封信。一封来自南方一家高级养老院。不久前，他去信问询入院的事情。他很清楚地知道，他不可能一直到死都过着现在这样的生活——即便只是这样的生活。另一封信鼓鼓囊囊的，没有署明来信地址。信封上的字迹很秀气，似乎出自女性之手。他有些意外。他很久没有收到过这样的信了，没有什么人写信给他。他倒是有一个儿子的，儿子是他和第一个妻子生的。他和第一个妻子分开的时候，儿子还很小。偶尔，儿子会打个越洋电话给他。儿子不需要他，甚至也不需要他的钱，他还能指望儿子什么呢？以前，他总是能收到很多的信：读者的、编辑的、出版策划人的……有的信，他读了；有的，他根本就不曾打开。那时候他总是很忙。

他把报纸和信放到阳台的小桌上，走到厨房去给自己煮咖啡。他把烘焙好的咖啡豆放进半自动蒸汽咖啡机内，充上矿泉水，按下启动开关，咖啡机嗡嗡嗡地响了起来。

那封来信地址不明的信是谁写的呢？他把奶酪抹在吐司上，耐心地等着咖啡的香气慢慢浓起来。他曾有过一个习书法的情人，分别之后她用散发着幽香的信纸和一手漂亮的金书小楷写信给他。信的内容他不记得了，但展开信纸时，从心头漫卷到四肢的那一刹那的柔软，他到现在还记得。

厨房里渐渐充满了浓郁的咖啡香气。

他总是在同一家商店买咖啡豆，他总是要他们最好的那一种。店家每次都说是蓝山咖啡，但他也知道，他花那么多的钱，能买到生长在海拔二百五十米到五百米之间的高山咖啡就很不错了。他不是一个能那样较真的老人。很多老人碰到这种事，都会觉得受到了欺负，会怒气冲冲。他从来不会这样。好的东西总是稀少的，你不能指望总是得到最好的。这是件再清楚不过的事情了。

他端着一杯咖啡和两片抹好奶酪的吐司回到阳台上。空气非常好，他做了个深呼吸。阳台的桌子上铺着雅致的浅绿色暗格纹台布，为了防止台布被偶尔从海上吹来的大风刮跑，他还在上面压了座纯锡的欧式烛台。从前，这座烛台摆在他敞开式厨房的餐桌中央，见识过他无数次的浪漫晚宴。桌子的另一边有一盆枝肥叶壮的滴水观音,他把咖啡和吐司放到桌子上,给那盆滴水观音浇了浇水。他在小桌边的藤编摇椅上坐下来,喝了一小口热热的咖啡含在嘴里,咖啡的香气在口腔内轻轻回荡。他非常迷恋咖啡的香气。以前,除了咖啡,他迷恋过很多的东西。现在,他只为自己保留了这一样。

两片吐司下肚之后,他戴上老花镜,打开养老院的来信读了起来。信是打印的,像份公文,只是开头那儿,像小学生做填空题一样,在预留的空白处写着"敬爱的周先生",字迹潦草,显得轻率而敷衍。他非常失望,不敢想象把自己最后的时光托付给写这样一封信的人。

他把信扔到桌子上,继续喝起咖啡来。

街道两旁的海棠被一夜的风雨吹打得不成样子,只是一个晚上,就一个晚上,原先满街织锦似的绯红就觅无可觅了。偶尔有辆小轿车缓缓地从街道上轧过,这条街道很少有汽车通过,是个坡道,非常短,两端都连着另外两条同样短的路,那两条路再连着别的马路。他刚搬来的那阵儿常常搞不清回家的路,他站在马路边左顾右盼,等着有人经过时好向他们打听"荣成路街角的那家水果店怎么走"。有一次,一位女士把他当成了患阿尔茨海默病的老人,她给他指完路后,又叮嘱他说:"让您的孩子把家里的电话号码绣在您的衣服上吧!"他不记得是哪位作家曾这样描绘过西方一座城市的街道——它们不是通向公墓,就是通向教堂。走在那样的路上,即使患了阿尔茨海默病又有什么好害怕的?但这里的每条路,都只是通向另外的路,踏上去就是一场没有尽头的苦行。

他把另外那封信拿起来端详。没有回信地址,也没有留下邮编,是一封不需要回复的信,他想。作为一名曾经非常成功的作家,他收到过很多读者的信,给他写信的人大部分都是女性,这曾给过他一种错觉,似乎他只是在为这些女性写作——虽然她们很少跟他讨论他的作品。她们往往只是很笼统地说喜欢他的某部作品,或是某部作品中的某个人,信却总是写得很长,大部分都毫无文采可言,但从不缺乏某种细腻温软的情绪,一种母性的温软情绪——这一点倒是与他小说的气息很贴近。有些信里往往还夹着照片,她们有的看上去很漂亮,有的看上去有些傻气。那是他一生中最好的一段时光,精力充沛,写起东西来不知疲倦。后来,偶尔他也想写一写,比如刚认识丽莎的那阵儿，他试着写过一些东西，但是夜里写下的东西，白天读起来却非常怪异。他明白，对他来说，写作这件事算是过去了，就像情欲一样抽身而去，他在心里竖起了一杆白旗。

丽莎常常会很客气地夸他帅。作为一个老人，他知道自己看上去也还不错，瘦削的身材，舒适得体的衣着，身上的气味还算好闻，没有太浓的酸腐的老人味，可也只是如此而已。生活掏空了他。他比谁都清楚这一点。

他喝了一口咖啡后，把咖啡杯放回到小桌上，打开那封信读了起来。信写在雪白的A4打印纸上，足足有十来页，每一行字都写得很直，这令他有些惊讶。他觉得写这封信的人应该是一个精明能干、做事有条不紊的格子间斗士。他开始想象：在一间明亮宽敞的办公室，一个身材修长、头发高高盘在头顶的女子，趴在装点着精巧盆栽的隔间内，在A4纸上衬了张格纹稿纸给他写信。

"亲爱的周，你好吗？"她写道。

亲昵的语气令他有些莫名的紧张。会不会是他曾经认识的人？或者，他们相遇过，发生过一些事情，而他并不曾记到心里去，就像斯蒂芬·茨威格在《一个陌生女人的来信》中写的那样？他赶紧翻到最后一页看落款。落款只是M。他实在想不起来他的生活中曾有过什么M。他笑了下，为自己的紧张。

"我最早给您写信，是在我十八岁的那一年，转眼二十年过去了，我才开始给您写这第二封信。"二十年！多么漫长的一段时光！他不禁有些感动。二十年前，他四十九岁，与第二个妻子离婚三年，与书法家情人分手一年。当时他正在写一个长篇——《最后的国王》，不是很顺利。写不下去的时候，他会去一家会所找同一个姑娘。更多的时候是他把她叫出来，然后把她带到海边一家很安静的旅馆——现在这家旅馆已经改成了河豚馆，每天食客如织——那个姑娘非常年轻，他怀着一种深深的恐惧与她待在一起。他总是让她站在窗边，窗帘稍稍掀开一道缝，越过那姑娘白而圆润的肩头，可以看见窗外旁逸斜出的松树枝和翻滚的海浪。他站在那姑娘身后，两手扣在她光滑而灵活的腰肢上，看海浪吐着白色的泡沫，一次比一次更执着地扑向岸边嶙峋的黑色礁石，在哗哗的海浪拍打声中，他总是能受到莫名的鼓舞。他不由自主地绷紧身体，拼尽全力去合上海浪的节拍。可是，海浪，终究是拿那些礁石无可奈何的，末了它们只是像他一样，满怀绝望地一点点退下去。现在回想起来，那一年，他似乎过得是异常痛苦的。

"我给您写的第一封信，大约您都没有看，我不是责怪您，我能理解，那个时候，给您写信的人一定不少。而现在，我想您大约能有时间读读我这封信了，整整十年，您都不再有新书出版，给您写信的人，也一定少了吧。"读到这里，他仿佛看到了一朵轻笑，绽放在这写信人那面目不清的脸上。是的，十年，他没有出过任何书。最后那部很畅销的长篇完成后，他勉强写过一些随笔之类的，也在出版商的撺掇下出过几个集子，销量不尽人意，他自己都不怎么看的。

"现在人们都习惯使用电子邮件，我想您应该不会喜欢那种东西。"语气非常肯定。女人似乎都这样，尤其是那些漂亮的自以为是的女人。他微微有些不快。可是，她是对的，电子邮件、QQ、MSN，他很少使用那样的东西。以前他在一家网站注册过一个邮箱，他用这个邮箱和第一个妻子讨论抚养孩子的问题，和第二个妻子讨论财产分割的事情。后来，孩子长大了，财产也分割完毕，他就再也没有打开过那个邮箱，密码，也早就忘记了。

"书是从学校图书馆借的，开篇就很吸引我：'从空中看过去，小岛像是一弯新月，我很满意。有的人会选择在有月亮的晚上结束自己的生命，而我就是那样的人。想想看，在一个有月亮的晚上，在一个像月亮的小岛上，给这一生划上个句号，应该是件值得一干的事情。到达小岛后，没多久，天开始下雪，雪如惊尘，弥漫于天地之间，很快连海亦不可见，涛声亦不可闻。我扔下行李，走出旅馆，一头扎进了这无边无际的雪海里……'"

他不记得那是哪一本书的开篇了。他出版过多少本书？十本？二十本？有两本倒是畅销过那么一阵儿的，他现在优渥的生活，很大程度上都要归功于那两本书。他把信放下，端起那杯咖啡喝了几口。他从口袋里掏出那几瓣落花，放到鼻尖上闻了闻。都说海棠无香，不识人情，"自今意思谁能说，一片春心付海棠"，可他还是从花瓣上闻到了那淡淡的沁人心脾的香味。他相信这不是错觉。他愿意相信海棠是有灵性的花，一如自己将过去深藏一样，海棠也是怕人道破某种不愿为人知的心事，所以才将香味隐藏。每到海棠盛开的季节，偶尔他从树下走过，机缘凑巧，他就能闻到它那隐秘的令人心颤的幽香。

"我在一座僻远的小县城长大。我的父亲是一位退伍老兵,他十七岁参加抗美援朝,在战争中失去了左腿,年近四十才和我母亲结婚。他是一个沉默寡言的人,靠微薄的抚恤金养活全家。后来,他喝上了酒。每回喝醉了酒,他就变成了另外一个人,年少时的我常常要无助地看着他浑身酒气地在地上滚来滚去。每回父亲都一边打滚,一边用被酒精烧得嘶哑的嗓子吼同一首老歌:

我的波波莎呀
七十二发子弹填满仓
哒哒哒,哒哒哒
到了战场她就可以把话讲
把话讲……

"后来我常想,我的父亲,他这辈子到底有多少话想讲而没有讲出来?他挣扎着在地上滚来滚去,那只假肢有时会从他的身体里掉出来,引起围观者的哄笑。我的母亲坐在屋檐下织毛衣,父亲的假肢掉出来时,她会和别人一起笑。她一直要等着父亲自己在地上睡着了,才起身招呼邻居帮忙把父亲抬到家里去。这样的场景渐渐令我厌倦,后来我总是不管不顾地跑开去。从那时起,我就开始渴望远方,渴望到陌生人中间去,渴望与我家乡小镇完全不一样的景致,比如,海,荒凉的海。二十岁之前我没有见过大海,我想象中的大海永远是干净的蓝色,海上只有海鸟在飞,沙滩是金色的,又空又大……我打定主意要到沿海的城市去上大学。高中三年,我拼命学习,吃了不少的苦头,可是事与愿违,我还是没能考到沿海的城市去,尽管沿海有那么多的城市,那些城市里有那么多的大学。我被位于中部某省的W大学法学院录取了。那么,好吧,就W大吧,我对自己说,四年后我总可以去沿海的某个城市找份工作吧。大学四年,我拼命学习,通过了律师资格考试(后来改称为国家司法考试),我拿着毕业证和律师资格证,很顺利地在东部沿海一个叫欢城的城市找了一份工作,是一家律师事务所,我从实习律师做起。

"当然,亲爱的周,我给您写这封信,不是为了讲我这些年的经历,我的生活很平常,也还算,顺利。我做到了一级律师,有固定的客户群,嫁给了一个搞海洋鱼类研究的男人,后来他得了非常严重的再生障碍性贫血,但现在他还活着。我们有一个儿子,今年上小学六年级。我的丈夫差不多认识这世界上所有的鱼和所有的蕨类,鱼是他的专业,蕨是他的爱好,除了这两样,他好像对别的东西都没什么兴趣。当然我给您写这封信,也不是为了讲我的丈夫,尽管关于他也有许多话可说。我要跟您说的是,一个朋友——就算是我的朋友吧——Z,就像你那本书中的主人公一样,一个多月前,他自杀了,在看守所,用一根竹筷。"

看到这里,他的心不由往下一沉。他抬起头,茫然地看着面前的景物,慢慢想起那本书来。那本书,写的是一个满怀梦想的男人如何走上绝途的故事:男人的一生,任何事都由不得他自己,他觉得这辈子应该有件自己能做得了主的事情,于是他来到一个美丽的海岛,平静地结束了自己的生命。

他早期小说中的人物都是富于激情、充满幻想的——那时候他自己也还年轻。他们相信爱情,相信正义,相信一切美好的事物。他们吃尽苦头,但也总是能把日常生活中的那些不可能变成可能。他们有时是革命者,是冒险家,有时是成长中的纯洁的少年,大学生,邮递员,飞行师,警察,老师,街头的卖艺者,工厂里的机床操作工,他们是儿子、父亲或是祖父……后来,他开始在小说中让他们一个接一个地死去。他并不是刻意要这样写,只是那段时间,他不这样写,自己好像就没有办法活下去一样。仔细想来,他大概写过十多种非正常的死亡。这多少是有些讽刺的,尤其是他现在过着这样一种生活,好像他多么怯懦、多么不道德地利用了一个作家的自由,把唯一熬到油尽灯枯、平常死去的机会留给了自己。

"得知这个消息后,有好几天,我吃不下任何东西,不是悲哀,不是痛苦,只是吃不下东西,就像得了厌食症。他是如何把一根竹筷吞下去的?有天深夜,趁丈夫和儿子都睡熟了,我在黑暗中摸索着走到厨房去。我从橱柜里取了一根筷子,试着从嘴里插下去,只是插到喉管那儿,我就涕泪纵横,又呕又吐的,这不是一个容易的死法。一直以来,Z想要做的事,他都会尽全力去把它做成,看来这次也不例外。明白这一点,我内心无比悲凉。也许再过一段时间,对他的死我就不会再有任何感觉,我依然可以每天穿戴整齐,匆忙来去,无暇他顾,一如往日。但现在,这件事毕竟才发生不久,按传统的说法是，他还尸骨未寒，我还有给您写信、向您诉说的冲动，就如第一次给您写信那样。十八岁那年，我上大学二年级，您描写的那个在海边的风雪中跑步的男人，我是那么喜欢这个男人！我希望他能一直活下去。我流着泪给您写信，恳求您让他活着——那时候我是多么天真哪！现在，我给您写这封信，却不会对您做同样的恳求，我只是想让您知道，仅仅想让您知道：一个多月前，Z，他死了。

"我来到欢城后，发现大海并不完全是您写的那样，当然也不完全是我想象的那样。我没有觉得失望，可能每个人心里都有片海吧。下雪的时候，大海就像一张深不见底的巨大的嘴，无声无息地吞食着一切，你就是把千军万马投进去，它也不会起丝毫的波澜。这是我在下雪天看到的海，令人畏惧的海……我还是言归正传，说说 Z 吧。Z，他最初是我在律师事务所的同事。我们同一年毕业，同一年进了那家律师事务所。Z 中等个头，偏瘦，很普通的一个人，但一双眼睛很黑很亮（我很少能从男人的脸上看到这样一双孩子一样黑亮的眼睛），时常流露出女性才有的沉静温和，但有时候，这双眼睛流露出的任性的热情与无所顾忌的执拗也会令人吃惊。Z 的父亲是个手艺精湛的木匠，Z 自小耳濡目染，也会点儿木工活。现在我的梳妆台上还摆着一个他给我做的首饰盒，这个首饰盒有许多开合自如的小抽屉，非常精巧。（Z 曾说这是他这辈子最成功的一件木工作品。）我们所在的律师事务所那一年共招了七名大学本科毕业生，但只有我和他已经获得了律师资格证书。我这人一向不爱交际，差不多三个月后我才慢慢跟他熟悉起来。他本科学的不是法律，而是历史，法律完全是他自学的，他通过自学拿到了律师资格证，这不是一件容易的事。Z 是个聪明人。

"我还记得我们第一次交谈的情景。那天，我和 Z 一起去法院替所里的大律师立案，大约是为了找个话题，在途中，Z 跟我聊起他的学士学位论文来。我到现在还记得他的论文题目——《王安石变法与〈天朝田亩制度〉的比较研究》。那段时间我正好跟男朋友分了手，那场恋爱谈得我筋疲力尽。我们分居两地，原本也是件毫无希望的事，可我还是觉得难过。就像你一脚踩下刹车，汽车不会说停就停，总要滑行一段距离才肯停下。感情也是这样，不会喊停就停，总要难过一段时间才能彻底过去。当时我就在一场恋情结束后的滑行期。我没有什么心情听他说王安石和那个天朝田亩制的事，它们关我什么事？可是他一路上都在眉飞色舞地跟我说着这些，当时我认为他根本就是个没心没肺的人，所以非常烦他。我对自己说，再忍五分钟，如果他还不停，我就直接让他闭嘴。自从做律师以后，我就一直在练我的忍功，即使遇到忍无可忍的事，我也会对自己说，再忍五分钟，就五分钟。他没有让我忍那么久，说着说着他突然停下来，笑眯眯地看着我问道：

"你知道为什么现在有那么多拆迁纠纷吗？

"不知道。

"猜猜看。

"为什么？

"因为王安石搞的那个天朝田亩制呀！

"哈！这是哪跟哪儿呀！我看着他说，你觉得好笑吗？

"他有些羞涩地看着我，说，给个面子好不好？这可是 21 世纪最出色的冷笑话！他故意把一个'最'字拖得很长。

"看着他那个样子，我只好咧嘴笑了一下。

"他非常开心地说，笑了就好，笑了就好。

"我们的交往渐渐多了起来。有时候我们一起出去午餐，慢慢地我不再感到失恋的痛苦，甚至慢慢忘了自己曾有过那么一场恋爱。Z 是一个你跟他待在一起不会觉得不舒服的男人，而我当时所能接触到的大多数男人都很粗鄙。这个时代盛产粗鄙的男人。当我不想一个人的时候，我就跟 Z 待在一起。我们在周末的时候一起去爬过几次山，也看过几场电影。他对我渐渐有些不同，我能感受到这一点。至于这是不是一场新恋情的开端，我没有把握。也许是一种直觉，我隐约觉得这很不靠谱，个中缘由我也说不出来。我曾经有过一个妹妹，小我两岁，她长得很美，微微卷曲的头发，黑葡萄一样的眼睛，皮肤像白瓷一样温润细腻，美得不像是个真人。很小的时候我就有种不祥的预感，也许，有一天，我们——我的父母和我，会失去她，我的父母，还有我们那个简朴得有些寒酸的家，实在是与她不相称。果然，在我七岁的那年，一场流感就轻易地夺去了她的生命。那一年，我的父亲酒喝得更勤了，在地上滚来滚去的次数也更多，我常常要顶着烈日，步行四五里路去给他买酒。我想象不出，如果我和 Z 成为一对恋人会是什么样子。Z 有时候老于世故，有时候又很天真。他与律所三位合伙人的关系处理得都很好，他把尊重不多不少地分给他们每个人。合伙人之一是一位年轻的女律师，非常漂亮，名校毕业，传说私生活异常混乱，她所承接的案件胜诉多、执行快，加上她本人正好也姓常，因而她在律师界有'常胜姐'的称号。常胜姐对其他的新人都冷冷的，唯独对Z，总是笑脸相迎。

"那时我和Z都还年轻，相互可以追溯的历史都不长。我告诉他我喜欢大海，有见血就晕的毛病。他也告诉我他大学时的一些趣事，包括一两段无疾而终的感情。他曾一本正经地对我说，就像鲁迅当年学了医以后才发现文学比较重要一样，他是在学了历史后才发现法律比较重要。我还记得当时他跟我说这句话时的情景，他身子坐得笔直，眼睛里闪烁着异样的光彩，一边用几根手指轮番敲打着桌面，一边说几千年来，法律这事我们一直没有弄好，没有弄好！他那副执拗、认真的样子令我发笑。想想看，一个出庭的时候连套像样的西装都没有的人，在那儿奢谈几千年来的国家大事。这是他天真的一面。随着交往的深入，我慢慢发现自己和他有着很大的不同，我选择做律师很简单，因为这是我在这个城市能找到的工作，而且我认为自己能够胜任，而且我认为只要我努力，它就能给我带来相应的回报。我一直是个羞于谈论理想、目标单一的人，我只做我比较擅长的，比如现在，我就把我的业务范围限定在知识产权与合同纠纷上，不再插手刑事案件与行政案件。尽管当时Z的书生气令我很不以为然，但他还是有很多令我佩服的地方。他读书之多超出我的想象，从自然法学到社会法学，从分析法学到后现代法学，那些令我畏惧的经典他都有涉猎，奥古斯丁、罗尔斯、德沃金、边沁以及庞德和哈耶克等人的代表作他都研读过，且如数家珍。我觉得他其实很适合做学问。我曾开玩笑地对他说，继续读书吧，硕士博士一路读下去，以后找家高校教书、育人。如果他当时这么做了，或许一切都会不一样，或许他不会那样死去。不过，或许会有另外的事情发生，谁又能说得定呢？

"不久，所里把一个无人愿接的小案子交给我俩，这是我们独立承接的第一宗案件。我们很开心，并为此做了充分的准备。但是开局就很不顺，过了很长一段时间，我们都没能立上案。案子的标的非常小，政府要修一条便于消防车通过的道路到郊区一个新开发的小区，需要填掉一个菜农三分之一的粪坑。菜农是在城市化进程中快速成长起来的菜农，开口索价三万；承包商是在城市化进程中身经百战的承包商，只肯出七千。菜农和承包商谈不拢，一怒之下，执意要'到法庭上去谈'。我和Z分析了一下案情，都认为有很大的把握可以进行庭内调解。就这么点儿事情，立案庭却迟迟不接受起诉材料，这是我俩没有想到的。如果立案庭做出了不予立案的裁定，我们还可以上诉，不接收材料，我们能有什么办法呢？两个多月过去了，我们连案也没有立上。委托人非常不满，合伙人也把我俩骂了个狗血喷头。那段时间我的情绪非常低落。Z竭力安慰我，说万事开头难，他会想办法解决的。可是除了一遍遍跑法院，他又能怎样。那时候正好有个交警在追求我，得知这个情况后，他给他的一个哥们打了个电话，那个哥们正好认识该院的一个法官，于是很快就通过了立案审查，前后十二个小时都不到。这令我和Z又惭愧又感慨。

"当然我不会因为这件事就接受那位交警的感情。但这件事后，有那么一段时间，我和Z竟慢慢疏远了。我们都已过了实习期，每天忙于拓展自己的业务，彼此无暇顾及。尽管见面少，我们却都清楚对方在忙什么，这真是一件令人灰心的事情。

"得力于我的童年生活，我的酒量之大令我自己也觉惊讶。小时候我常被父亲支使去离家五里地的酒厂买酒，我也常常在回家的路上偷喝父亲的白酒解渴，这样的童年经历竟然帮了我的大忙。每一次应酬，我在醉倒之前，总能先让对方倒下。有个晚上，我中途去酒店的卫生间洗手，当我俯身在洗脸台前哇哇吐完之后，抬头却从镜中看到了Z，Z站在我的身后，正以一种令人心碎的眼神看我。那样一种眼神，我想我一辈子也不会忘记。我重返酒桌后，喝得肆无忌惮，我知道他也在那家酒店里，就在那里。那个晚上我真希望自己能醉得不省人事。您在《最后的国王》中描写的那位年轻国王，那位偏安一隅的小王朝的可怜国王，面对迫在眉睫的亡国危险，一筹莫展，他把整整一个王宫的美酒都喝完了，都不能求得一醉。许多个深夜，酒精在我的身体里燃烧，就好像每根骨头都被放到了火上炙烤，我躺在床上，头痛欲裂，不能成寐。这时我唯一能想得起来的人，就是那个年轻的无助的国王。我常常在黑暗中伸出手去，紧紧地、紧紧地拥抱他。我没有可丧失的国土，没有待庇护的臣民，我只有一个自己，但生活却令我和一个国王一样，痛苦得不能一醉。"

他把信放下,拿着杯子进屋去添水。

坐得久了点儿,他的腿竟有些酸麻。写《最后的国王》时,他的中年很快也要过去了,源于某种强烈的对现实的无力感,他为自己写下这部小说。写这本书时,他的脑海里有一幅画面:一条奔向大海的激流,河水正穿过崎岖的峡谷,它把那些激荡的河水拍在两岸的峭壁上,使之消散;它去掉了最令人心惊的那部分自己,很快就变得平缓起来,直到融入大海,彻底消失了自我。现在看来,他写这本书,就像是为了跟那个怀抱梦想、悲天悯地的自己告别,大约那时他就已为自己选择了现在的生活,只爱自己的生活。书迟迟结不了尾,他还记得他当时特意回到自己的老家去写最后一章,那是一个非常冷清、破败的小山村。他不知该拿那个身处绝境的年轻国王怎么办,活着,还是死去?他整夜整夜地无法入睡,常常一个人在寂静的星空下游荡⋯⋯

他端着一杯水走到书房去。把水放到书桌上后,他从书柜里找出了那本书。扉页上有他的一张大幅黑白照片,脸上的线条十分冷硬,显得很孤傲,与现在的他判若两人。他爱怜地注视着自己的这张照片,用苍老的手指抚摸那些冷硬的线条。他把书翻到最后一页,看到有"完成于某年某月"的落款。那是他最后一次在完成一本书后标明写作日期,后来的作品,都与时间无关,或者说时间已不重要。他最为畅销的两本书,一本是童话,写中世纪的一个城堡,在这个城堡里,小动物们都寂寂无声,但城堡里却暗流涌动。那阵子只要是写童话故事,不管多傻的童话故事,都可以卖上个几十万册甚至上百万册,他很赚了孩子们一笔。另一本叫《天花板上的外星人》,讲的是外星人随意地造访地球,在人类的生活里来去自如。他们化为人们卧室天花板上的污迹,饱览了人类在床上那千差万别,却又乏善可陈、毫无建树的性生活后,对人类失去了兴趣。评论界对这两本书,尤其是对后一本好评如潮。那时候他也算是文坛的老江湖,自然知道如何吸引读者与评论家。书中有多处汪洋恣肆的情色描写,与当时盛极一时的"此处略去三百字"的写法不同,他从不用直白而赤裸的字眼去描写一场欢爱,那些最为质朴的文字在他手中也总能升腾出令人心旌摇荡的蒙蒙水雾。有段时间,他对别的事都提不起劲儿来,就只爱那奢靡香艳、雾气腾腾的生活,如飞蛾之爱暗夜里的光,他沉醉其中,不惜和这世界一起烂掉。

一生竟然过得那么快，现在回想起来他不免有些愕然。到头来所谓人生伟业，不过是"枕生宝花，被翻红波""开窗秋月光，灭烛解罗裳"。他还记得他在书城签售时的情景，一头浪漫灰发，Burberry（博柏利）经典款中长黑风衣，一现身，人群中立即爆发出连连的尖叫声。有时候群体就像一个不善推理的以貌取人的动物，一个人的外形在它面前显得那么重要。因此，这辈子他尽可能让自己看上去体面——这是他可以做到的。尽管现在他回顾往昔，偶尔也会想到某句诗，"看上去优雅，闻起来却臭"。世间事大抵如此。此刻他就想到了这句诗。想到这句诗他又想到了丽莎。他开始怀疑，那些问题，也许根本就不是出自张教授之口，或者，根本就没有张教授，丽莎杜撰了一切。

　　"有没有遇到过，粗暴的客人？"

　　"会觉得受到伤害吗？"

　　"获得过快感吗？"

　　"会恨吗？"

　　…………

　　似乎是张教授问出了他想问丽莎的那些问题，每次他都会对丽莎的回答充满期待。有些想法他羞于说出口，可是他也并不对此感到羞耻。他的灵魂还寄居在这躯壳内，受这肉身的禁锢与驱使，他怀抱了一丝希望，寄希望于后世，也许真正的生活，是在挣脱了这禁锢之后才能到来。他总是这样安慰自己。曾有那么一段时间，他带了一点儿年轻人才有的莽撞傻气，暗自计划从自己的养老金里省出一笔钱来给丽莎，好让她回故乡去过一种体面的生活。她的按摩手艺是真的好，只是做按摩她应该也能养活自己。后生可畏，他稍稍流露出一点儿这样的念头，年轻的丽莎寥寥几语就刺穿了他体面的外纱。是呀，他和她到底有何高低贵贱之分呢？那一刻他简直有些无地自容。

　　那天，他做完最后那次按摩，丽莎把他从按摩床上扶起来。丽莎微笑着，一边揉搓着自己的手指，一边有些抱怨地说道："问来问去的，到底有什么好问的呢？"那语气，听上去就像她遇到的不是教授，而是一个任性的、胡搅蛮缠的孩子。丽莎伸了个懒腰走到窗边去，侧身倚靠在窗台上。阳光将她的半边脸照得透亮。他从未见过她这副样子，一直以来，她给他的感觉，都好像是她在舞台上，穿着华丽的戏服，尽心尽力地扮演一个不甚重要的委屈的角色。丽莎那天自然流露的表情，还有那些平常女孩子的小动作，都让他觉得清新。他用赞赏的眼光打量她。丽莎将一只肩斜倚在窗边,把自己的双手举到眼前,歪着头翻来覆去地端详。"张教授自己呢——"似乎是不经意地,丽莎看着自己纤细的手指,一个微笑在丽莎的嘴边荡漾开来,"两只手都留着好看的长指甲,右手的中指倒剪得秃秃的。"

丽莎说这句话时,他正坐在按摩床上把脚往拖鞋里套,悟过那句话的意思来,他差一点儿一头栽到地上去。

他把书放回到书架上,端着一杯水回到阳台上去读那封信。

"尽管我站都站不起来,可是意识却还算清醒。Z把我背到我租住的房间门口,从我的拎包内找钥匙开门。我租住在一栋公寓的顶楼,淋浴房、卫生间都是公用的。我躺在床上头痛欲裂,却还清醒地记得他跑进跑出给我打热水洗脸。他把饮水机打开,烧了点儿温水让我喝下。Z告诉我,在他的家乡,人人都喜欢吃臭鱼,刚打上来的鲜鱼,反而不怎么有人吃。宴席上如果碰到一个不吃臭鱼的人,大家就会很奇怪地问他:臭鱼这么好吃你为什么不吃呢?好歹也要吃一口哇。Z临走之前对我说,既然人人都在吃臭鱼,今后我们好歹也要吃一口。

"第二天下午,我彻底从酒醉中清醒过来后,去了一趟律师事务所。我没有看到Z,同事告诉我他陪常胜姐出差去了外地。傍晚时分,我顺着海边慢慢往回走。在大海面前,人显得是如此渺小。步行道的栏杆边卧着块石碑,石碑上记载着一件感人的旧事:二十年前,有个叫郭路的年轻人从这里纵身跃入大海,舍身将一位落水小女孩救了上来,而他自己,永远停留在了十九岁。

"我把头上的一朵珠花取下,插在石碑旁的石缝中。那个小女孩,幸运的小女孩,也许后来有过一场美好的恋爱,也许结了婚,有一个幸福的家庭。她应该有美好的一生。不是谁都有那样的幸运,落水时会有另一个人肯不顾一切地跳下去将她捞上来。那天风很大,海浪时不时翻过长长的防波堤扑到人行道上来,惊得行人躲闪不迭。不一会儿,我的裙子就都湿了。我两手提着湿漉漉的裙子,走进了路边的一家咖啡馆,我要了杯拿铁,坐在那儿等着裙子慢慢干起来。我不知道该干些什么好,只是喝着咖啡,看着窗外的天色一点点暗下来。天空就像匹一端浸在海中的布,海水的黑蓝从海天相接的地方慢慢洇上去,最终将天海染为一色。看着窗外的景物,我有些心酸地意识到,对我来说,怀抱理想的时代过去了，理想太过洁净了，像个初生的婴儿——也许这就是我一直以来羞于谈论它们的原因。人每活一天其实都是在跟自己的既往做一次告别。我得去过一种力所能及的生活，从来就没有救世主，我不能指望遇到一个肯为我舍命的英雄，我不是常胜姐，天下也没有免费的午餐。明白了这些，使我后来免却了很多不必要的麻烦，生活也一度变得轻松起来。

"几天后，Z和常胜姐出差回来了，听说案件在异地的执行非常顺利。这件案子影响很大，被好几家媒体竞相报道，案件的标的额也非常大，律所和主办律师都获利丰厚。律所的其他两位合伙人为他们设宴庆功，邀请所有同事参加。我没能参加，那天我正好接了一个案子。自我做律师以后，我养成了每天记日记的习惯，每天见到的人，每天发生的事，无论大小，我都会记录下来。十八年来，我记了厚厚的二十二本。以下是我根据当年的日记整理出来的，没有一句夸大其词。

"那天下午我正在法院办事，突然接到一个电话，电话里的人说在办公室等我，有事要委托。我听听声音，再看看电话号码，都很陌生。我赶紧办完手头的事往回赶。我回到办公室，看到一伙年轻人围着Z，笑语喧哗。那时我们都还没有单独的办公室，十来个人共用一间大屋子，四周靠墙摆着一圈沙发，显得非常拥挤。一位神情黯然的中年男子坐在我办公桌边上的沙发上等我。我冲Z点了点头，算是打过招呼，拿了记事本就带着那个中年男子往接待室走去。Z连忙分开众人跟了过来，他抢先打开接待室的门，让那位男士进去等着。Z拉住我，说，晚上一起吃饭吧，吃过饭我们找个地方坐一坐。没容我回答，他又指了指接待室虚掩着的门，说，我刚刚和他聊了会儿，这个案子，我看你还是别接吧，未成年人犯罪，手段特别残忍，办起来费神费力的。

"我谢过他，说，反正也是闲着，我先跟他聊聊再说吧。说完这句话我就赶紧走了进去。不知为什么，我简直不能单独面对Z，我不敢看他的眼睛，害怕自己在他面前会变得软弱。我走进接待室，把门关上，在那位男士的面前坐了下来。我坐在那儿，胡乱翻看着记事本，一时间竟忘了接下来要做的事。还是那位男士首先打破了沉默。

"我叫卢焘。那位男士说。有件事，想请你帮忙。

"我回过神来，感到万分羞愧。我深深吸了一口气，对他说，很抱歉，突然间想起了一些事情。

"他点点头，说不要紧。他是为他女儿的事情来的，他为女儿请过两个律师，但都被她拒绝了。他从上衣口袋里掏出一个钱夹，打开后递给我。钱夹里是他女儿的照片，一个看上去天真烂漫的少女，宽宽的额头很像父亲。

"她叫小宇。他说。

"我把钱包还给他，问道，以前我们认识吗？

"他说，我的一个朋友介绍我过来，他曾经找你咨询过——可能你不记得了，他从澳洲回国的时候，带了一箱鱼类标本，结果被海关扣留。

"我隐约想起来有这么回事。一个研究海洋鱼类的家伙，在国外待得傻头傻脑的。那箱标本中有一种叫斯托特的微型鱼，据说是世界上最小的鱼。我帮他取出那箱标本后，他欢天喜地地一屁股坐到地上，翻箱倒柜找放大镜，好让我看看这条世界上最小的鱼。不过他并没有找到放大镜，我也没能看清楚那条鱼。

"这个叫卢焘的中年男子，留着朴素的平头，穿着件做工考究的白色棉布立领衫，脚上是一双半新不旧的咖啡色软底皮鞋，手指甲修剪得很整齐，显得很干练。但显然他现在遇到了令他忧心的事，脸上愁云笼罩的。

"隔着一条走廊，对门的办公室里传来一阵阵的哄笑。我不由皱起了眉头。

"要不，我们再约个时间吧，明天你有空吗？卢焘沉默了一会儿说。在这个地方，显然他也没什么心情谈委托的事。

"我合上记事本，抓起放在身边的小包，说我们出去找个地方谈吧。我们在律师事务所附近的一家咖啡馆坐了下来，卢焘开始跟我讲他女儿小宇的事。亲爱的周，请您原谅我这么啰唆，我还是想先跟您说说小宇，正是从小宇开始，我才意识到，我们每个人，无论我们有着怎样的生活，我们每一个人，都是一座孤岛。"

看到这儿，他笑了下，想，没错的，每个人都是一座孤岛。他开始对这个写信人产生了一丝兴趣，凭他的直觉以及这辈子与女人相处的经验，他觉得她应该是一个表面上看上去沉闷，但实际上不乏情趣的女人。她很胆小，容易受惊，害怕受伤，像个蜗牛一样总是躲在一层硬壳中，但同时她也很机智，是个聪明的女人，像个蜗牛有层硬壳一样，她也有着蜗牛那样的敏锐的触须，这真让人心疼。他的身体里兀地涌起了一阵久违的情欲，温暖的情欲。做女人的风险总是大过男人，在任何一个时代似乎都是如此，他不无爱怜地叹了一口气。

他调整了一下坐姿，认认真真地读起这封信来。

"小宇十六岁，名副其实的花季少女，但她所犯下的罪行却是耸人听闻的。卢焘先跟我说了一件她小时候的事情。

"那时候他们住在南方一座湿热的城市，夫妻俩都在一所军校工作。小宇的妈妈在学校卫生科工作，卢焘自己在学员队任指导员。后来大裁军，他们夫妻双双转业回到了欢城。小宇妈妈去了一家小医院，卢焘自主择业，经营一家爆破公司，因为赶上了一个到处拆拆建建的好时代，生意做得风生水起。

"卢焘告诉我，在军校的时候，每年学校都要组织学生去一个叫确山的偏远山村打靶。作为学员队的指导员，他每年都要去的，但从未想到要给小宇带回点儿什么。有的干部会用军用胶鞋、军大衣从当地老百姓手中换麻油、土鸡蛋，甚至小兔小狗什么的。他从未想到要这样做。他是去打靶的。有一次，小宇的妈妈作为随队医生也去了。回来的时候，小宇的妈妈给小宇带回来一只小松鼠。小宇一见，非常开心，拿出所有的零花钱买松子给小松鼠吃。但是小松鼠一直蜷缩在笼子的一角，无论小宇怎样爱抚它，它都不肯动一下。后来，小宇把它从笼子里抱出来，这才发现小松鼠受了伤，它的肚子上有一道细细的伤口，伤口上蠕动着纤细的白色蛆虫。小宇抱着小松鼠就往卫生科跑，小宇的妈妈从小松鼠肚子里取出了一块指甲盖那么大的碎弹片，并给小松鼠做了伤口缝合的手术。但是，小松鼠还是死掉了。小宇非常伤心，哭了很久。那是小宇六岁时发生的事。

"十年后，小宇十六岁，十六岁的小宇却杀死了一个比她还大两岁的男孩子。这十年间到底发生了什么？卢焘一脸不解与茫然。

"令卢焘不解的还有那只小松鼠。卢焘说那次打靶他们用的是90B式122毫米40管火箭炮和89式122毫米履带式自行火箭炮，每次实弹射击后他都要亲自到落弹区实地考察，对弹坑的大小、形状、深度，弹片飞散的方向以及溅落区域进行详细了解，及时修正相关指挥参数，以便下一次射击能更精准。卢焘用一种陷入沉思的语气说，他们当时使用的弹种主要是杀伤爆破火箭弹，每弹重约七十公斤，爆炸时能分裂成三千多块菱形破片，有效杀伤面积约为七千平方米。炮弹爆炸后，预压成形的杀伤破片与射向垂直，成扇面竖直密集飞散，能把两侧的树林、灌木切出两道深沟。当时他们学校有二十辆发射车，一次齐射能发射重量达五十多吨的炮弹，可在二十秒内覆盖六平方公里的区域。每次打完靶，方圆十里的土地就像是被翻耕了一遍，那只小松鼠是如何经历了一场暴风雨一样的轰炸后活下来的呢？

"那个晚上，卢焘坐在光线暗淡的咖啡馆里，说话的语气平静，但目光散淡，神情迟钝，自始至终他都没有喝过一口东西。看得出，他已被对自己女儿的无知，以及生活中那些超出他理解能力的偶然完全击垮了。他对弹药是很在行的，那些数字都是信手拈来，但除此之外他却近乎无知，也许他对自己不感兴趣的事情向来是漠然的，很多人都这样，只活在自己狭小的天地里，自己出不来，别人也很难走进去。他让我想起了我的父亲——战场上的英雄，生活中的失败者。我对他产生了一丝同情。这个案子正如Z所说，并无什么悬念，作为未成年人，小宇不会被判死刑，她会在监狱里度过相当长的一段时间。没有悬念，对律师来说，也就没有挑战，没有挑战，也就意味着没有什么大的油水。而且作为小宇的辩护人，我不得不仔细了解整个案件的过程，仔细阅读卷宗，包括那些可能非常血腥的案发现场照片，这对我来说也是一个考验。但我还是接受了卢焘的委托，答应做小宇的辩护人。这期间，我的手机响了很多次，都是Z打过来的，我没有接。后来，我只要想到这个晚上，想到Z要多次寻找合适的机会从庆功宴上抽身而出给我打电话，我的心里多少就会有些酸楚。

"小宇的案件当时尚在侦查阶段，我跟她的第一次会面是在市郊的一家看守所。一位中年女警带我走进会见室。会见室很大，是个像教室一样的长方形房间，窗户很高，上面安装着手指粗的铁条。我和小宇面对面隔着一张桌子坐了下来。我原以为，一个十六岁的小姑娘，犯下这样一宗大案后，一定会吓坏了，至少，她应该会有些紧张，有些六神无主，甚至会大哭一场。大部分少年犯都是这样。出乎我意料的是，她看上去非常镇静。人比照片上更瘦一些，一张白净的瓜子脸，浓密而柔软的黑发掖在薄得近乎透明的耳朵后，谈不上有多漂亮，但乍一看就是个乖巧的邻家小女孩，跟杀人犯八竿子也打不着。在我表明身份后，她开口对我说的第一句话竟然是：律师？有证件吗?

"语气粗暴得令人吃惊。

"我马上把她父亲和律师事务所签好的委托协议,以及我的证件都拿出来放在她面前的桌子上。她看了看我的证件,把它们通通推回给我。她上上下下打量了我一番,说,我以前也想做律师来着,看港剧看的,觉得做律师很神气——语气舒缓了很多。

"我笑了一下,说,电视剧里没多少东西是可信的。你父亲聘请我做你的律师,你同意吗?

"她看了看那位坐在一边的中年女警,点了点头,说,我要再不同意,他们就会随便为我指定一个了。

"我将律师的职责以及犯罪嫌疑人在这个阶段的权利和义务都向她做了详细说明。我知道她并没有听,她一直在那儿打量我,不,可以说她一直在那儿研究我。大概这些天来她已搞清楚了那些跟她有关的法律条文,不需要听我照本宣科。法律就是那么回事,你冒犯一次,就清楚一些,再冒犯一次,再清楚一些,就像久病成医。接下来我向她了解案情,就像我从卢焘和侦查机关那儿了解到的一样,她先是在那个男孩的可乐里放了两片安定——她只买到了两片,她都懒得再跑一家药房去买另外两片。男孩在浴缸里泡着澡,她把电脑的音响开到最大,播放他和她都最爱的酷玩:

  这就是我统治的时代
  凛凛狂风呼啸袭来
  吹开重门我深陷阴霾
  门户不守礼崩乐坏
  世人不信我已当年不再
  ……

"在酷玩那异常沧桑的歌声中,她把那杯放了安眠药的可乐端给他,看他饮尽,等他睡去。再把他手臂上的动脉血管割开。把浴缸的水放掉。然后打开淋浴喷头……现场干干净净的,一点儿血迹也没有。

"等她说完,我问道,这些真的都是你做的吗?

"她飞快地答道是的。

"我又问，你知道这件事的后果吗？

"她眉毛一挑，再次飞快地答道，有什么了不起？我不满十八岁，大不了无期嘛。

"这话令我愣了一下。过了一会儿，我又问她，为什么要杀死他呢？

"小宇将两道弯弯的眉毛拧起来，有些不耐烦地说，当时我很烦，烦得不行！

"我尽量让我的声音听起来显得平静，我说，烦就要杀人吗？有什么特别的原因吗？

"她没有吭声。

"我又问道，他伤害过你吗？

"小宇把脸扭到一边，再不肯说什么。我本来还有一些问题想问问她，我希望找到一些能影响量刑的细节，可以让她在监狱里少待几年的细节。但小宇的样子，显然说明她对交流已失去兴趣，想着还有会见的机会，这一次我只好就此作罢。我与小宇的第一次会见就是这样，很平常，甚至感觉不到是在跟一个杀人犯谈话，某种程度上，她说话时的情形就好像那都是别人犯下的事，都是别人作的恶。最后我让她在会见记录上签字。签完字，在临被带走前她突然问了我一个问题：你有男朋友吗？我愣了一下，想到了Z。我本可以不回答她，但是我还是认真答道，有一个人不知道能不能算是。

"她笑了下，看着我意味深长地说，如果还没有上床，那就别急着跟他上床哦。她把一个'哦'字拖得很长，一下显出了孩子气。

"小宇被带走后，我站起来收拾自己的东西准备离开。那个带我进来的女警一直沉默地坐在角落里，这时她站起来往外走，我听到她叹道：老天，这都是些什么孩子呀！

"我从看守所出来后，站在大门外等了一会儿车。看守所在远郊，只有一路公交车通到这儿，每隔半个小时来一趟。我站在一棵梧桐树的树荫里，一边等车，一边看对面的远山。山不大，被茂密的林木遮盖得严严实实的。山和看守所的高墙之间是几块空旷的水田，水田里种着水稻。水稻中间立着几根电线杆，像一列队伍，从山那边次第排过来。电线上面歇息着两三只黑色的小鸟。我站在树荫下，想了想那个中年女警最后说的那句话，又想了想小宇说的不要急着上床的话。没有风，天气有些闷热，令人头昏脑涨的。这时我的手机响了，Z约我一起吃晚饭。我答应了，正好我也没有什么别的安排，我就想，不妨去和Z一起吃个饭吧。后来我坐在摇摇晃晃的公交车里，老是想起小宇问我有没有男朋友这件事，她问我有没有男朋友的时候，不多不少，我正好想到了Z。一路上我都在问自己，这会不会，就是爱呢？世界上那么多人，我刚好想到了他……

"晚上，我和Z在距我住处不远的一家西餐厅见了面。可也正是在这个晚上，我却又沮丧地发现，我和Z，实在是太不同的两类人。我到现在还记得，那晚我们各自要了一份西冷牛排，我带着内心那点儿莫名的温情，把我的那一份切下三分之一叉到Z的餐盘中（这个举动使我们看上去更像一对恋人）。Z看着我开心地笑了，露出一口虽不整齐但却很白净的牙齿。距我们餐台不远的地方放着一台钢琴，一个年轻小伙子穿着件燕尾服在那儿郑重其事地弹理查德·克莱德曼。月光、星空、雨滴……来自大自然的美好的一切。（当时稍像样点儿的商场连卫生间放的都是这类钢琴曲。）Z心情很好，看上去容光焕发的样子，一双眼睛又黑又亮，显得很有生气。他告诉我他又接了一宗申请国家赔偿的案件，一个家伙坐了差不多二十年的牢，现在才发现他被冤枉了。这世上冤案真不少。

"二十年！我想，真是个倒霉蛋！

"Z笑着看着我说，他真是个幸运的家伙，二十年过去了，还有机会沉冤昭雪！

"Z切了一小块牛肉送到嘴里后，说，等他拿到国家的赔偿款，他就可以好好开始新的生活了。我没有吭声，一直在那儿想着二十年。二十年！一个人能有几个二十年？

"Z身子前倾，关切地看着我问道，你那边怎么样？今天还顺利吗？

"我说，还好。说这话时我想起了小宇最后说的那句话，'不要急着跟他上床哦'。我不由打量了Z一眼。事业顺利真是件不错的事情，他看上去特别精神。

"他的父母一定非常痛苦。Z不无同情地说道。

"庭审的时候,当着他们的面辩护也会很为难的吧。Z沉默了一会儿后又说。

"最初我以为他说的是小宇。我正在想,卢焘那样子算不算得上痛苦呢?只听Z接着又说,既然接了就好好办吧,有什么需要跟我说呀,我会尽力的。那天我劝你别接这个案子,一是觉得这个案子不过就是走法律程序罢了,办好了也很难有成就感,还有就是怕你心理上受不了,想想看,一个活生生的人,最后却……Z摇了摇头。

"我这才恍然大悟,Z问还顺利吧,以及后面那些话,原来都是针对那个案子中的受害者说的。我低着头,有些羞愧地用叉子扒拉起餐盘里的几颗青豆来。这时,我才想起来这个案子中还有另外一个人——受害者,那个被小宇杀死的少年。小宇、他,都和我素昧平生。现在,小宇是我的委托人,而他,和我什么关系也没有,对我来说,他是不存在的。我从来不曾考虑他。我去会见小宇的时候,也没有想到要向相关人员打听受害人的具体情况,换个人,比如Z,也许会?对我来说,这个少年,甚至都不是死了,他,也可以说是'它',只是一个物证,是这宗凶杀案众多证据中至关重要的一个,'它'使众多的证据相互关联,并最终构成一个完整的证据链,没有'它',一切就都没有意义。Z让我看到了自己机器般冰冷的一面。

"'今天早上我醒得很早,我一直躺在床上想你这个案子,这个阶段律师可做的事情太有限了……'Z的书生气又回来了。他很感慨地说了一大通,具体的话我不记得了,大概意思就是,如果哈瓦那原则都能被国内法吸收,律师在侦查阶段发挥的作用就会大很多,那么我也可以早点儿阅卷,早点儿了解案情。他还说他打算就此写篇文章,投给《中国律师》。

"我低着头扒拉着那几颗豆子,一直保持微笑。即使没有相关的规定,不是也有人在任何一个阶段都拿得到案卷吗?法律是一个世界,而生活曲径通幽,是另外一个世界。我很奇怪,Z是跟着常胜姐办过案的,何至于就不知道这一点呢。我不关心制度本身,就如我不关心那个受害人。对一个律师来说,存在的就是合理的,我只能接受已存在的一切,无力改变什么。制度的设置与完善是法学家与政治家的事,说到底,无论什么样的制度,其出发点无非是为了确认某些利益,并确定在什么限度内保障这些被确认的利益。法庭也是一个利益的博弈场,没有什么特别的。如果非要说出点儿特别之处,那就是在司法的山头上总是飘着一面公平正义之旗,如此而已。

"我对 Z 说,都说过要吃臭鱼的了,还费这功夫干吗?

"Z 笑了,说,臭鱼是不得不吃的,但我们也不能忘记鲜鱼的味道哇。

"我笑了笑,沉默了。我是既不想吃什么臭鱼,也不想惦记那吃不到的鲜鱼。我看到了我和他的不同。

"而 Z 热切的眼神,使我意识到自己已到了一个不进则退的地步。

"我扒拉着那几颗青豆,决定结束这一切。我转移话题,直接跟 Z 说我刚交了一个男友。Z 愕然,那神情就像突然间被人扎了一刀。我狠了狠心,干脆又在这把刀上使了点劲儿,说我们彼此满意,打算结婚。

"Z 愣在那儿。过了一会儿,他很绅士地向我表示祝贺。

"Z 有些懊恼地笑着说他从小到大,干什么都比别人晚,将近两岁才学会说话,别人六七岁上学,他八岁才上学。上大学了,读了两年历史,才发现自己喜欢法律。

"原以为这回是个例外,没想到还是晚了。他有些沮丧地说道。

"他把身子往后靠在椅背上,问道,那个幸运的家伙是谁?我认识吗?

"就像小宇问我有没有男朋友时我想到他一样,这一次我想到了卢焘的朋友,那个傻头傻脑的海归博士。

"那个晚上过后,我有很长一段时间没有跟 Z 见面。我们都忙自己的事情,即使偶尔在律师事务所碰到了,也就是匆忙中打个招呼。后来我参加了侦查机关对小宇的询问,也与小宇会见多次,不知不觉地,我开始留意一些原本我并不关心的细节。那个少年死去的过程,在我的脑海里变得无比漫长,这令我感到痛苦。案件移送检察机关审查起诉后,我得以查看案卷,已经耳熟能详的犯罪过程第一次直观地呈现在眼前。案卷中有大量案发现场的照片,剩有一小口可乐的杯子,带血的小而薄的剃刀,死者左手臂内侧动脉血管处细长的微微外翻的伤口,这伤口五分钟内即可令一个人流尽体内所有的血,即便是他立马从剧痛中醒来,也难逃一死。浴缸很干净,一尘不染,是温润的白色。但那个少年从头到脚的惨白,盖住了一切的白,令人惊惧。我在看那些照片的时候,吐了。这引来了负责接待的女检察官的取笑。

"你见的太少了!她笑着说。

"以前我没有想过，一个人的肉体到底是怎么回事。那个少年，就像一个被戳了一针跑完气的气球，窝在浴缸内，那种白，那种薄，那种皱巴，无端让人生出绝望，很难用言语形容。小宇那些毫无悔意、满不在乎的话，开始激怒我。

"有什么了不起？我不满十八岁，大不了判个无期。

"是吗？我压抑住一阵恶心，故意用轻描淡写但却十分冷酷的口吻说，在监狱里待一辈子，跟死有什么区别呢？

"这一回小宇咬着嘴唇低下了头。我心里竟涌起了一丝快意，没有痛苦的惩罚就不算惩罚。我希望看到她的痛苦，并进而看到她的悔恨，最好她在法庭痛哭流涕，请求宽恕，这样才有机会获得谅解，争取宽大量刑。

"公诉机关的起诉书指控小宇的行为并非出于激愤，而是蓄意的谋杀。很难否认这一点，事实证明，她是做了足够的准备工作的，比如，了解一个人手臂上动脉血管的位置，提前买好安定，选择一个合适的时机……凡果必有因，小宇为什么要这样做？卢焘半点儿线索都不能提供，他的妻子，那位退役女军医在小宇案发后不久就病倒了。问及小宇平常的生活表现，卢焘翻来覆去就是那几句话：

"她很乖。

"学习一直是班级的前几名。

"中考的时候，她以总分第七名的成绩考上了全市最好的高中。

"老师同学都喜欢她。

"……

"至于女儿是如何认识受害人，并每周都去同一个地方与他厮混，做父母的竟一无所知。我第一次碰到如此糊涂的父母，孩子对他们来说完全是个陌生人。

"有很多次，我有意延长了与小宇的会见时间，她不再像以前那样自信、那样满不在乎，她变得有些沮丧，我能看出来。我把可能的刑期告诉她，对她说，等她出来，应该还是正当年，一切都还可以重新开始。我尽我所能地去鼓励小宇。我们的谈话渐渐深入。

"有次我告诉她，说我去了你们住的地方。她沉默。

"我对她说,前天正好路过那儿,我就进去看了看,小区环境不错,阳台上有盆仙人掌都开花了,淡黄色的小花,非常好看,站在楼下的草坪上能看到呢。

"她抬起头飞快地扫了我一眼。过了一会儿,她低头一笑,说那花不是真的。

"怎么可能?看上去真的一样呢。

"她的脸上露出孩子才有的单纯的笑,说,因为我们说不准什么时候有空过去,就想着买盆仙人掌就好。买的时候,卖花的人说很快它就要开花了,上面也有些枣核儿大的蓓蕾,后来才知道那是骗人的。他很生气,要去找那个老板算账,我就说算了,犯得着吗?我做了几朵绢花插上了。

"原来是这样。我又问,为什么想着要在外面租个房?

"她把额前的一缕头发捋到耳后,说,我们想有个自己的地方。学校、家里都挺没意思的,到哪儿都有人管着你,把我们当玩偶。

"玩偶?我有些惊讶地问,怎么会这么想?

"她撇了撇嘴,说本来就是嘛。

"有时候那么晚回家,甚至不回家,父母一次也没发现吗?

"说去补习功课了,他们就信。我爸出差、我妈在单位值班的时候,我就把家里电话转到手机上,他们听不出来的。如果我学习成绩不好,他们可能会盯我盯得很紧,可是我的学习很棒哦,呵呵。

"你的学习成绩真的是很不错呀,你挺棒的。

"她再次撇了撇嘴,说,我不觉得学习好有什么了不起,学习真是件很傻的事情,听老师的话,多背书多做题,就会好的,挺没劲儿的。但学习好,父母哇老师呀,他们就都不怎么管你了,学习好才有更多自由。

"我点点头,说是这样,对学习好的孩子,父母是比较放心的。我想起了卢焘忧戚的面容,说,你父母是很爱你的。

"她笑了,沉默了一会儿,说,我有时很烦他们,真的。他们两个人,很奇怪,看电视吧,沙发一端坐一个,可以好几个小时谁都不说一句话,我很奇怪他们怎么可以在一起那么久。

"我看着小宇,不由想起了我的父母。父亲去世以后,我再也没有回过家乡。后来我的母亲给我写了一封信,她在信里说:'我也知道你怨恨我。

你以为我愿意让人看他的笑话吗？我一个人又搬不动他……笑，至少比哭要好一点儿吧。'我记得当时我读着母亲的信，眼泪不知不觉就流了下来。

"小宇低着头，翻来覆去地扳着自己的手指。小宇说道，小时候出去玩，他们给我照相，也不管你在不在状态，两个人总是轮番对我说，笑一个，快笑一个——都没有别的话可以说！我不想笑，他们就不停逗我，我只好笑了。我喜欢狗，我妈嫌家里小，没地方养狗，但她总觉得我喜欢狗，就一定喜欢其他小动物，小鸡、小鸭、小兔子、小鸟什么的，时不时弄个给我，养一阵儿，死了，再弄一个，养一阵儿又死了。她叹了口气，抬起头看着我，说，好像什么东西在我手里都活不长，特没劲儿。

"我问道，你养过小松鼠吗？

"小松鼠？她摇摇头，说不记得了。后来只要我妈弄回来那些小东西，我就想办法让它们尽快死掉，反正迟早要死的。弄死鸭子最容易，去菜场捡片白菜叶，不洗就喂给它们，两个小时不到，准死翘翘。乌龟特别厉害，插块小弹片到它身体里，过了差不多三个月才死掉。后来家里有了钱，换了个大房子，我妈问我要不要养狗，但那时我什么都不想养了，万一养着养着不想养了，弄死一条狗应该不是一件容易的事吧。说着说着她笑了。

"从哪里弄的碎弹片？

"我父母单位年年都要打靶，步枪、手枪在学校的靶场打，火箭炮、榴弹炮拖到山里去打。大院里的孩子，玩的都是子弹壳、弹片什么的。

"我想了一下，又问道，你们在外租房，开销不小哇，钱够用吗？

"他家境不好，家里给他的零花钱特别少，我也不是每次都能从家里要到钱的。

"那钱不够怎么办？

"她沉默了一会儿，说赚呗。

"我又问，你们都是学生，怎么赚哪？

"她把脸扭到一边，不再说话。

"小宇的案子开庭之前，Z家里出了件事情，他的叔叔被村支书的儿子打伤住进了医院，Z的父亲一个电话把Z召了回去。一个多月后，小宇的案子审结，因为卢焘对附带民事部分的赔偿非常积极，受害人家属情绪稳定，小宇最后被判了十五年有期徒刑。这个案子对我来说也算是圆满完成。我给自己放了两天假。

"我在宿舍窝了一天后,第二天,我突然想起了那条叫斯托特的鱼,它是怎样的一条鱼呢。我打电话给卢焘,要到了鱼类学博士的电话,是个座机。博士没有手机,他是我在这个城市遇到的唯一一个没有手机的男人。电话打通后,博士一点儿也没有觉得惊讶。我告诉他我想看看那条世界上最小的鱼。博士淡淡地说,那就来吧。我倒了三趟公交,用了将近两个小时才到博士所在的研究所。研究所设在一栋老式的德式别墅里,靠近一个海湾,是个十分僻静的所在。博士的办公室在二楼,满屋子生机盎然。地上、窗台上、每一件家具上都摆着盆栽。博士浑身散发着香皂味,用苍白细长的手指挨个指着那些盆栽对我说:铁线蕨、卷柏、问荆、贯众、凤尾蕨、金毛狗脊、满江红、卤蕨……这些盆栽看上去都很平常,但它们差不多都有一个我闻所未闻的名字,看上去都很眼熟,可能就生长在我们的房前屋后,常常被践踏,却从未被注意。

"就在这间到处都是蕨的房间里,我终于看到了那条世界上最小的鱼。显微镜下,它看上去和一条虫子没有什么区别,无齿、无鳞、无鳍、无色,通体透明。博士告诉我,它的寿命只有两个多月,但这两个多月是完全属于它自己的,在海洋这样一个杀机四伏的世界里,这条鱼活得像个神仙,世界上再小的鱼钩、渔网对它都没有用,即便是被其他的鱼吃到嘴里,它也能从它们的牙缝、嘴角自由进出。别的鱼必须小心翼翼地活着,而斯托特鱼却可以无忧无虑地、快乐地度过自己的一生。

"放弃鳞,放弃鳍,放弃漂亮的颜色,放弃庞大,甚至放弃牙齿,斯托特鱼于是成了微观世界的仙。我告别博士回去的时候已是傍晚,一路上我都在想那条鱼。那也是鱼。

"我回到宿舍的时候天已经黑了,房间的门把手下夹着一张纸条,我打开一看,是Z留下的。他说十点之前都会在我家附近的那家西餐厅,如果我有空的话可以过去坐一坐。他回老家以后,我们只通过一次电话,在电话里我们探讨过小宇的辩护方案,我也知道他叔叔的身体已无大碍。但是他叔叔被打这件事最后到底是怎么处理的呢?我觉得我应该过去问一问。

"我到那家餐厅时,他还在那儿。Z那天穿着件条纹T恤,两手抱在胸前窝在沙发上,看上去非常疲累的样子。餐厅里依然萦绕着理查德·克莱德曼。我问起他叔叔的事情,他摇着头说不提也罢。这是我预料中的。在乡村处理这类纠纷更不是一个'法'字就能解决的。乡村自有一套规则,一个律师在乡村能干什么?我曾经在报纸上读到过一篇文章,一个大学生写的,他的父亲外出打工,妈妈和奶奶带着一个小妹妹在村里生活,他们养了一头牛、几只羊。牛在山坡上吃草的时候,被人偷了,不,几乎就是被抢了,大白天的,对方开着辆无牌皮卡。妈妈追呀追,当然是追不到。没多久,羊也被偷了。清早起来,妈妈在空空的羊圈里捡到个手机,正想着好歹算是弥补了点儿损失,没想到手机响了。对方说,今晚把手机放在村头的杨树下,不然,有你娃好看!妈妈怕得不得了,只好把手机放到指定地点。大学生写道:牛没了,羊也没了……这篇文章曾引起了人们的热议,很多人都说,妈妈应该勇敢一点儿,报警啊!可是,如果是可以让妈妈勇敢报警的社会,牛就不会在大白天被抢。我不敢说我对乡村很了解。小时候在去县城酒厂批发部买酒的路上,要穿过一大片稻田,稻田总是散发着一股热烘烘的气息,令人头昏脑涨,农人们像土地一样沉默,把身子弯得像张弓,汗流浃背地在稻田里劳作……我不知道大学生所写的是偶然事件还是一个表征。有许多像我这样的人并不在乡村长大,但乡村也养育我们,我们距乡村很远,我们并不了解乡村,甚至,我们也不关心在乡村发生的一切。和我们这些人不同的是,Z背后有一个具体而实在的乡村,在这个乡村里还有一群和他血脉相连的亲人。我不知该对Z说些什么,只好安慰他说,人没事就好。也就是在那天晚上,Z告诉我他要考公务员。

"Z喝着咖啡,说,你看,我什么也没有,唯一有的,就是这点儿法律知识,结果却用不上。惭愧呀!我拿什么回报家人?是谁说的只要法律不再有力量,一切合法的东西也都不再有力量!还真是透彻呀!

"我笑了下,不知该说什么好。现实如此,法律就是这样,你不能对它寄予厚望,但也不能完全不抱希望。只是,一直以来,我都认为Z是可以成为一个很优秀的律师的,尤其是小宇的案件之后,我更坚定了这一看法。尽管他常常在工作中混入一些不必要的感情,但有时候这也是一个优点。没想到他却要放弃了,反而是平庸的我要一直做下去。我不免有些黯然神伤。

"Z说，考公务员也是他父亲的想法。Z弓着脊背，把两手插在双膝间，抖动着一条腿，模仿着那位手艺精湛的老木匠的语气，用家乡话很不屑地说：律师？原来算个屁呀！

"我大笑起来。

"那天，Z还问到了小宇一案的开庭情况。这个案子尽管是不公开审理的，但媒体还是进行了连篇累牍的报道，很多情节被过度渲染。一开始，小宇被描绘成冷酷的没有人性的问题少女，后来又把她描绘成一个楚楚可怜的受害者。人们很好奇，目光始终聚焦在少女援交与杀人事件上。多家媒体想从我这儿知道一些特别的细节，我一一拒绝了。我认为我没有权力将一个犯下大错的孩子推到舆论的审判台上，而与此同时，那些身负罪责的成年男人却隐身在看客中，这不公平。更何况，我认为自己也并不知道所谓的真相。什么是真相？有时候真相就是那些你以为一清二楚，实际上却一无所知的东西。我只不过是看到了我看得到的。但人人都想听一个离奇故事，包括律师事务所的同事，和他们讨论这个案子的时候，常常会有人跑题。连常胜姐也别有用心地打趣我，嘿，这个案子，给你简直是浪费了哦。Z是个例外，他关心的始终是案件本身，并不想听一个离奇的故事以作消遣，这是他忠厚的一面。

"Z对我说，以前我低估你了，现在看来，你能成为一个好律师。他两手抱在胸前，笑着看着我。我问他为何会有这样的判断，他说换个人可能会频繁接受记者采访，引起公众注意，让自己迅速出名，你没有这样做，你清楚自己在做什么。

"原来是这样。这个晚上，我们各自都给了对方一个发自内心的评价。我一直没有什么朋友，但是，Z，我认为他应该算是一个。

"记得那晚Z送我回宿舍，我们默默走在昏黄的路灯下，很长一段时间两人都没有说话。Z两手插在裤子口袋里，低着头踽踽而行。走到我住的楼下时，Z对我说，还好你找了个搞学术研究的博士。听到这话我愣了一下，我早把那次的戏言忘了（后来戏言成真，我果真嫁给了那个海洋鱼类学博士，不过那已经是三年后的事情），后来我也常常想起Z说的那句话。在博士生病之前，我们的生活一直平淡安稳，每当我从外面回家，就好像走到了一个远离世界的安静角落，我可以稍事休息，可以隔日重来……这是我想要的一种生活。Z那时候就预感到了这种安稳。那晚我听他提到了博士，就想跟他说说在博士那看到的情形,那些莫名其妙的植物,还有那条世界上最小的鱼。我正犹豫着要怎么开口,Z突然道了声再见,忽地转身大步离去,他将一只手举过头顶背身向我挥了挥,连头也没有回一下。

"Z在那一年果然考上了公务员,他在四千多人争两个岗位的战斗中取得胜利,占据了那两个岗位中的一个。他去了附近一个叫开平的地级市工作,是一家区级法院,他要从书记员干起。Z离开律师事务所后,我们也时不时会通个电话。有一阵儿,他好像谈起了恋爱,我那时也开始跟博士约会。开庭的时候,偶尔我会看着审判台上的法官想,如果是Z,他会怎么判这个案子呢?如果他主审我代理的案子,会是一种什么情形?这种想象非常有趣。那段时间我们没有见面,但却一直保持联系。在一个充斥着虚假的年代,能与人保持一种真诚的关系,这让我们彼此都觉得奢侈而珍贵。偶尔我们会在电话里讨论当时发生的一些大案,我们都对那种引据明确、恰到好处的判决倾心不已。我记得我们讨论过一些引起社会热议的案件,后来,类似的案件越来越多,我们渐渐对此变得沉默,不再有什么谈兴。又过了一两年,Z调到了该市的中级人民法院工作。先是在民一庭,后来到刑庭,最后又到了执行庭。我结婚的时候,他刚调到中级人民法院,他快递了礼物给我,一个他自己做的首饰盒,非常精巧,我一直用到现在。

"从Z离开律师事务所,到他自杀,我们见面不多。十多年的时间,我们可能见过几次。他去世后,我查了一下我的工作笔记,很确定的次数是见过七次。我想把其中几次见面的情形告诉您,对您,我没有必要隐瞒什么。当然,亲爱的周,我并不期望您会怎样,这件事,除了您,我实在是也没有什么别的人好说了。

"我不知道,您作为一位作家,是不是曾有这样的感觉。有时候,我带着孩子去附近的广场散步,我坐在广场边的长椅上,孩子在广场上玩滑板,我时常会感到恍惚,觉得这一辈子有许多时光,似被人偷窃了一般。我呆呆坐在那儿,想不清它们去了何方。现在,当我回想这十多年时,就会有这种感觉,那么长的一段时光,它去了哪里?是谁,把我们变成现在的模样?

"Z离开律所后,我们再见面,是在我和博士结婚前的一个月。一天下午,我要去商场买盏床头灯,我和博士的新房里还缺那么一盏灯。我走在路上时,接到了Z的电话,他说他过来办事,问我在哪里。我跟他约好在那家商场五楼的星巴克见面。我买了盏灯罩上有精美刺绣的水晶台灯,到星巴克刚坐下,Z就过来了。两年多没见了,他稍稍长胖了一些。可能是刚刚赶了路,他的脸有些发红,看上去气色非常好,头发比以前短了一些,显得很精干。他在我对面的座位上坐下来后,把两只胳膊肘撑在扶手上,十指交叉横在胸前,整个身躯看上去比两年前宽了不少。

"他看着我问道,你知道我刚刚在来的路上想什么吗?

"我笑着问,想什么?

"他说,我想见到你后就问你,要不要改主意嫁给我?一见到你,就知道不用问了。

"这就对了,问也白问!我笑着说。

"我问他来办何事,他犹豫了一下,说是一点儿私事。他的语气随意而亲密,谈到了在区级法院忙乱而不乏有趣的生活。因为他晚上还有个饭局,我们聊了会儿天,愉快散去。第二天我去律所,在电梯里正好碰到常胜姐。常胜姐把一只手搭在电梯内侧的扶手上,对我说,Z昨天过来了。我说我知道。常胜姐又说他很快就要调到中院去了。我说这我不知道。常胜姐若有所思地笑了下,手指有节奏地敲打着扶手。常胜姐说,年轻人,总要往前走的。

"我一点儿也不怀疑常胜姐的话,尽管我也刚和Z见过面,尽管Z没有跟我透露一点儿口风。我明白,我和Z是朋友,但不是无话不谈的朋友。谁都一样,有些话,永远只能跟可以共谋的人说。接下来的十多年里,我很好地掌握了与Z保持友谊的分寸,说什么话,做什么事,我都一清二楚。我唯一求他办的私事,是小宇获得减刑提前出狱后的工作安置。小宇出狱后不愿继续在欢城生活,卢焘托我找Z,Z给她在开平市一家单位里找了份打字员的工作。这份工作很适合小宇。

"我在那天的日记里记下了常胜姐的话:年轻人,要往前。我也希望Z能一直往前走。

"没多久,Z果然就在开平市中院的新办公室里给我打了一个电话。他在电话里告诉我他已调到中院。我由衷地为他感到高兴。后来他到刑庭当副庭长,又到执行庭当庭长,这个电话一直跟着他走,十多年来,许多事,许多人,都变了，这个电话却一直未变。我们时常会在电话里聊几句，有时候是我打给他，但大部分时候是他打给我。渐渐地，他变得越来越风趣，不知不觉多了些中年人的豁达。有次在挂电话之前，我跟他开玩笑说，有空来欢城打麻将，只要你来，我保证你赤条条回去无牵挂。他呵呵呵笑了，说，你不会得逞的，现在我们已经禁麻了，唉，唯一需要花自己钱的事儿也不让干了！

"我们先是在电话里大笑起来，接着，又不约而同地都沉默了。

"七个月前的一天，我为我代理的一桩破产分配的案件打电话跟他探讨，我正好也听闻开平市中院很快要换届了，Z是常务副院长的有力人选之一，我想顺便预祝他能更上一层楼。电话响了好几声，没有人接，这种情况下，他应该不是在开会，就是在开庭，我正要把电话放下，电话却又被接了起来。

"喂！电话里传来一个陌生男人的声音。

"我犹豫了一下，说，我找Z庭长，请您——我还没有说完，对方打断我问道，你哪里？我说我是他的一个朋友，很久没有联系了，想问候一下。

"对方很生硬地说，他不在。

"我问，他什么时候会在？

"对方犹豫了一下，说，不清楚。

"我放下电话，有一种不祥的预感，马上拨打Z的手机，关机。我变得有些心神不宁，面前那一堆破产企业的资料，我怎么也看不进去了。做律师那么多年，这样的事情常有，好不容易和某个法官熟起来，可没多久，他进去了，所有的付出全打了水漂。而他们进去之前，往往就是这样，突然找不到了，办公室电话没人接，有人接也支支吾吾说不清，手机不是关机，就是无法接通。隔段时间看看报纸，哦，原来他生活腐化，又贪污又受贿。总是这样。我对那些一百多年都没有出过法官贪渎案件的国家充满好奇，不知他们是如何做到的，我多么希望我们的国家也能这样啊。

"我也希望Z能平安无事。

"我发了一会儿呆，然后就想去找常胜姐问问情况。常胜姐不在办公室，她的助理说她有两三天没有来律师事务所了。我想了想，给她发了条短信，问她有没有时间见个面。常胜姐一直没有回音。

"那晚，夜静更深我也没有睡着，博士在旁边打着不大不小的呼噜。那段时间他的病情稳定，中性粒细胞涨到了零点六，网织红细胞数稳定在一点二。他睡得很香。半夜两点,我听到手机叮地响了一声,拿过来一看,是常胜姐。常胜姐说,她在外地,Z 的事让我问卢小宇。

"这下我确定 Z 是真的出事了,只是令我吃惊的是,怎么会跟小宇有关?我感到了不妙,常胜姐是 Z 做律师时的师傅,她一定是想躲开这风口,所以才去了外地的。她都要躲开了,这件事看来不轻松。我在黑暗中大瞪着两眼,一夜无眠。

"第二天,我在开平市一条狭小的旧巷里找到了卢焘一家人。要不是提前给卢焘打电话,要不是他提前走到巷口来接我,我自己只怕是难以找到他们家的。那里差不多就是开平市的贫民区,街道坑坑洼洼,房子又破又拥挤。我见到卢焘时,也差点儿没认出他来。不过是十四五年的光景,当年那个干练的中年男人,已完全是一副居家老人的样子了,灰白的寸头,一件深蓝色圆领老头衫,脚上趿拉着一双塑料拖鞋,唯有身板依然挺直,隐约可见军人遗风。我们握手寒暄过后,卢焘带着我顺着条狭窄肮脏的小巷来到了一座小院前。这座小院破败得令人吃惊,墙脚生满苔藓,门前污水横流,所有的门窗似乎都有些歪斜。进到院里,只见一棵榆树占据了大半个院子,满地的榆钱儿无人打扫,兀自发黑腐烂。卢焘一家居住在东侧两间房内,房檐下靠墙的地方倚着一辆半新不旧的男式单车,大约这是卢焘的主要交通工具。当年小宇案发后,卢焘卖房卖公司对受害人家属进行了赔偿,我知道他肯定是要元气大伤的,但还是没有料到他竟已伤到如此地步,看来当年他真是倾家荡产来进行赔付的。

"屋内的陈设非常简单。一间会客室也是夫妻俩的卧室,除了一张床、一张桌子、几把椅子、一台不大的电视机外,屋内什么也没有。卢焘指了指隔壁房间,说,小宇这段时间一直睡不好,她刚刚才睡着,你先喝口茶,我一会儿就过去叫她。我连忙点头,说不要紧。

"卢焘的妻子不在家,她退休后依然在一家私人诊所坐门诊。卢焘自己,年近六旬的人,部队自主择业的退休金本来也够生活用的,但他还是时常到工地上去干点儿零活。卢焘说他们夫妻俩一直有种失败感,从来没有搞明白孩子真正需要的是什么,不过现在他们比较肯定的是,一套房子,应该是小宇真正需要的东西之一。夫妻俩努力赚钱、省吃俭用,就是想在两个人离世之前能给小宇买套不大的公寓房。夫妻俩以前从来没有这样齐心协力地去做过一件事情。

"有套自己的房子,才能有相对安稳的生活。卢焘说。

"我把为卢焘妻子买的一条真丝围巾拿出来搁在桌上。卢焘马上站起来推拒。我按住他的双手,说就请收下吧,多亏阿姨提供的草药配方,博士现在情况很好。卢焘不再推辞,连声说那就好,那就好。他的脸上露出一丝笑容,安静地退回到椅子前坐下。卢焘说,别看他瘦,当年他在那些年轻的文职教员中身体算是很好的了,他会好起来的。

"我点点头。博士有过一段很短暂的军旅生涯,和卢焘在同一所军校工作过两年,因为极度不适应军校的生活,转业是'闹'成的。博士去澳洲读书的时候,卢焘像个长辈一样把他一直送到广州飞墨尔本的飞机上。

"我端起茶杯,低头喝茶。过了一会儿,卢焘开口说道,真是对不起得很,连累了Z庭长……他低下头,神情万分愧疚而沉痛。

"我说,先不要这样讲,原因可能是很复杂的,我就是想找小宇问问相关情况,我听说……我停了下来,小宇不知何时已站在门口。她穿着一条浅灰色棉布长裙,倚着门框站着,脸白得像张纸一样。

"我站起来向她走去,把她扶到我身边的椅子上坐下。她把头靠在我的肩上,开始无声地抽泣。年过三十的女人,还像个无助的孩子,当年的执拗与满不在乎已难觅踪影。我尽我所能地安慰她,她平静下来后,慢慢跟我说起了那件可能是给Z带来牢狱之灾的事情。

"小宇是在监狱里学会打字的,一打打了十二年。出狱的时候,她打字的速度差不多赶上了速录员的速度,每分钟能打一百三十多个字。但是,打得再快再好,她也不可能在社会上找到一份速录员的工作——尽管当时很缺速录员,有什么会议、法庭会用一个犯过罪的人做速录员呢?最后Z给她在市残联的一家工厂找了个办公室打字员的工作。那家工厂生产毛绒玩具,领导、工人都是善良又纯朴的残疾人,他们对小宇很好,小宇很喜欢那份工作。生活似乎是走上了正轨。卢焘一家人很开心。他们就想找个机会感谢一下Z——这我也是知道的,卢焘打过好几次电话给我,要我出差去开平的话就联系他,好请Z一起吃个饭。中间我倒也去过几次,想着Z忙,也怕给卢焘添麻烦就没有联系卢焘。后来,小宇所在的工厂跟一家外贸单位发生了合同纠纷，工厂所在地的区级法院受理了这个案件。正赶上那一阵儿送法下基层，又考虑到这是家以残障人士为主的工厂，法定代理人也是坐轮椅的，于是法院决定把法庭搬到工厂来，并由区法院的一位副院长亲自审理。这件事引起了社会的广泛关注，开平市电视台在晚间新闻里也进行了重点报道。其实那天小宇并没有观审，法庭很容易让她想起不愉快的过去，所以她请了一天假待在家里。晚上的时候，卢焘一家人围坐在桌旁吃饭看电视，电视新闻里出现了那天庭审的几个镜头，事情到这里都还正常，小宇也很安静地吃饭，不时瞟一眼电视。接着，记者对审理案件的副院长进行了采访，副院长对着镜头滔滔不绝。不一会儿，卢焘夫妻俩听见咚的一声响，只见小宇已直直地从椅子上栽到了地上。

"接下来小宇病了好几天。卢焘夫妻俩觉得很蹊跷，卢焘妻子慢慢问小宇，才知道竟然跟十多年前小宇犯下的那桩杀人案有关。小宇说到这里的时候，卢焘借故买水果走了出去。

"我问小宇，那么多年了，你怎么能确定就是这个人？

"小宇低着头，浑身哆嗦着，手里不停撕扯着裙摆，连声说，我不会认错的！不会！跟十多年前比，他是老了些、胖了些，可是他那个样子、那个恶心的样子……见了一次这个人后，我就怕了，从来没有这样怕过一个人！我总是做噩梦……后来我男友又让我去见他，我死也不肯再去了。

"男友逼她援交，这个当年就很清楚了。只是援交事件中那幕后的人一显现，才发现这世道是如此令人心寒。我把小宇的一只手攥在手里，问道，你什么时候跟Z说的？

"小宇低着头，眼泪一颗接一颗地滴在裙子上。小宇说，妈妈哭了两天，她去找的Z哥，都怪我……我连累了爸爸妈妈，现在又是Z哥，当年我就不该活着！小宇呜呜地哭了起来。

"我把小宇搂在怀里，安慰她道，我无法告诉你为何会这样，但是，这怎么能怪你呢？Z哥出事主要还是他犯了别的错，不能简单理解为那个人的报复。Z哥去纪委举报这人是他分内之事，他没有告下这个人来是因为证据不足，可是，这个人，也等于被曝光了一次，我想他以后是再也不敢作恶的了，这不也是件好事吗？

"小宇不说话，只是哭个不停。

"从开平市回来后,我多方打听了一下那位副院长,原来是从乡法制办这样的基层一点点干上来的,再过两年该退休的人了。多年的老干部,人缘很好,在业内根深叶茂,要不是受文凭限制,他在仕途上只怕还会走得更远。我在那家区级法院的网页上搜到他的一张工作照,他身穿法官袍,坐在一张巨大的办公桌后,桌子上有一台天平造型的摆件,身后的墙上是一排书柜,所有的物件都颜色暗沉,唯有支在法官袍红色前襟上的一张脸,肥白无须,似笑非笑,令人生厌。这个狡猾的老浑蛋,十多年前就时不时从开平到欢城做这见不得人的勾当,到欢城做魔鬼,回到开平他就是好人。他这样干了多久?小宇一案后他还这样干吗?可是,Z啊,你又惹他干什么呢?这年头只有那些像圣婴般白璧无瑕的人,才经得起一扑一咬,你可真是糊涂哇!我为Z感到深深地惋惜。

"我与Z的最后一面见得并不容易。遵循异地审理的惯例,Z被关押在另一个城市——青云市第二看守所。我联系Z的妻子,拿了份委托书。这可怜的女人双眼肿得比桃子还大。接着我以律师的身份去看守所探视了Z。那是个下雨天,天气阴霾,看守所的两间律师会见室都朝向北面,窗外就是一片松树林,会见室里显得十分昏暗,且房子正中还有道两米长的阻隔栏,这样一个环境真是见个面容易拉个话难。趁Z还没有进来,我到提审室看了下,窗明几净的,比较方便说话。我马上出去给常胜姐打了个电话,说想用一下提审室。常胜姐说,这事她倒还能办得到。过了一会儿,我被带到了提审室。提审室中间摆着一张长桌,里面还有道门,通向一条长长的走廊,一会儿Z就要从这条走廊走进来。我坐在桌子边等着。这个提审室与我在别的地方见到的并无什么大的不同,桌子的大小正好也适合坐在这边的人听得不耐烦时起身一巴掌就能扇到对方。Z有没有挨过打呢?不知道为什么,一张桌子竟能让我想起这个。我的心一下揪紧了。生活中的一些细微之处就像刺,不经意间就会扎着我们。我甩了甩头,想让自己把这个不愉快的联想忘掉。

"尽管我有心理准备,但见到Z时我还是不由得吃了一惊。不过是几个月的时间,他看上去瘦了不少,也老了不少,四十来岁的人,头发竟已白了一大半,我上一次见他还是满头青丝。尽管是在夏天,他却穿了件长袖衬衫,他把两手都抄在袖筒里,站在入口处看着我。我连忙站起来。他一步步走过来,两手依然抄在袖筒里。我猜想他手腕上大约有副手铐,他是不想让我看到那副手铐吧。我没有跟他握手。

"照例有位侦查员坐在墙角。我对Z说,大家都很惦记你,你家里正在联系北京的李律师,你知道的,他很擅长这类案件。

"他把身子坐得笔直,看着我,笑了下。他的眼神暗淡,原先那种生气勃勃的黑亮光泽已不可再觅。我打开记录簿和笔,但却不知该从何问起。初步知道的涉嫌罪行是受贿罪,查定的数额是一百二十多万人民币。其中三十万元是现金,来自一家拍卖公司,Z用这笔钱为他老家所在的村子修了条两公里长的水泥路,直通到他家的祖屋前。另外一笔是一截不过两拃左右长的价值九十多万的金丝楠木。Z曾打算用它做个笔筒,因为原料太难得,不过因为太忙,就一直没有动手。但此案的关键并不在这里,他到底为何会突然出事才是关键,这种案子与一般的刑事案件最大的不同就在于此。再说,对Z来说,有哪条法规他不熟悉?我不知该怎样安慰他鼓励他才好。他是如此热爱他所从事的工作,即使只是判缓刑,他也无机会从头再来了,这种打击应该是比剥夺人身自由来得更强烈吧。之前面对小宇,我倒还有一个似乎看得见的将来可以鼓励她。对于Z,我能说什么呢?跟他说一些鼓励的话,比如绝境即生存,希望乃是从绝望之处开出来的花?

"于是我把笔和记录簿推开,问道,在里面,还好吗?

"他点点头,笑着问我,你呢?在外面,还好吗?

"我也点点头,忍不住地心酸。窗外雨越下越大,昏天黑地的。都说春雨如恩诏、夏雨如赦书,可这天的雨却如重压,令人难以喘息。

"过了一会儿,他轻声说道,别为我难过,别鄙视我贪……

"我心里一阵酸楚,说,我都知道的,我怎么会鄙视你。

"他缩着肩膀,袖着两手,怕冷似的,过了一会儿又说道,我不能为自己过多辩解,但有时候,按规矩,根本就出不了牌的。

"我点点头,说我都知道。我看着他的眼睛,说,活在这世上,孰能无过,再说,我又有什么资格鄙视你?

"他愣愣地看着我。

"我点了下头,说,是的!

"Z受惊似的轻轻叫了声我的名字,M!

"我说,是的!是的!这一行,你都懂的!

"我闭上眼，落下泪来。博士刚生病的那段时间，每个月的治疗费都上万元，什么样的案件我能不接？那个时候我就知道，凡是生命必经挣扎，即便是做了这世界上最小的鱼，也有可能成不了仙。

"Z默然无语。

"过了一会儿，他隔着一张桌子倾过身子来为我擦泪。他说，有个故事，不知你听没听说过，这几天我总是想起这个故事。当耶稣在世上时，有一天，一群法利赛人和文士带了一个妇人来到他面前，他们控告那妇人犯了第七条诫命，即不可奸淫。这些人很想知道基督要怎样处置这样的罪人。他们问耶稣，摩西在律法上吩咐我们，把这样的妇人用石头打死，您看呢？耶稣不说话，只是弯着腰在他脚前的地上写字。这些人就低头看耶稣写了些什么。他们惊讶地发现，他乃是在写他们生活中的秘密罪恶。然后耶稣慢慢直起腰来，说你们中间谁是没有罪的，谁就可以先拿石头打她。控告的人一个一个地都溜开了，留下了那妇人与慈悲的主在一起。耶稣直起腰来，对她说，妇人，那些人在哪里呢？没有人定你的罪吗？妇人说，主哇，没有，他们没有定我的罪。耶稣说——你知道耶稣说什么吗？

"我流着泪，难过得说不出话来。

"Z说，耶稣对妇人说，我也不定你的罪，去吧，只是，从此不要再犯罪了！

"可是，那个唯一无罪的主，在哪里呢？

"Z对我说，记住哇，再也不要吃臭鱼了，我们都不是吃得了臭鱼的人。一旦吃过臭鱼，总是会留下臭味的。

"我擦去眼泪，点了点头。

"后来我仔细想了想，似乎Z自杀也是件难以避免的事。我问自己，如果我是他，会怎样？答案不言自明。我们都被生活的洪流携裹着向前，也曾小心翼翼，也曾健步如飞，却始终不清楚到底会去向何方……我们就是这样的一群人。

"唯一可以告慰Z的是，没过多久，那个区法院副院长就被双规了。卢焘来到欢城，约我吃饭，亲自告诉我这个消息。我百感交集，一句话也说不出来。这回卢焘倒显出了他的军人本色，他异常冷静地说，Z死了，而他却一点儿事也没有地继续活着，天理何在？

"我隐约猜到这件事大约跟卢焘有关,但不知他是如何做到的,也许是Z的死让他抛弃了一切顾虑,他原本也不是怯懦的人。

"卢焘指了指脚下的地板,对我说,我做爆破公司的第一笔业务,是欢城以前最高的楼,就在这家酒店的位置。欢城百货大楼,十二层,下面三层是商场,上面是酒店。正式爆破只用了十五分钟的时间,大楼原地倒塌,周边设施毫发无损。你知道炸掉一栋大楼的关键是什么吗?

"我摇摇头。

"卢焘看着我说,首先要有决心炸掉它,其次是找准它的支承点,设计好爆破切口,做好了这些,再坚固的大楼也能炸掉。

"卢焘还说检方有可能会让小宇作为证人出庭,他想请我为小宇提供一些法律上的帮助,我自然是满口应承了下来。

"两天前,我在律所的电梯里又碰到了常胜姐,电梯里只有我们俩。常胜姐一身黑色套装,安静地把一只手搭在电梯内侧的扶手上。她冲我扬了扬手中的报纸,说,你看到了吗?新的刑诉法修正案?律师可以在侦查阶段介入诉讼了。

"我想到了Z。于是我点了点头,说一早就已读过了。

"常胜姐兀自看着前方,突然轻声说道,我很想念他。

"我知道她说的是谁,我只是沉默着。

"常胜姐两眼盯着前方,说,当年,你们这帮小孩刚进律所时,别人说我什么,你们都选择了相信,因为这相信对你们无害,你们很乐意相信——我不是说我多么白璧无瑕,可也不是那么不堪的!只有Z,选择自己去辨别。常胜姐一边说,一边兀自点了点头,只有Z!

"过了一会儿,常胜姐长叹了一口气,道,只是没有想到他如此输不起呀。

"我问常胜姐,他举报他人这事,您知道吗?

"看来你是真傻呀!常胜姐很凄凉地冲我一笑,说,你以为这样的事在他和我交流的范围内吗?这种事就是办成了又有谁会拿出来说呢?不过我想,以他的能力,也不是办不好这件事的,可能他没有料到的是,一个德行有瑕疵但良心犹存的人,要去挑战一个德行和良心都败坏了的家伙,是没有多少胜算的。又正好处在竞争升职的特殊关头,他那么聪明的人,都不能等一等，我想他应该是，如鲠在喉，不吐不快吧。

"我默然。

"Z的骨灰已被他那手艺精湛的老父带回乡村，他没有留下遗书。人们在看守所收拾他的遗物时，在他的衬衫口袋里发现了一个被叠得很平展的香烟纸盒，他在香烟盒子上写了两句话——亲爱的周，我之所以想到要给您写这封信，语无伦次地向您倾倒了这么多，是Z留下的那两句话，竟然来自您的小说《最后的国王》。国王自刎前，他环顾业已破碎的江山，发出了一声悲叹。我从来没有跟Z探讨过您的小说，我也不知道他是否读过您的书，也许，这只是一种巧合？现在，我把这句话抄在最后一页，就好像我曾错过了和他非常重要的一次相遇，而现在，在您的小说中，我又把它重新找了回来。但即使是这样，我内心依然感到无法言说的悲凉，为那再无可能挽回的一切，为我们曾经的青春时光……"

他把老花镜摘下来，握着信纸的手无力地落在膝头。他抬起头，茫然地看着面前空荡荡的街道，有辆小轿车正从这街道上缓缓轧过。楼下的邻居——一位退休的海军上校带着狗出门溜达，那是一只雪白的狐狸犬。他们一前一后穿过围着铁艺雕花栏杆的庭院，走到了满是落花的街道上，他们顺着街道，朝着大海的方向走去。上校和狗每天都走同样的路线。每天都是这样，狗跑着小碎步紧跟在人后边，毛茸茸的尾巴竖在身后，一摇一摇的，十分开心的样子。水果店的女老板骑着摩托车从另外一个街区匆匆赶来了，她把摩托车推上人行道，停到了一棵海棠树下。他看见她费力地从挂在脖颈上的挎包里往外掏钥匙，开门，铝制卷闸门被她哗啦一下推了上去……他木然地坐着，木然地看着眼前的一切。好像只是在一瞬间，那些年所经历的挣扎又齐齐袭来。他不用看最后一页，不用看他也知道，那是怎样的一声哀叹：

我不再爱这世界，
世界对我亦然。

(原载《人民文学》2013年第7期)

白日梦

入春以来，这个城市时不时就大雾弥漫。许多个清晨，还有傍晚，潮湿的白雾从海上升起，不动声色地迅疾地淹没了高楼大厦和苍翠的山岭。钱教授总是抱怨有雾的天气，因为大雾会让他短视，并且有迷失方向的危险。以往有课的雾天，吃完简单的早餐，钱教授眉头紧锁地来到窗边，手指有节奏地叩击着窗台，看着外面白茫茫的世界，他会求助于孟香："送我一下？"要去上课的新校区和他们所在的老校区之间差不多有三十公里的路程，孟香曾经是乐于满足他的要求的，大雾于她并无妨碍。靠白线和黄线建立约束与秩序的马路被雾遮盖了，可是，对面缓缓移动的开着雾灯的车辆，以及隔一段路就会有的闪烁的红绿灯，已足够指引她。只有一次，把车开到高尔夫球场边的公路上时，一团团贴着路面奔跑的白雾让她头晕目眩，她打开雾灯和应急灯，在路边停留了很久，直到阳光把雾驱散，直到世界再次袒露出它的本来面目。

上帝知道孟香有多么喜爱浓雾天！白雾像帷幕合上，世界不知所终，她与它失之交臂的一刻，就是不可多得的自由一刻，想象插上了翅膀，青山、绿水、红花、飞鸟……世界无比丰富美好。孟香闲来细细想过，她这一生，遇到过叫什么冰、什么水，或是什么雨、雪、风、霜、露的人，却从未遇到过叫什么雾的人。这也是一个界限，她不明缘由地以为。

这天依然是个雾天，孟香准确地把车开到教学楼，上完四节课，已是云收雾散。孟香下了课，踩着湿漉漉的路面往图书馆走。教学楼和图书馆之间这条叫"行远"的路，并不长，但却是曲径通幽的一条路，路两旁的风景不错，小桥流水，杨柳依依，花香阵阵，鸟鸣声声。

孟香打算去图书馆查点儿资料。课间休息的时候，有个叫孙俊文的男生过来问什么是仰定罪。孟香让孙俊文介绍了它的出处，然后把"仰定罪"三字写在黑板上，将其作为这一堂课的课后作业布置给学生。她很坦率地告诉学生，她也是头一次听到这么个罪名，她又列举了几个未入律典，却在史书或历代文学作品中多次出现的罪名让学生回去一同查查，作为下次课讨论的内容。孟香嘱咐学生："可以先查查'腹诽''莫须有'之类的典故，或许会有助于你们理解。"孟香的这堂课是堂通识课，讲的是"中国古代文学作品中的法律"。来听课的学生各个专业的都有，当然孟香也知道有不少学生是来混学分的，教室后面几排常常坐着几对小情侣，往往是老师在讲台上辛辛苦苦、挥汗如雨，学生在讲台下卿卿我我、风花雪月。孟香发现，学经济学的学生与正在写题为《牙鲆与石蝶人工杂交研究》的论文的学生会问同样的问题：

"宫刑是三件都割呢，还是只去其一？"

"凌迟最多要割多少刀？"

"……"

这样的问题常常令孟香的课堂爆发大笑。不过，孟香总是在学生的爆笑声中一本正经地解答，她的沉稳与认真的解答会让笑声像尘埃一样迅速落定。当然，孟香偶尔也会坐在临窗的一张空课桌上，天马行空地与学生讨论"刑与忠厚""宽容与界限"之类的问题，讲着讲着，她会在内心不由自主地仰望历史尘雾中那些伟岸而孤绝的背影，他们是智者，是正义的法官，是月下的行吟诗人，是悲天悯人的道德家……孟香不解一代代后人为何会错失他们，她不知该如何把这仰望传递给年轻的学生，因而也常常感到说不出的沮丧。

走到半路上，孟香听到身后传来咚咚咚的脚步声，回头一看，是孙俊文。

"孟老师！"孙俊文拎着书包，一路小跑过来，"孟老师，我们剧社正在排一个新剧，周六下午排练，想请孟老师指导指导。"学海洋生物学的孙俊文是学校海鸥剧社的成员，瘦高个，笑起来会露出一颗尖尖的小虎牙，偶尔会让孟香想起小时候家乡巷口杂货店家的儿子，那个也有颗小虎牙，爱穿肥肥的白色文化衫，突兀地吐血而亡的少年。

"你留个电话给我,有时间的话我会去的,但恐怕提不出什么好的建议,戏剧这方面我可是个门外汉。"孟香问孙俊文,"你们这个新剧叫什么?"

"《红楼讼》。"孙俊文答。

在图书馆泡到天黑,孟香才抱着几本书回家。她把车在楼下停好后,抬头往楼上自家的窗口看了看,窗口一片漆黑。看样子钱教授也没有回来。他大约是出差了吧,孟香想。几天前,钱教授就说要去给杭州某家公司的高管做个培训的,孟香不由舒了口气。不知道为什么,自从上次他们一起去商场,在电梯上碰到大腹便便的滕秋以后,她越来越惧怕他们单独相处的场景,她总是觉得有些,羞于面对。她倒是谈不上有恨。一个人在这个世界上,一分一秒地活过四十多年之后,还能恨得起来什么呢?遇到滕秋后的第二天傍晚,她刚进小区,看到老钱的车停在楼下,她想也没想直接又把车开了出去。她在海边的一张长椅上坐到夜深。这是孟香不曾料想过的,在她和老钱结婚二十年之后,他们之间会是这样一种境况。

孟香在楼下没有看到钱教授的车,她抱着书往楼上走去。二楼左侧的房间里传来男人带着痰音的咳嗽声、女人呵斥孩子的声音和电视里晚间新闻主持人那字正腔圆且有些高亢的声音。这一家的男主人是国内著名的海洋化学科学家,这些烟火气十足的声响泄露了科学家的生活也不过还是凡人的生活。原先住在这个房间里的是一对异常可亲的老人,一天中的大部分时候,他们的房子里总是静悄悄的,偶尔才会有泉水一样叮咚的钢琴声从他们紧闭的门里流淌出来。三年前,这对老人先后离世。再美好的人生也有走到尽头的一天。黑暗中孟香在二楼停留了一会儿,驻足的一瞬间,孟香开始怀念那对老人,尽管在他们生前,她与他们并无多少交集。

进了家门,打开灯,孟香不禁吓了一跳。只见钱教授衣冠整洁地端坐在沙发上。

"你吃饭了吗?"孟香站在门边,有些不知所措地问。

"我在等你。"钱教授起身说,"洗洗手吃饭吧,我做的,你吃吃看怎么样?"

孟香到卫生间洗手,她哗哗哗地往脸上浇凉水,然后抬头长久地看着镜子中的自己:深陷的两颊、瘦削的肩胛。比起半年前,她真是瘦了不少。有多久没有细心收拾这个家了？镜子上满是水渍、灰暗、不洁，就像她的生活一样，光鲜不再。孟香把手撑在洗脸台两侧，有些懊恼地看着镜中的自己。她应该能想到的，老钱从来就不是个绕着问题走的人，大部分时候，他甚至不会把问题留到明天。孟香不由叹了口气。

钱教授做了香椿拌豆腐、西红柿鸡蛋汤、肉末炒芹菜。他把胳膊支在餐桌上，一只手握着他那宽大的下巴，他看着孟香笑着说："本来打算开瓶红酒的，想了想还是问问你再说。"钱教授把手放下去，正襟危坐，郑重其事地问道："小香，能和我喝一杯吗？"

孟香把一只手撑到前额，摇摇头说："还是不喝了吧，上了一下午课，有些累了。"说完这句话，她不免有些羞愧，觉得自己是多么刻意呀，就好像告诉老钱她在生气，这个坎她迈不过去，不是吗？

果然钱教授看着她，过了很久，恻然一笑。他的语气低沉下来，说："瞧，我被小香拒绝了。"

孟香闻言也笑了，她起身来去酒柜里拿了瓶卡斯特干红。这是他们曾经爱喝也还喝得起的酒。

孟香早早起床去食堂买早餐，校园里的清晨空气清新纯净，有琅琅书声。孟香在林中小道上走来走去，好让身上那隔夜的气息散尽。

"你猜猜学校食堂都用什么油？"孟香买完早餐，回到家里对钱教授说。

钱教授把手里正在收拾的东西放下，挤出一个笑容道："难道是地沟油？"

孟香也笑，说："大清早的，在食堂后门口卸货呢，是产自巴西的转基因大豆油。"

淡淡几句，翻书一样把前一晚的尴尬翻了过去。

钱教授接过孟香手里的银丝卷和豆浆，走到餐桌前一一分到细白的瓷碗和盘子里。要搁在平常，钱教授知道孟香又要有得忙了，她势必要学会做银丝卷的。不过现在难说了。好像是从生了儿子大道开始，孟香在吃的问题上就变得格外谨慎，宁缺毋滥。鱼是非海捕鱼不吃，鸡蛋是非土鸡蛋不买，每一次吃鸡都要专程跑一趟郊区，买山里人家放养的鸡回来煲汤，屋顶的露台被她弄成了个菜园，一排排的泡沫箱里种着茄子辣椒西红柿等各种蔬菜。孟香本科硕士都学法律，做过几年律师，曾也是风风火火，阅尽人间种种。

有了大道后，孟香就以人才家属的身份调到钱教授所在学校的基础部做了一名老师，自此洗手做羹汤，兢兢业业上课，兢兢业业为钱教授和钱大道服务。她时常查阅关于食品安全的学术文章，对转基因食品一直心怀戒备。曾经，他们一家三口，至少在家里是这样，吃到嘴里的每一口东西都是经过她精心挑选的，因而他们都有着健康的肤色和漂亮的体形。夫妇俩，看上去都要比同龄人年轻，儿子大道，十九岁，在首都上大学，身高一米八八，体重八十一公斤。孟香可没有白费心。

钱教授衣着整齐地在餐桌前坐下来，面无表情地吃着早餐，铁灰色的鬓发梳得一丝不苟的，看上去一如往日地斯文持重，似乎是想把昨晚在孟香面前丢失的矜持一点点重拾回来。孟香坐在钱教授对面，小口小口地咬着银丝卷。两个人再无话说，一对沉默寡言人。早晨的阳光和空气都清新无比，孟香吃着早餐，不时看一眼窗外，餐厅窗户刚刚换了新的窗纱，若有若无的一层白，衬得窗外蔚蓝的天空特别干净高远。孟香知道，只要走到窗前，就可以看到楼后那棵高大的双樱，现在正当花季，一树绯红的樱花开得热闹盛大，但是呢，能有几天好？人从树下过，花无风也落。

吃完早餐，钱教授拎着拉杆箱就出了门。过了一会儿，孟香听到楼下汽车开动的声响，眼泪哗地淌了下来。从时间上判断，钱教授大约是一下楼就马上开车走人了。

"他还是生气了！"孟香想。

"对我再好一点儿，就多那么一点点，行吗？"昨晚他们喝了点儿酒，钱教授凭着酒劲儿将她拉到怀里，用下巴摩挲着她的头发喃喃哀求她。仿佛只要她对他再多一点儿好，他们的生活就可以回到从前。可是发生了这样的事，她又如何能再多出来一点儿对他的好呢？做错事的是他，完了他想要更多一点儿的好。她倒是愿意给他那点儿好的，如果她有！孟香只要想到他们在商场电梯上看到大腹便便的滕秋时的情景，她的身体，她的心，就像在冬天被浇透了凉水，一下子变得又冷又硬。

"你别瞎想……"在他们离开商场回家的路上，老钱说。当时孟香只是沉默地望着窗外。老公分手半年的情人，挺着大肚子狭路相逢。女人高耸的腹部、挑衅的眼神，她怎么能不瞎想呢？提出分居似乎是她唯一能做的了。

听着汽车远去的声音，孟香盘腿坐在沙发上，用面巾纸擦拭着汹涌的泪。

"你要知道，我们每个人，只有在出生的时候，是最纯粹最无辜的，其他任何时候，都戴着枷锁，这样，或者那样的枷锁。"老钱曾这样为自己辩解。

老钱的学者语气在解释情感问题的时候显得出人意料地柔软，别有一种无奈而落寞的伤感味道。孟香满怀戒备才没有让自己再次陷落。现在回想起来，孟香竟有些气愤。原来只是因为枷锁而已！

一个人的家静悄悄的，纵使摧心裂肺山崩地裂，也显不出什么动静。生活真是宏大无边，孟香觉得自己曾经的努力像是一只只奋力打出的拳头，每一拳都打在了虚空里。她擦干泪，怔怔地发起呆来。沙发对面的墙上映现出窗帘飘动的阴影，窗边一株滴水观音长得枝肥叶茂，电视柜上摆着一家三口的照片，全是在那些阳光灿烂的日子里照的，照片里钱教授揽着她，大道亲密地偎在他们身边，三个人都露着细白的牙齿，十分开心的样子。

孟香打量着有些空荡的房子，想着窗帘旧了也该换了，电视机最好换成液晶的，因为怕影响老钱看书，音响是好久好久都没有用过了……他们搬到这栋楼里来时，大道才七岁，楼下那位会弹钢琴的老奶奶还活着，眨眼十二年过去了。记得搬家的那天，也是这样和风习习的天气，老人在藏青色旗袍裙外面裹了件开司米披肩，在老伴的陪伴下，郑重登门送了一大把粉色百合给她。老人说："我爱弹个琴，或许会吵着你。"哪里吵着了她？后来许多个悠长的夏日午后，她做完家务，躺在窗下的长椅上，摇着一把素色绢扇，倾听楼下隐约的琴声，那细细碎碎的独奏，似一场寂寞的倾诉，每一键似乎都敲在她内心最为隐秘的地方。她就这样在那些阳光炙热的夏日午后，在那细雨润物般的琴声里，做了数不清的清凉好梦。

"别闹了，夫妻还是结发的好！"孟香不由想起了母亲的话。半年前，老钱事发，她休了几天假回老家探亲，原本好好的，母亲问起老钱，她一下哭得像要化开了一样。白发苍苍的母亲把她揽到怀里淡淡地这样说。瞧，不是老钱，倒是她，"闹"了。

"好了，在这个城市，我除了大道，就只有你了。"孟香打电话给闺蜜肖兰。

肖兰是一家律师事务所的合伙人，尽管很忙，还是抽出时间来看孟香，不一会儿她就把车开到了孟香家楼下。肖兰看着孟香红红的眼睛说："喂，孟香，孟香女士，选择原谅又会怎么样呢？"

"我哭可不是因为他，我是为我自己你知道吗？刚刚我们还一起吃了个早餐，我还让他猜学校食堂都用什么油来着。"孟香擦干眼角的泪，说道。

"天哪宝贝，你猜猜学校食堂用的什么油——真有你的，哈哈，什么油？地沟油？"肖兰笑起来。

"当然不是呀。"孟香也笑了。随后，她叹了一口气，目光忧伤地看着肖兰，似有万般话说，却又无从说起，憋了好一会儿，道："是转基因油！"话一落音，两人同时爆发出一阵大笑。

从上大学的时候开始，这么多年都是这样，每次遇到什么过不去的坎，跟肖兰在一起说一会儿话就好。肖兰的男友是个画家，居住在城郊一个叫达尼的小山村，两个人这样不婚的状态持续的时间几乎与孟香和钱教授的婚姻一样长。画家不喜欢城市，是个自然主义者，决绝地抗拒现代生活。闲下来，肖兰会脱下职业套装，素面朝天地跑到达尼村住几天。以前钱教授还吃过肖兰的醋，常常说什么"肖兰才是你最亲密的人"。这可不是像句预言？现在肖兰真成了她身边最亲密的人。两个人脱了鞋各自在沙发上躺下。肖兰长叹了一口气道："唉，你休了老钱，再找一个，保不定是什么样的呢。你看看现在，哪有几个像样的男人？他们不是在骗人，就是在被人骗；他们不是在行贿，就是在受贿；不是在政府门前下跪，就是闯到幼儿园砍人。到哪里去找像样的男人哪！"

"你呀，一棍子打死太多人了，连被人骗也成了不堪了。像样的男人都隐在达尼村，行了吧。"孟香不由笑了。

"被人骗的男人至少是不够聪明的呀。"肖兰也笑，起身把双手勾在背后，各个屋子转一圈，"嗨，你们俩不像是闹分居，倒像是年轻夫妻怡情的小吵，瞧这一屋子书，老钱一本本回来拿，够拿一辈子了。"

"我和他说好了，过两天他那边买好书柜，我会把他的书打包找搬家公司给他搬过去。"孟香说。

肖兰从书房的地上拾起一沓文稿回到客厅，念道："国家某部重点课题中期报告书，报告人钱中岷。"她抬头对孟香说："什么事一戴上国家这顶神圣的帽子，不由得你不肃然起敬。"她低下头去继续念："这是一个很好的课题，既可以在国内深入地谈生态文明下的中国发展，又可以在国外有回应地谈生态经济下的中国发展,要细化地谈中国发展需要控制的规模、公平、效率问题,有新意地谈如何在生态规模控制下提高中国人的福利,并且分别用来分析能源、土地、水资源以及垃圾、碳排放等问题。"肖兰停下来,一声不吭地把稿子放在茶几上。她看着孟香说:"小香,我来就是想跟你重提一句古话——浪子回头金不换。况且,老钱还不是浪子,他顶多算是一失足青年。你为什么都不搞清楚到底是不是老钱的孩子,就冒昧地提出分居呢?到我们这个年纪——"

"到我们这个年纪,赌气使小性子会让我们丧失仅存的一点儿美感,庄重的美感,对吧?呵呵,不要说我现在是四十多岁的不惑之年,就是再往前,可以说,我十六岁以后,那些决定,都是在很冷静的状态下做出的。"孟香说完这句话,不由愣了一下。她皱着眉,看着天花板上的水晶吊灯发起呆来。

十六岁,她的十六岁,原来从来就不曾过去,它和她就这样不期而遇。

十六岁的孟香和母亲住在父亲家里传下来的一栋老房子里,房子位于天心阁后面的小巷里,长长的石阶上去,两扇黑漆漆的厚重的木门。站在门槛上踮脚一望,可以看见一大片低矮的青灰色的屋顶,湘江像根白练,在那片青瓦里滑行。推开厚重的木门,是一个小小的院落,种着紫藤,紫藤架下有口老井,围着凉凉的石栏杆。十六岁那年的夏天,先是杂货店老板的小儿子文伢子,后来是她的父亲,这世上最好看的两个男人,过世了。

小时候,她和文伢子常常手拉手去街上的小吃店里买甜酒、白粒丸和麻油猪血,用牙膏皮换水果糖,拿炊壶去白沙井打水,交换弹珠和小人书。学校放了暑假,许多个炎热的下午,他们就坐在阴凉的巷子口,坐在最后一级石阶上,看形形色色的人们在巷口外喧闹的世界里来来往往,那种喧闹总是令他们困解。他们安静地吃着绿豆冰,用清澈的眸子打量外面的世界,无邪得像两枚新生的洁净的果实,与巷子外的世界格格不入。后来上了初中,两个人倒生分了,一前一后走在上学的路上,几乎不怎么说话。每天早晨,文伢子背着书包,两只手叠放在背后,靠墙站在巷口等她一起去学校。夏日的清晨,度过一个溽热的夜晚后,小巷里的石阶是惬意地清凉,她穿着一件碎花的棉布裙子,背着书包,轻快地一级一级地下到巷口去,文伢子穿着件松垮的白色文化衫,靠着一堵发黑的青砖墙站着,人显得格外白净,他把两只手放到背后,瘦瘦的脊背不停地轻轻地往墙上撞。看到她,他露出一颗小虎牙，羞涩地笑一笑。而她呢，也害羞起来，站在那儿，等他走了三五步才肯走。巷口的青砖墙生着青苔，青苔似乎生着不为人知的小小的手、小小的脚，它们就用那些人们看不见的小小的手和脚，踩着潮湿而缓慢的光阴，耐心地从墙脚一点点往上攀附。小学的时候，文伢子有十块青砖那么高，后背上不免要粘一点儿青苔藓，上了初中，突然他长到了十七块青砖那么高，苔藓就时常粘在他的裤腿上。

那个早上，她照例像个温顺的小媳妇跟在他后面，看着他裤腿上苔藓嫩绿的痕迹，她突然想叫住他，给他拍一拍。她心跳得很快，街上人越来越多，电车远远地哐啷哐啷开过来，一个骑单车上学的高年级男孩路过他们身边，猎犬一样嗅出他们之间羞于言表的暧昧气味，打趣地打了个长长的呼哨擦身冲过。她赌气一样地紧赶几步。"喂！"她叫他。他没有听到，继续慢慢往前走。突然，她看见他就像被人推了一掌似的，晃了晃，踉跄着伸手撑在一棵樟树上。他把脸埋在胳膊上，露出一双黑亮的眼睛，看着惊愕的她。"快走开！"他说。

她不知所措地看着他，越来越多的血顺着他的胳膊往外淌，终于一滴滴地坠落到地上。他整个人靠着树干，一点点地矮下去。"走开呀！"他捂着脸朝她喊道，满眼都是悲伤。

她掉转头往杂货店跑去。

后来她从人们的闲谈里得知，他是一出生就有的病，有那么一节血管，"脆得像个水泡"，他的母亲后来对人说。还有一次，她路过杂货店，看见他母亲坐在竹椅上擤鼻涕，他母亲把鼻涕抹到鞋底上后，对人说："哄了我十多年。倒是呢，比医生说的多活了五年！"末了那一句，他母亲的脸上分明有一丝得意。她感到一阵刺心的痛，赶紧离开了杂货店。记得那一天看什么都不行，什么都是针，扎得她受不了。路过天心阁，她一眼掠过阁上那副据说是由两个革命家对的对联："橘子洲，洲旁舟，舟行洲不行；天心阁，阁中鸽，鸽飞阁不飞。"不知为什么，这一天她看这副对联，竟觉得字字讲的是生离死别，她忍不住泪如雨下。

一个多月后，放了暑假。

有一天，母亲让她换了一身干净衣服带她出门。在去殡仪馆的路上，她才知道，她的父亲，原来早已不是墙上镜框里穿着军装、英气勃发的青年，而是离家不过五站路的精神病院里那个目光呆痴，终日念叨"对不起组织"的骨瘦如柴的男人。她最终看到的父亲，安静地躺在殡仪馆的一张小床上，隐在白被单下的身子薄得像张纸一样。孟香和母亲办完父亲的丧事回家，一路上谁都没有说话，母亲似乎也没有觉得欠着孟香一个解释。天气异常炎热，太阳炙烤下，母女俩都流了不少的汗，街上人来人往，异常吵闹。可是她们，左臂上缠着黑纱的她们，却是一对各怀心事、沉默无言的母女。孟香自此足不出户，日日趴在凉凉的石栏杆上，汲水，浇井台下那丛开着黄色小花的茂盛的八仙草。偶尔，她会透过重重蝉鸣，听到小巷里小贩遥遥的一声叫卖："甜酒，小钵子甜酒——"不知为何，这蝉鸣声，这叫卖声，却让十六岁的孟香生出了一日比一日多的绝望，日子似乎被水湿透，变得缓慢沉重，让她不堪重负。终于，有一天，母亲刚挽着菜篮子出门，她就撩起裙子，抠起一块镶在井台边的青花瓷片，在自己的大腿内侧使劲儿挖了下去。血流到脚脖子的那一刻，母亲推门进来，发现了端坐在井台上的孟香的异样，菜篮子哐地落下来，在地上跳了两跳。母亲跑到她身边，撩起她的裙子看了一眼，然后对她说："你爸爸，并不是天生就是那样的。"母亲急急地跑进屋子去拿云南白药。孟香像从一场梦里醒来，出了一头的汗，母亲的镇静让她羞愧难当，她顺手揪了一把八仙草的黄色小花捂在伤口上，血竟然就这样止住了。暑假结束后，孟香就执拗地搬到学校的集体宿舍里去了。她突然变得开朗，交了不少的朋友，成绩也出奇地好了起来。偶尔她在周末回家的时候，会看到母亲和某个来串门的阿姨坐在紫藤架下聊天，听到别人夸孟香，母亲会说："我倒宁愿她少读点儿书，不要像老孟……"又过了很多年，孟香才渐渐知道，原来父亲是工程兵部队的工程师，他负责设计的一个隧道出了塌方的事故，严重影响了向国庆献礼的工程进度。还没等查清楚塌方是否与他的设计有关，沉重的压力就使他的精神出现了异常。

办完父亲的丧事，孟香发现母亲的房间里多出来一口樟木箱子，是父亲留下来的，她猜想到，但她却从未想到要打开它。有一次她到母亲的房间找针线缝扣子，她无意中顺手打开了那口箱子，浓厚的樟木的香气使她头晕。她看到箱子最上面放着一套《马克思选集》，随手翻翻便走开了。

孟香和肖兰做了那么多年的朋友，这些事，却从来没有对她说起过——也无从说起。"以前，有个一起上学的朋友，有天吐了很多的血，死了。"

或者,"我的父亲,去世的那一年……"孟香不能想象用这样的语言诉说往事。隔着那么久的时光,怎么说,都是轻飘飘的,语言使往事失重,她如何能忍受这样的轻飘呢?从她打定主意要好好活着的那一刻起,她就把自己变成了一枚决意要揳入的钉子。现在才知道,多年来,她只是在这个曾令她困解的世界里安安静静地生着生命的锈。这斑斑锈迹,就是她无法向任何人展示的一部分自己,即便是肖兰,也不能。

孟香坐起来看着肖兰,她们刚进大学时,凑巧分到同一间宿舍,上下铺,肖兰跟她打招呼,说:"哈,我复读了四次,才来到这里。"那时的肖兰又黑又瘦,留着男孩子的板寸。现在,肖兰一头长发软软地拖在沙发扶手上。这个手臂上有年轻时烟头烫伤疤痕的女子,这个永远像橙子一样光鲜的女子,在她已走过的四十多年的人生中,有没有那么一个时刻,在那个不为人知的时刻,她实际上,已不为人知地死过一回?就像街上那些目光沉静、眼角堆满鱼尾纹的中年女子,表面上看上去淡然得很,有谁知道,她们中多少人曾九死一生,挣扎着过来?她们拎着装满日用品的购物袋,在熙熙攘攘的人流中孑然独行,略显臃肿的身材流露出的无奈与落寞,比裙角扫起的灰尘还要多……孟香不由伸过手去,有些酸楚地抚摸着肖兰的一头长发。

"我们所刚接手的一个案子,我说来给你听听?"肖兰把双手垫到脑后,对孟香说。

"好吧。"

"开发区那边的一个女子,丈夫有了外遇,而且偷偷转移了家里的财产——"

"一点儿新意也没有!"孟香听到这儿,笑着打断肖兰道,"咦,你不会是说老钱吧,他有多少财产?你是不是知道什么?直说呀,趁我们还没有办手续。"实际上孟香还真不知道老钱有多少财产,她只知道他收入来源颇多,整天忙得不亦乐乎。

肖兰也笑了,说:"小香啊小香,我就说过,被丈夫欺骗过的女人,尤其是你这样百分百信赖丈夫的女人,过后最需要的就是重建对自己和对男人的信心,减少对这世界的戒备,你看你警觉得像只猎犬。——这个女人呢,和她的丈夫育有两个孩子。他们有一家小超市,主要是男人在打理,女人在家带孩子做家务,照顾年迈的公公婆婆。男人一直对女人说没有赚到什么钱,女人就省吃俭用地持家,不敢乱花一分。比如,她用卫生巾,每天只用两片,早起一片,睡前再换一片,凝固的经血常常磨破她的大腿根,女人从不抱怨。可是突然有那么一天,这女人发现丈夫在外面养着个年轻女人,还给她租了房买了车——"

"真是可怜哪!"孟香叹道。

肖兰继续说:"这女人好几天都没有说话,男人紧张了两天后,也就不当一回事了,男人想,女人还能怎么样呢?那么个老实女人。又过了几天,女人在大衣里藏了根铁棍,到超市里去了。"

"她把那男人打死了?"孟香紧张地问。

"那倒没有。不过,她打断了男人的两条腿!医生说,以后这男人就瘫了。我很好奇,想看看这个会打断男人两条腿的女人是什么样子的,所以我就自己接了这个案子。律师会见日,到看守所看见她的时候,她正安安静静地坐在桌子后,扭头看窗外的飞雪。见到我,女人冲我笑笑,搓着手说,真不好意思,大冷天的,让你跑这一趟。她笑起来很温柔,看上去是个非常温顺的女人。"

"后来呢?"

"后来女人被判了六个月有期徒刑。最初男人坐在轮椅上,对她说,只要她表示今后会照顾他,他就撤诉,可是女人连看也没有看他一眼。这是我这辈子打得最痛快的一场官司,庭审的时候意见基本上是一边倒,连对方的委托人也毫不掩饰在感情上对女人的偏向。"

"是吗?"

"你怎么不问问我,他们离婚了吗?"

"他们离婚了吗?"

"没有,至少是到现在没有。现在男人摇着轮椅送最小的孩子上学,摇着轮椅为孩子们洗衣烧饭,女人也盼着尽快将刑期服完回家。所以我想,婚姻应该有着某种超出我们感知能力的力量,它远比我们想象的要坚固。我甚至想,这也许就是在我们这个社会,为什么婚姻关系有时候会比同居关系多出那么一份庄严感的原因。"

听肖兰说到"庄严",孟香问道:"那么,你想到要结婚了吗?"

"哦，结婚？我吗？"肖兰嘻嘻一笑，接着她又叹了一口气，"你还记得大学时，读苏轼的《刑赏忠厚之至论》吗？"

孟香怎么会不记得呢？那时国家的刑法里还有类推制度，而她们刚踏进大学校门，对法律抱着一种神圣的感情与热爱。当读到"罚疑从去""罪疑惟轻"这样的句子时，宿舍里一帮以前只读过苏轼"大江东去，浪淘尽、千古风流人物"与"十年生死两茫茫，不思量，自难忘"等诗句的女孩，不由得惊叫起来，有多少人恨不得穿越时空，回到一千年前的宋朝，好去与苏子一遇。肖兰更是在床头贴上苏轼的水墨画像，日呼一遍"吾爱东坡先生"。

少年哀乐过于人！谁不是这样过来的呢？

孟香沉默了一会儿，欠身从桌上的小包里掏出一沓文件递给肖兰，说："过两天，我打算出趟门，如果老钱那边说要办手续，就麻烦你，字我都签好了。"她顺手拍拍肖兰的手背，说："你放心……"

"我先收着吧，尽管我一向不喜欢老钱，老钱也不喜欢我，我还是希望你们不要走到这一步。小香你要知道，你决定的事情我会支持你，但是我希望你考虑清楚，做出你真实的选择。"肖兰说。

"你放心！"孟香再次说。

孟香决定去一趟郊县的张河村。如果可能，她打算在张河村待上一段时间，为此她早早调好了课。张河村是钱教授的老家，距这个城市三个半小时的路程。临出门时，她接到了钱教授的电话。老钱在电话里叫她"小香"，十分苦恼地诉说在外的失眠。孟香不知说什么好，沉默很久，把电话关了。

孟香把车开上出城区的高速公路时，眼前浮现出那个女孩冷若冰霜的面容："你不过是爱了他你想爱的那部分……"

这个叫滕秋的年轻女孩，孟香最初见到她的时候，她还是个新入学的研究生，扎着一把蓬松的马尾。老钱给小香介绍他的新弟子，到滕秋的时候，老钱特别开心地说明："小滕是我的小老乡，她家和我老家就隔着一条小张河呢。"孟香只是记得，这个叫滕秋的女孩，像一般乡下女孩那样，表现得很拘谨，并不出众。每个学期开学返校，她混在一帮闹喧喧的男孩女孩中，不怎么说话，但一双细长的眼睛，却是很能体察人情的。有一回老钱和学生们说着话，稍停了一下，孟香过来想给老钱倒杯水时，发现滕秋已将茶杯续满水递到了老钱手中。这是后来孟香能想起来的唯一的对滕秋的比较清晰的记忆。

"你了解他吗？你关心过他的家人吗？"半年前，伤心欲绝的滕秋站在孟香面前质问她。

他们什么时候开始的，又为什么要分开，这对孟香来说，都是谜。初冬的天气，不是很冷，但城市里的人们已开始享受奢侈的供暖。孟香穿着薄棉袜的脚踩在地板上，手足无措地看着滕秋坐在沙发上边说边哭。孟香开始是涨红了脸，有些汗流浃背的，一会儿之后，她感到了一阵阵的寒气，从脚底蛇一样爬上来。她整个人都被这件事情弄傻掉了，脑子木呆呆的无法转动，以致后来她都不记得滕秋是怎么进来，又怎么出去的。

"这不公平，你只爱了十分之一的他，他却把十分之九的爱给了你。"

滕秋为什么那么肯定她和老钱给予彼此的爱分别是十分之一和十分之九呢？那剩下的部分呢？他们都给了谁？这个问题孟香一直没有想明白，不惑之年的孟香，闲下来想这个问题想得发慌，不知不觉地把手指塞进嘴里，不声不响地咬起指甲来。孟香很小的时候，她常常要在脖子上挂着钥匙，坐在门槛上等母亲下班回来，她咬着自己的手指甲，看着渐渐暗下来的天空，焦灼不安地度过母亲回家前的那段时光。所以有了大道后，孟香毫不犹豫地换了工作，她想让老钱和大道一回家，就能看到自己。被滕秋的追问所困扰的孟香，竟然重新成了一个坐在门槛上等待母亲归来的焦灼的孩子。

滕秋的意思，似乎老钱的十分之九都在张河村，她孟香不懂张河村的老钱，所以纵使是爱，也不过是爱了老钱的一点儿皮毛。以前的孟香虽说不是冰雪聪明的那种，至少也是机灵的，做律师的时候，和肖兰也有得一拼，伶牙俐齿的。可这件事让她变得迟钝起来，人像老去了十岁。起初她倒是没有怎么哭，反而是钱教授，流了好几回悔恨而歉疚的泪。

很快日子又照样过下来。只是，孟香做菜，不是忘了放盐，就是咸得像打翻了盐罐。和大道视频的时候，大道吃惊地问她是不是病了。过后她照照镜子，发现自己真是瘦了一圈。而钱教授呢，每逢要出差，必会打足预防针，提前几天一点点告诉她，去哪里，干什么，和谁去，总之是小心翼翼的。这小心翼翼，让他们的日子变得别扭起来。

肖兰曾这样安慰孟香："忘了那件事吧，男人这种动物，天生没有贞洁可讲!"

高速公路两边的绿化做得很好,草木葱茏的样子。远远近近的小山上点缀着一小片一小片的绯红,不是映山红,就是山桃花。孟香记起来曾经跟老钱走过这条路,那时还是窄窄的一条柏油路,时常有人哪猪哇狗哇横穿马路。有一回,她怀了大道不久,老钱的堂婶病危,他们赶回去送堂婶。老钱的父母在他上高中的时候就相继过世了,全靠着住在同一个村子里的堂叔照顾他。汽车开到一个叫太合的村子附近,一只大黄狗冲上马路,司机一脚急刹车,孟香就见红了。他们赶紧下车,拦了辆回城的的士直接去了医院。后来老钱时常把幼小的大道举过头顶摇晃他,说:"你这臭小子呀,还没出生就学会了捣蛋!"还有一回,春节,堂叔的儿子结婚,他们带着大道回去,说好要去给大道的爷爷奶奶上坟的,结果在堂叔家的炕上睡了一晚,她自己就发起烧来。第二天,她趴在炕上,哈着热气用手指抹开窗玻璃上的冰花,看见老钱和大道包裹得像两只一大一小的熊,在堂叔和几个晚辈的陪同下,踩着厚厚的积雪去屋后的山坡上上坟,她盯着父子俩的背影久久看着,他们走路的样子是那么像,看着看着,她不由笑了。别的她真是没有太在意。有一点,是这件事过后她自己慢慢发现的,就是,老钱老家的人,不知为何,从未来过他们家,这么多年,一次也没有。孟香意识到自己可能是有些冷漠的。有次她去探望母亲,看见母亲日渐衰老的样子,提议道:"要不,还是搬去跟我住吧。"母亲淡淡一笑,并未答应:"等我再老一老吧。"母亲真是这个世界上最了解她的人。母亲从不抱怨,她的每一天都如那个带着孟香去殡仪馆送别父亲的下午,总是一脸顺从与平和。曾经,孟香对母亲的平和充满怨恨。现在想来,也许,母亲只是比她更早地接受了生活的告诫:所有的挣扎都是徒劳。母亲用忍耐为自己留住了别人不能给予她的一点儿体面。明白了这一点,孟香不禁泪湿眼眶。

张河村的河对岸是一个集镇,孟香停车去买东西。家里买了车后,每次老钱回老家,他都要在小镇一家叫吉美的卤肉店买卤猪脚回去给堂叔。老钱自己似乎也是特别爱吃这种又咸又腻的冷猪脚,曾经还带了一包回去跟她分享。她当然是没有吃。自堂叔在乡计生站找了份看门的工作后,老钱回去看过一次,就再也没有回去过。

"我们在这边喝酒,那边就关着几个家里有人超生的老乡,其中还有同庚叔,堂叔的腰带上别着钥匙,他端了杯酒走过去,和他的同庚各安其命地隔着铁门上的栅栏喝了一杯。唉,这番景象,我光是瞧瞧,就怎么也喝不下去了。"老钱回来后对孟香描述在计生站的所见所闻,她没有什么兴趣,本能地拒绝这些。后来孟香再也没有听老钱提起过老家的人和事。

小镇只有直直的一条街,孟香把车停在一棵白果树下,没走几步就看到了卤肉店黑底红字的招牌:吉美卤肉店。迎门的玻璃柜台里成列着一盘盘的卤货,有里脊、凤爪、牛肉、鸭脖等,当中摆着一大盘年糕状的卤猪脚。猪脚剁成小块煮熟了,连汤冻起来,过后再切成小方块,盛在白瓷盘里出售。瓷盘前立着的小纸牌上写着"水晶猪脚"的字样。柜台上方一溜儿十来个小风扇不停打着转,驱赶着试图扑向卤肉的苍蝇,也把小店扇得香气四溢。卖卤肉的大娘头戴一顶白帽,非常利索地用牙签叉了一块肉冻递给孟香品尝。孟香注意到大娘背后的墙上,醒目的位置挂着块木牌匾,上面除了斑斑点点的苍蝇屎,还用俊逸的行书写着一个与"吉美水晶猪脚"有关的故事。原来这家店主姓陈,水晶猪脚的历史可以追溯到乾隆那一朝,与陈家祖上一个叫吉美的进士有关,总之是寒苦的读书人,一朝及第,令猪脚得以传承。孟香的目光从牌匾上一掠而过,不用细看,她大约也知道这牌匾上无非是在说这水晶猪脚是进过宫的,或者有关孝悌,再或者是出自一段夫妻患难的典故,先是家境贫苦,相濡以沫,后学而优则仕,糟糠之妻不下堂……猪脚与美德联姻,得以代代相传。关于美食的典故,左右不过是这些。孟香无聊地胡思乱想着,把肉冻送进嘴里,说:"来五斤。"

大娘一边称猪脚打包,一边笑眯眯地问:"从城里来吧,去张河村吗?"

孟香暗暗用舌尖蹭擦着黏在上颚的未化开的肉冻,点了点头。

大娘上上下下打量了孟香一眼,道:"是孙家还是钱家?"

"钱家。"孟香答道。

"哎哟!"大娘一拍巴掌,叫着老钱的小名说道,"你是钱家喜乐他媳妇吧!有年头没见你了——怎么倒一个人回来了?"

"哦,回来,看看……"孟香连连应着。在和张河村还隔着一条河的地方,她成了喜乐媳妇!

大娘又拿出一个包装袋来，往里放了几根鸭脖鸡爪之类的东西，和包好的水晶猪脚一起放进一个大塑料袋里。大娘指指身后的牌匾乐呵呵地说："喜乐媳妇你可能不知道吧，这故事还是喜乐从古书上找到的呢。现在方圆几十里，谁不知道吉美的水晶猪脚呢？小时候的喜乐常常跟在叔叔的后面到镇上来，叔叔去市场卖菜，他就坐在我们门前的石阶上，一坐就是半天。我们卤肉店的香气可是熏陶过一个大教授的呢！"

孟香抬头看着大娘身后的牌匾，依稀认出来是老钱的笔墨。这件事她从未听老钱说起过，大约他自己，也有不足为外人道的感觉吧。他从来没有要求她去亲近他老家的一切。那个晚上，他们喝完一瓶红酒，孟香还是忍不住开口问，问那十分之一与十分之九，她实在是想知道。老钱表情十分复杂，他把一只手重新又捂到宽大的下巴上，说："我是慢慢才明白的，人不能两次踏进同一条河流，这句话，用在很多地方都很贴切。就拿故乡来说吧，故乡，可能在一个人越来越长的回忆中，渐渐就变成了一种向往，注定是不能用回去这种方式抵达的向往，就像理想啊，真啊，还有……"两鬓灰灰的老钱用孩子似的羞愧的眼神看着孟香，小心翼翼地说道："还有爱。也许，这些，都是另一种形式的，乌有乡。所以，最重要的并不是寻找。"

出了卤肉店，孟香慢慢把车开出小镇，街道两边全是一家挨着一家的铺子：水果铺、网吧、杂货铺、饺子馆、成衣店……有的店铺甚至把货物摆到了街道边。一家卖瓷器的，青花瓷瓮从店铺前的台阶上一直漫到街道上，乍一看去，就像从店铺里吐出来的一条怪异的舌头，冰凉、黯淡、毫无生命气息。孟香小心翼翼地把车绕着开了过去。

孟香开着车到了张河边，窄窄细细的一条，河面上漂浮着暗污的垃圾。远远能看见张河村那几棵高大的白杨树和一片红红的屋顶。"你是钱家喜乐他媳妇吧！"孟香望着汽车前方张河村的方向，卖卤肉的大娘那乐呵呵的声音似乎就在耳旁。肖兰在达尼村的男友姓赵，孟香想起来，有一段时间，肖兰QQ上的签名是"赵肖氏"。

"喜乐媳妇！喜乐家的！"孟香自顾自念叨了两声，不禁笑了。这称呼就像两顶帽子，谁都可以戴。

从高速公路上下来，孟香把车停在路边，打开手机，进来钱教授的短信，她想了想没有打开看,而是给孙俊文打了个电话:"你们下午的排练几点开始?"孙俊文听出来是孟香的声音,很高兴,说:"孟老师,我一直在等您的电话,您能来真是太好了,排练下午三点开始,在游泳馆南侧的小礼堂里。"

把车停到游泳馆旁的停车场,孟香在车上小憩了一会儿。来来回回开了六个多小时的车,她有些累了。《红楼梦》里官司不少,也不知孙俊文他们选的是哪一出,放弃去张河村的那一刻,她陡然对孙俊文他们排的这出剧产生了兴趣。孟香进了小礼堂,发现排练刚刚开始了。她找了个位子坐下,看见舞台背景显示是在一个月夜,舞台中央摆着张小桌,一女子坐在桌前做拭泪状。一个书生打扮的青年手持一把折扇从舞台一侧徐徐迈出,缓缓道:"今古情场,问谁个真心到底,魑魅人世,抽身始看清明。小生冯渊,自幼父母双亡,且无兄弟,家有几亩薄产,老奴二三……"

原来选的是"葫芦僧乱判葫芦案"。孟香认出这扮书生的青年正是孙俊文,一袭长衫下倒又露出双篮球鞋,她不禁笑了。

"长到十八九岁上,何曾识得这情字!皆因一向所遇女子,不过庸脂俗粉,小生我青春年华,却是情窦未开,因好与同乡才俊交游,世人诬我是个Gay(同性恋者)……"这中英混合的台词引得剧场内的观众都笑了。

"人嘴里哪来干净之人?知我者谓我仪方,不知我者谓我轻狂!"书生面向坐在桌前的女孩做遥望状,"忽一日在市集遇到她,只因遇见她呀,小生愿把前情尽昧,舍富贵,弃功名,浪静风平,去花前月下,厮守终生。"书生驻足不前,痴痴望着桌后的女孩。幕布徐徐合上。

幕布重又拉过,舞台中央站着一排身穿现代服装的男生,孙俊文又换了身朝服,摇摇摆摆从他们面前走过。他边走边念:"曾也似宝玉椟中求善价,曾也似金钗奁中待飞时……"孟香知道这是贾雨村,只是演贾雨村的孙俊文太过年轻,不得不在唇上粘上短髭,以衬雨村的中年。孟香饶有兴趣地看他慷慨激昂:"蒙皇上隆恩,起复委用,再造之恩,当思殚精竭虑图报!此一案,必秉公执断——"说到这里,他身后那一排男生齐声喝道:"这些大道理,这世上如何行得去?!如何行得去?!"孙俊文在一连声"如何行得去"的呵斥声里灰溜溜退回去,一时他步履踉跄,帽歪鞋落,惹得观众大笑不已。这贾雨村退到舞台一侧,重又整顿衣冠,换上了一副滑稽的表情,一步一摇走到舞台中央,摇首仰天长叹:"当日志凌云,如今檐下身,就当是一场白日梦，且把书生意气抛……"这时，孙俊文身后的那一排男生有节奏地摇摆着身体，开始用低沉的嗓音唱起来：

> 以后刻画的梦里
> 我是别人
> 白衣飘飘，踏歌而行
>
> 最近刻画的梦里
> 我还是我
> 分不清欲望和其他事物的区别
> 讨厌所有尚未回返的影子
> 但是死在期待中也在所不惜
>
> 偶尔也会在一个人的时候哭个不停
> 我得变成我呀
> 我如何变成我呀
> 那如花儿般易凋的香魂
> 那如一缕清风吹过的一生
>
> …………

　　孟香听出来他们唱的这首歌，是根据一首叫《席德与白日梦》的流行歌曲改编的，某些歌词与曲调的改变，很好地衬托了剧中的荒诞与无奈。可是看着看着，孟香不由收敛起笑容。不过是些不谙世事的孩子弄的闹哄哄的一出戏，可是他们，不经意间，似乎已将世事洞穿。她不禁有些心痛。她想起来新学期第一堂课上，她问学生为什么选修这门课，回答真是五花八门。孙俊文的回答是"失恋"，引得满堂哄笑。孟香记得自己当时并没有笑，孙俊文的回答很认真，她想，或许是真的。人这一辈子，就像在雾中行走，有时候豁然开朗，有时候并不能看得真切，谁又能真正了解一个人呢？所以孟香当时也正儿八经地对孙俊文说："但愿这门课能治好你的失恋症。"

孟香起身黯然离开剧场。驱车回家的路上,她看到太阳一点一点地滑落到了海平面之下,不久,海面上升腾起淡薄的白雾,白雾从海上出发,迅速地向陆地漂移,暮色就像站在雾的翅尖上,一点点向城市逼近。孟香把车停在路边,痴痴地看着眼前的一切……很快,雾笼罩了一切,带着海水的咸腥味,打湿万物,无声无息,却也惊心动魄。

(原载《芙蓉》2011年第1期)

相书生

不过是十来分钟的时间，本来空空荡荡的巴士就像变魔术一样挤满了人与行李。大约是为了中途下车方便，有的人甚至把拉杆箱提上来，放在了座椅之间狭小的走道上。后面上车的人一个个侧着身子，小心翼翼地绕过那些长着四个滑轮的箱子。箱子的手柄上都贴着带条形码的纸条，它们和人一样，刚刚从千里或几千里之外的某个城市，乘坐不同的航班汇集到这小小的车厢里，都风尘仆仆的，带着些陌生的异乡的气息。

何长江上车的时候车厢里还很空，他直接走到最后一排，把自己扔在靠窗的座位上。陷在包着蓝色座套的座椅里，他感到了说不出的疲累。有多久没有来机场了？博士毕业后他飞来这里，到这座城市的一所不错的大学工作，五年的时间，除了一年两次要出去给各地自杀干预中心的志愿者培训，还有就是偶尔的学术研讨。他给干预中心的培训是免费的，连路费也是自己出，所以他都是选择坐火车出行。学术交流也一样，人文学科研究项目的经费里关于调研旅费的预算，也就够坐火车的。要不是这次他以前的女友过来，他可能一时间也不会来这机场。这机场对他来说，竟是可有可无的。但机场真是一个充满活力的地方，入冬了，室内的草木都还青翠欲滴，人们衣着光鲜，行色匆匆。

何长江把头斜靠在凉丝丝的窗玻璃上，慢慢把目光投向机场上方的天空，深蓝的天空，有几只麻雀从这暮色渐浓的深蓝里无声划过。刚刚，波音747

带着他的前女友一飞升天，消失在这深蓝里……他记起来小时候和祖母在稻场上乘凉，看见过成群的白鹭在傍晚深蓝的天空里掠过，影子一样的身形，唯有翅尖上的一点儿白，像道光，瞬间将薄薄的暮色照亮。有一次，他现在的邻居——苏克太·阿里，说到他家乡傍晚的天空，那儿竟然是无数雄鹰停泊的港湾。在阿里的描述中，傍晚时分汇集到卡拉奇上空的雄鹰，仿佛是一个个疲倦的归者，它们伸展双翅静静地漂浮在深蓝的天空中，一动不动，似乎沉入梦乡，纵使有火光冲天的爆炸发生，纵使有人无聊到往天空放枪，都不能惊扰到它们。

何长江的前女友是他读大学本科时的同学，父母都是军人，她从小在湘西由奶奶抚养长大。前女友擅相面，从刚踏进大学的新生军训开始，她的周围总是会围着一拨人，时常有女孩被她说得一惊一乍的，很是热闹。何长江记得自己当时身为班长，对她的这种小把戏很不屑一顾。那时的他还是一个倔强的乡下少年的模样，皮肤晒得黑黑的，脖子拧得比谁都直。有一回大家嬉笑着把他推拥到她面前，说："给班长相相！"女孩看看他，又看看他，说："有什么好相的，书生相！"似乎是一语中的，后来多少同学都经商从政，唯有他，始终是一介书生。

前女友有先天性心脏病，一张脸常年呈青白色，双眼细长，眼梢直插入发际，整个人看上去有股巫魅风。有一次自修室没有其他人，她为何长江表演了一出"纸人捧水"。她坚持让何长江发誓不告诉别人，何长江允诺后，她从一个练习簿中撕了张纸，剪成一个人的形状，用一枚图钉钉在课桌一侧，她闭上眼，双手合十，口中念念有词。何长江一开始还带着玩笑的神情看着她，后来的事情却让他大吃一惊。她念完祷词，把纸人两手一合，直接让它捧住了何长江那个装满了水的大水杯。何长江到现在还记得当时的情景，自修室里开着四只白炽灯，照得窗口的梧桐树半明半暗，有不知名的虫子在窗外的草地上啾鸣。

他们的分手就像他们的开始一样毫无预兆，毕业的时候，他们计划一起去广州，只是走到半路上，前女友就被父母截走了——他们早已为自己的女儿安排好了一切，就像一切有能力的父母一样。这场恋爱留给何长江的只是心痛，这十来年里他近乎奢侈地时不时回味，捂在胸口这些年，渐渐就似一件贴身佩戴的珠宝，温暖起来，变成了生活里一个不可或缺的伴侣，在他不如意的时候会站出来抚慰他，对他低语："瞧，爱，你也是有过的！"

偶尔，他会发个邮件问候她，像个老朋友一样。自从知道她出差会路过这个城市，他就一直处于某种期盼中。他的现任女朋友——药学院的实验员小林正好要回老家参加表妹的婚礼，尽管他不承认，但他确实曾在内心里交织着激动与欣喜，期盼着前女友的到来——绝不是出于什么非分之想。然而，终究，他们的见面，不过是一对分别了十多年的老同学的见面。毫无疑问她过得很好，面色红润，一扫以前的苍白。当初她的母亲为她挑选的夫婿门当户对，现在也事业有成。

"过得好吗？"前女友问。

"你相一相不就知道了？"何长江笑着答。

前女友也笑了。

"呵呵，不过是一介书生，有什么好相的。"何长江又说。

"嗯,应该是不错的。"前女友上上下下打量他一番，笑着说，停顿了一下，她又接着说，"只是，似乎少了些东西呢，比如……骄傲。"

他不由愣了一下。骄傲，他原本以为自己是不缺的。

咖啡馆里，衣着入时的她端坐在他的对面微笑。但没有多久她就显出了一丝失望与不耐烦，她的眼神不经意就会飘远，一飘远就是万水千山。这情形于他，就像在茫茫人海中发现了一个久违的亲切的背影，兴致勃勃地追过去，拍拍那人的肩头，回过头来的，却是一张完全陌生的面孔。

他们沉默了好一阵儿。前女友又安慰似的对他说："你不要介意呀，相面这种事情，不过是游戏罢了，再说，五年前我做了心脏移植手术，现在这里跳动的是一个二十岁男性死刑犯人的心脏呢。"前女友指指自己的胸口戏谑地笑了。一会儿之后，她的身子突然向他倾过来，她拉过他的一只手，轻轻放到她的胸口上，然后看着他的眼睛，压低声音道："瞧，跳得多带劲儿啊！我丈夫费了一番功夫弄来的，它很年轻，是不是？"

何长江不禁愕然。

"年轻的时候呢，我们总以为自己是特别的。"她松开他的手，不无嘲讽地说，然后将身子靠回到椅背上，脸色暗淡下来。

他们再次沉默。后来他们到底又耐着性子说了几句无足轻重的话，谈了几个毫不关己的人，好容易才挨到可以挥手再见。看着她依然婀娜的身影消失在安检入口处，他突然明白她是来放下的，或者说是来收回。

她过得好，就好。此刻，他望着机场上方的这一片深蓝想。

何长江回到学校，天已完全黑了。机场巴士不经过这所大学，他下车后打了辆出租车。开车的师傅刚刚在一个十字路口被交警开了一张罚单，一路上都有些怒气冲冲的。这师傅大约是长期开夜车熬夜的缘故，看上去虚胖憔悴。他工作制服的上装只剩下了两粒纽扣，紧绷绷地裹住满是怨愤的身子。衣服的下摆岔得很开，露出左一层的毛衣右一层的秋衫——没有客人的时候，他大约也是不舍得开暖气的。车里有一股难闻的浑浊的气味，有这师傅的，还有先前无数陌生乘客的，给人一种强烈的不洁感。出于某种无处发泄的怨气，师傅的右手不时重重拍一下方向盘，大约要顾及客人的感受，又不得不尽力把这动作做得不经意——这真是委屈了他！何长江都有些不忍心看他，把脸扭向窗外。从巴士上下来的时候，他被过道里的一只拉杆箱绊了一下，一只脚扭了，左侧的手臂重重磕在座椅的护手上，此刻都有些隐隐生痛。

窗外路灯昏黄，因为没有风，路两旁的松树影影绰绰的，在昏黄的灯光里静默，看上去就像睡着了一样。

人活着是不免要受点儿委屈的。何长江看着窗外分外沮丧地想。比如自己，这些年来，为职称，为课题，为一处小小的栖身之所，为各种各样不得不在意的事，他也是要时不时委屈自己一下的。他差不多都忘了刚上大学那阵儿意气风发的自己，还有小林，对，小林，药学院实验室的工作真是份无望而辛苦的工作呀。

何长江下了车，走到宿舍楼下的小花园里，抬头看见自家的窗口亮着灯，显然小林已经回来了。隔壁房间的窗口漆黑一团，那是苏克太·阿里的房间。苏克太·阿里是环境科学学院的博士留学生，本应住在留学生中心的，因为他报到的时候都开学两个多月了，留学生中心的宿舍住满了，所以学校就安排他住到了这里。阿里是巴基斯坦国卡拉奇人，比何长江年长三岁。两人结伴爬了几次崂山，熟了，何长江就开始叫阿里"老苏"，渐渐知道老苏已婚，孩子有四个，在国内从事环境影响评价的相关工作，借助一个国际环保组织的资助，只身一人来中国求学，攻读环境科学与管理的博士学位。

何长江停下脚步，站在一棵落光了树叶的樱花树下发起呆来。这是初冬的夜晚，寒意袭人，月光如水如冰，似乎触手可及，加重了这夜晚的寒意。老苏晚上很少出门，这个晚上他去哪里了呢？小林住过来之前，老苏偶尔会到何长江那儿串个门，坐在何长江唯一的一张椅子上看看中国新闻，和何长江探讨一下国际局势，不出二十分钟必会起身道别。小林住进来之后，老苏就不来串门了，门对门住着，有事也是打电话，在楼道碰到小林，老苏会很恭敬地叫她"何太太"。

老苏不会说中文，何长江迁就他，说英文。中国多年来无比强势的英语教育好歹收到了一些成效，那就是极大地方便了外国人，外国人到了这个国家，不用说汉语，只要会说英语就可以畅通无阻。何长江所在的这所大学有很多外国留学生就不会中文，因为老师们差不多都可以用英文讲授。奥运会过后，就连校门口卖水果的老大娘也可以说那么一两句英语呢。

老苏中等身材，一头漂亮的棕色卷发，下巴总是刮得乌青，人非常有意思，规规矩矩的，话不多，英文带着巴国口音，每个单词都打着滚儿从舌尖上出来，听上去活泼得很，但不知为什么他本人看上去却显得很忧郁。何长江在老苏面前曾经是有那么一份优越感的。他有些羞赧地想起来他们有一次一起去爬崂山的情景。两个人背着食物和水，上了一辆公交车。因为是个周末，车上特别拥挤。老苏盯着窗外看了一阵儿，说："这个城市真安静！"他看着窗外的车水马龙，显得有些心事重重。

没错，这个城市有它得天独厚的动人之处，它有蜿蜒曲折的海滨，还有绵延不绝的山岭，实在是称得上迷人。但是它从来没有让何长江觉得安静，只要走出校园，他就会觉得这个城市是那么吵闹，充满着紧张关系。到处是不守规矩的汽车，到处是神色戒备的行人，连那些高楼也是吵闹的，它们互不相让地拥挤成一团，看上去让人生厌。没有想到苏克太却觉得它是安静的。何长江记得当时他和老苏各自抓住头顶的手环，身子随着汽车的行驶轻轻摇晃，阳光透过车窗照在他们身上，暖融融的。何长江想到了电视新闻里的卡拉奇，偶尔有爆炸发生的卡拉奇……何长江的心慢慢柔软起来。那一刻他发现自己原来对这平和的日子是充满感激的，并且因为老苏，他简直是有些得意地爱上了这个他生活了五年的霸道的城市，爱它街道上那些表情冷漠的行人——这让他自己都吃了一惊。

何长江在落光叶子的樱花树下站了一会儿,向小花园内的便道走去,那只扭伤的脚踝使得他的脚步有些蹒跚。除了一圈用作篱笆的忍冬是绿色的,其他树木早已是光秃秃的了,这园子因此就显得疏朗,不似春夏的拥挤喧嚣。寒冷让万物都收敛了,这些落光叶子的树尤其如此,没有风的时候,它们安静伫立的样子,让人想到那自省的人。

从宿舍楼各个窗口透出来的灯光都是冷冷的白炽光,只有他和小林的窗口是一片暖暖的橘黄色。女人天生是温暖的动物。尽管小林不怎么爱说话,但有小林在,屋子里就显得热闹、温暖。他们的房间其实很小,是学校在读博士生的宿舍,一个十五平方米左右的小单间,带着狭小的厨房、卫生间。何长江博士毕业进这所大学,算是人才引进,按政策他可以分到一套租住期为五年的周转房。学校的周转房有大有小,有的人才能分到大的,有的人才分到小的。何长江等了很久,在同事的点拨下,最后好歹也分到了这一套。他记得当时从那位终日酒气熏人的书记手上拿到这个小单间的钥匙时,他还是很开心的。他曾给这个小房间取名"观海斋"。有那么一阵儿,每次做完文章,他都会一本正经地在文末写上个"某年某月某日于观海斋"。

起初,何长江一个人住,他从来没有觉得这个小单间小。小时候在乡下,他和祖母住在一起。祖母房间里只有一张带踏板的朱漆斑驳的旧木床,靠墙根放着一溜儿腌菜坛子,他写作业是在一张小方凳上。下雨的时候,祖母在地上摆放瓷碗接漏,屋外滴滴答答,屋内叮叮咚咚。只要继母不来祖母门前叫骂,日子就过得很开心。

药学院的实验员小林搬进来后,这房子才慢慢"小"了起来。除了两柜子书,何长江的全部家当都在床下的一个庞大的拉杆箱里。身材瘦小的小林像只勤劳的蚂蚁,不停往这屋子搬东西,渐渐就把这屋子都塞满了。先也是一个拉杆箱,后来陆陆续续又添了些杂七杂八的东西。比如原先厨房是空的,现在厨房里就有了锅碗瓢盆,还有了一个小小的冰箱,冰箱是药学院一个调走了的老师不要了的,小林把它要了过来。何长江由着小林往这屋子里塞东西,他由着她。

小林比何长江大两岁,他们是在爬崂山的途中相识的。有一年教师节,学校里的登山爱好者组织爬崂山的活动，不爱户外运动的小林被同事强拉了去，一伙人从一个叫竹窝的村子进山，顺着一条废弃的军用便道爬到黑风口，傍晚的时候在山顶一个叫道德经的背风处安营扎寨。半夜时分他们看到了流星。都说看流星是件浪漫的事，也许真是这样，当时何长江和小林并没有什么特别的感觉，可是这次活动过后不久，他们就谈起了恋爱。就像某些人的胃口会随着地位的升迁而被不知不觉弄大一样，生活在不知不觉中让他的胃口变小，他最终成了一个很容易知足的人。每当他和小林在房间里恣意亲热的时候，他就会很感谢这所大学给了他这个小小的栖身之所。至少，他不用像那些年轻鲁莽的学生那样，情急之下带着女友去钻小树林。

小林搬进何长江的小单间后，最初她偶尔也跟何长江嘀咕那么一两句：什么时候买个大点儿的房子呀？将来……她所说的将来，应该是指结婚有了孩子后，或者是不小心有了孩子要结婚的时候。小林的语气听上去像个忧心忡忡的母亲，何长江总是摸着额头，尴尬以对，看上去就像个不成器的儿子。何长江办公室的抽屉里藏着一只素净的白金戒指，没有房子，他一直没好意思拿出来向小林求婚。书山有路不通富贵，在房子这件事上，他自感是百无一用的书生。

记得有一天，在吃晚饭的时候，小林突然对何长江说："周转期到了我们也不搬，管它呢！"她直直地看着何长江，坚定地说："校长每个月发多少钱给你，难道他不知道吗？这点儿工资，不吃不喝一年也只能买一两个平方米，要是非要我们搬，我们就住到校长家里去。"一副打定主意要做泼妇的样子。原来这天小林在办公室上网，看到了一则新闻：Z省一位留美归来的博士跳楼自杀了。据媒体报道，博士回国后，在一所著名的大学找到了一份教职。可是这份体面的工作的收入跟房价比起来实在是不够体面，博士买不起房也买不起车，生活拮据，觉得无颜面对妻儿，羞愤交加，一死了之。这消息让小林非常震惊，她可不想让何长江死。

何长江看着楼上那橘黄的灯光，想他和小林之间，更多的应该是一种怜惜，相互的怜惜，而这怜惜，就是寒微的他们在这世上的最贴身的一件寒衣。而爱情这件华服，是多么奢侈啊！

"你的太太……"

似乎前女友不经意地问过这么一句,何长江想不起来当时是怎么回答的了。

妻子、母亲、女儿,这是一个男人生命中最重要的三个女人。可是,好像是从母亲开始,何长江面对她们的时候心里总是那么地无助,甚至有种说不出的痛。

何长江的房子里只有一张桌子,这张桌子既是饭桌也是书桌,就摆在双人床边。许多个晚上,何长江坐在床沿边看书,小林背后拖着一根松软的辫子在屋子里忙碌。小林脚步很轻,走起路来无声无息。看着悄没声息忙碌着的小林,何长江会想起他的母亲。祖母屋后的山坡上,一丛翠竹旁边,躺着他的母亲。他小的时候,一年中有那么几天,比如年三十的傍晚、清明节、农历七月十四日,祖母都会带着他去给他的母亲烧纸磕头。

"又云,你在地下保佑长江啊。"祖母叫着母亲的名字,对着一堆长满蒿草的土堆说。

何长江抬头望望冬夜清冷的夜空,仿佛看见健硕的祖母生气勃勃的面孔。祖母穿四十二码的鞋,个头比父亲还要高出一截,在幼小的何长江眼里,是一个比父亲还像个父亲的女人。继母无端来门前叫骂,祖母摸摸何长江的头,夹了一筷子菜到他碗里,祖母听着屋外粗俗的叫骂,只是叹口气,说:"造孽!"

祖母是突然衰老的,大学二年级的那个寒假,何长江回到家里,发现祖母躺在床上已不能动了。祖母挣扎着对他说:"对你姆妈,我……有交代了……"

他的母亲是在他三个月大的时候,受到他父亲的斥骂后喝农药自杀的。父亲喊母亲搭把手抬风车出去车稻子,她抬起来走得跌跌撞撞的,风车把杉木门框刮掉一块。父亲暴跳如雷,骂道:"你看你有啥用!老子背大时,这辈子都得把你当个菩萨样供起来!"父亲的稻子还没有车完,母亲就在偏屋里喝了农药。

何长江硕士阶段选修心理学,从读博士起又一直研究自杀问题,似乎就是为了寻找接近母亲的途径,好分担她生命中最后一刻的绝望。母亲把幼小的他抱在怀里,听到父亲叫她,把乳头从他的嘴里抽出来,亲了亲他粉嫩粉嫩的小脸,把他轻轻放在摇篮里走出去……几分钟过后,母亲倒在杂屋的地上,浑身散发着刺鼻的药水味。他愿意相信他的研究能达成这样的梦想:如果有一天时空倒流,就像许多部电影里所描绘的那样,他要在母亲拿起农药瓶的那一刻,用一句轻轻的呼唤来制止她。

尽管母亲早已不在人世,但出于一个儿子与生俱来的对母亲的某种神秘的感应,从很小很小的时候开始,他就不自觉地捕捉跟母亲有关的一切信息。窗台上一只生了锈的发卡,衣柜抽屉的角落里一只红色的印有喜鹊登枝图案的袜子,还有人们偶尔的三言两语……他从那些零零碎碎的信息里隐约了解到的母亲,是一个有着前女友那样苍白的脸色,像小林一样单薄温顺而内心要强的女人。

"唉,生完孩子都三个月了,还没有干净,脸白得像张纸一样呢。"

提到他那年纪轻轻就死去了的母亲,祖母不止一次这样跟人说,仿佛这"没有干净"就是他母亲真正的死因。那时他还那么小,每每听到这样的话,他那颗小小的心就会不明缘由地紧缩起来,产生一种强烈的不适感。

"你这是怎么了?"小林伸出一根指头,摩挲着何长江胳膊上的那块淤青。灯光下她的眼睛看上去有些红,也许是她哭过,也许是在表妹的婚礼上喝了酒——他知道她一喝酒就会眼红。

这块淤青在小臂外侧,呈长条状,灯光下看上去像一道幽深的伤口。何长江伸出手去,将小林的那只手握在掌心。他在楼下待得久了些,此刻双手冰凉。尽管生活有些艰难,在这个物价高昂的城市,他无房无车,做着一份薪水微薄的工作,可是她从来都没有想过要放弃和他一起生活下去。这,大约就是爱。何长江握着小林温暖的手默想。

小林从何长江手中抽出自己的手,开始梳理一头长发。她歪着头,目光茫然地看着身子一侧的某个地方,踌躇良久,道:"傍晚的时候,老苏来道别,他回国了——"

"什么?"何长江很吃惊,抬起头看着小林,"是什么事这样急?"

上周他就和老苏约好这个周末一起去爬崂山的,是太合那边一条他们还没有走过的路线。他已经习惯了老苏这样的驴友,寡言少语地跟在身边,两个人认真地经过那些美丽生动的丛林和溪流,人生种种悲喜通通都消失在时间的背后。

"老苏的母亲去市场,汽车爆炸了。"

何长江把一只手捂到嘴上,半天说不出话来。他的脑海里闪现出有一次老苏对爆炸的描述。

"声音是很沉闷的,但是家里的窗帘会像鼓足了风的帆一样鼓起来,两三秒之后,噗一下重又被吸回到窗口……生活继续向前。"

而此刻,何长江却无法想象这个时候的老苏,正怀揣母亲的噩耗,孤身赶路。

他曾经问过老苏,为什么要学环境管理。老苏回答说,为了让家乡更美好。似乎是揣测到何长江的困惑,老苏又补充道,不管别人怎么看待今日的卡拉奇,他始终认为自己的学习与研究都将是非常有意义的,一定有那么一天。

为了家乡更美好。何长江记得当时他不能确定从老苏舌尖上打着滚出来的英文就是这个意思,但他还是被老苏的回答震住了,刹那间内心里充满了对老苏的敬意。他觉得老苏就像傍晚时分汇集到卡拉奇上空的雄鹰一样,有着一个枪声也无法惊扰的强大的梦。这一点让他既羡慕又羞愧。

"老苏说如果下个学期开学他还没有来,他房子里的那台吐司炉就送给我们做个纪念。"小林说。

何长江黯然。

小林斜靠在床头翻着本家居杂志,哗哗的翻动声显示她并没有在认真看这本杂志。她看上去似乎有些心事重重。何长江恢复到日常的状态,在床边坐下,打开桌上的电脑收看邮件,他问小林:"你表妹的婚礼,怎么样?"

"不过是场热闹罢了。"小林继续把杂志翻得哗哗响,良久才回道。

床边的桌子上有一壶未喝完的冒着热气的茶。过了一会儿,小林从何长江身后伸出一根手指在壶身上画来画去,说:"他也去了。"

何长江知道小林所说的他,是指小林的前夫。小林和表妹是姨表姊妹,那个他,和小林的表妹是姑表兄妹。小林曾经用林黛玉、贾宝玉、薛宝钗这三个人来解说她和前夫以及表妹之间的关系——怎么说听上去都是青梅竹马。这个他,大出小林和表妹一截,曾是一位宽厚的兄长。

何长江知道小林的前夫曾是药学院的教授,小林是以人才家属的身份来到这所大学的。后来,药学教授因为陷入与女学生的绯闻,而不得不去了另外一个城市的某所大学，小林不愿意如此屈辱地跟随，便与前夫离婚留了下来。

前夫曾理直气壮地斥责小林的不宽容："你以为你还能找得到比我还好的吗？"实验员小林出于强烈的自尊，面罩秋霜，沉默不语。

何长江没有见过小林的前夫，他来这所大学的时候他刚好走了，何长江只知道药学教授不但为人八面玲珑，而且学问做得很好，是一个很有才华的人。何长江想起多年以前，前女友曾为他解释什么是书生相："摇着纸扇，身后跟着书童，从翠柳飘曳的长堤上走过，顾盼生辉的，是书生；布衣粗食，两耳不闻窗外事，一心只读圣贤书的，是书生；满腹诗书，或混迹于勾栏酒肆，或种豆南山的，是书生；粗耿莽撞，动不动以死相搏的，还是书生……"

何长江在博士阶段做过一个有关知识分子自杀情况的学术调查，通过这个调查，他曾经得出过一个结论：个体的自杀行为都是基于深层次的社会因素，而中国知识分子是最容易受到这些社会因素影响的一类人，在同样的不利情景下，他们自杀的风险远远高于工人、农民。知识分子不过是普通人，他们何以能独善其身！即使是现在——物欲横流的现在。

"似乎是，少了些东西呢，比如……骄傲。"

此刻，何长江不得不承认，前女友的这句话，多少有些刺痛他。

何长江一手托腮盯着电脑屏沉思：不知小林的前夫是属于哪一类书生。

小林把杂志丢到桌子上，将身子滑下去躺好，对何长江说："他和你是不一样的人。一个课题拿下来了，他先是去吃顿饭。有一回更离谱，是到一个足浴城办了张价值五万元的贵宾卡。"

这样的事何长江并不陌生，他自己，为了评上正教授，正在努力申请一个省部级课题，如果成功，那也是难免要感谢领导和朋友的，吃饭，大约也是少不了的吧。这吃饭的钱，不从课题经费里出，又从哪里出？

何长江还是扭过身去，看着小林发出一阵轻笑，道："五万元的足浴卡！他难道是蜈蚣，有多少只脚要洗？"

"也奇怪呀，山里长大的人，十岁以前都没有穿过鞋的，上山放牛就那样光着脚满山跑。读过那么多的书，突然这脚就娇贵起来，隔一两天就得去泡泡，让人按摩按摩，不然就会这样那样地不舒服，到后来脚丫子都洗烂了——他是一个有本事把自己活得跟以往毫不相干的人。"小林笑了下，摇摇头，头发在枕头上擦出了沙沙的声响。

何长江知道，从来不曾缺少这样的读书人，他们的能力很强，生活上不拘小节，挥斥方遒，亦正亦邪。他们在任何时代都会比较讨好。小林沉默了一会儿，又说："他的祖上倒出过一个进士，官至翰林，有一年为恳请朝廷开仓赈济灾民，以死谏言，触柱而亡。"

何长江陷入沉默。历史上这样的读书人也是不少的，他们位卑不忘忧国，甘愿赴汤蹈火，即使终生不售，也要死守致君尧舜的宏大理想。他们是"士"，但他们也已经成为历史上一缕孤绝的清烟。

"他，现在，也一定过得很好，是吧？"何长江犹豫了一下，鼓足勇气问道。这句话一问出口，他的心不由就揪了起来，似乎小林如果回答"是，他过得很好，要什么有什么"，他就要被羞辱到了一样。各个高校的情况想来也是大同小异的：总有一部分人过得很好，要什么有什么；也总有那么一部分人，是要什么没什么的。人都是这样，活着活着，不知不觉就分出个甲乙丙丁来，读书人，也不例外。

似乎是为了安慰何长江，小林沉默了一会儿，说："一个人变化太大了，总是会让人害怕的。"语气里隐约还有一段感情的余伤。

何长江不由想起了前女友，他们曾私奔过，两个人只是从长沙跑到郴州，就被她的父母拦截了下来。当时，她那军分区副司令员的父亲恨不得拿枪毙了他。

因为这被强行摧残的初恋，读硕士的三年，他一直都很低沉，拼了命读书，无心恋爱。读博士的时候，他缓过来了，差点儿和一个学妹擦出火花，不过还是差了点儿。他一直过得寂寞，就像小时候孤身一人站在山顶上。幼小的他经常爬到祖母屋后的小山顶上眺望，远方的天空异常高远，连绵不绝的山一座推涌着一座，波浪一样直涌到天际，四周空寂无人，唯有风吹得衣襟哗哗作响。

何长江想起来那次和小林他们在崂山露营，回来的路上小林正好坐在他的身边，随着汽车的摇晃，她慢慢打起了瞌睡。她缩在座椅的一角，两手抱在胸前，眉头紧锁，头在玻璃窗上有节奏地擦来擦去。不知为什么，当时她睡着的样子让他觉得她是那么寂寞，那么无依无靠，就像一个人站在空寂无人的山顶上。他忍不住朝她多看了几眼。瘦小的小林看上去三十岁左右的年纪——人一生中金子般珍贵的年华。可是，何长江也知道，自杀人群中，差不多百分之六十的人都是三十岁以下的年轻人，而母亲死去的那年才二十岁。人的一生总是难以预料，绝望就像只小豹子，蛰伏在某个隐秘的地方，不知道什么时候就会蹿出来将你扑倒在地。何长江记得，当时看着小林打瞌睡的样子，不知不觉地，自己看小林的目光就变得忧伤。

　　他们不再说话。小林侧过身去睡觉。
　　何长江把台灯的灯罩压低，打开一本书看了起来。不知道为什么，他盯着书本很久，却一个字也没有看进去。
　　"我们总以为自己是特别的……"
　　前女友的话在耳边挥之不去，使得他在这个晚上都没有什么心情看书。这真是一个奇怪的夜晚哪。他盯着书本发起呆来，就好像他的人生在这个夜晚被生生地拉开了一道口子，他仓促间从这口子里看到的内里，竟然是出乎他的意料的，是让他有些羞于面对的。如此脆弱、琐碎、卑微，毫无尊严可言！他不由自主地回想童年时从傍晚的天空里掠过的白鹭，还有老苏所描绘的卡拉奇上空的鹰……他把胳膊支在桌子上，双手捧着脑袋，那些生着翅膀的家伙，此刻让他感受到了一种被羞辱和幻灭的痛苦。从他身后隐约传来小林的啜泣声，声音很轻很轻，却奇怪地格外清晰，他甚至听到了眼泪滑进松软的枕头里的声音。他一时有些讶异，有些手足无措，犹豫着要不要转过身去看看。可是，如果他转过身去，如果她真的在哭，他要如何安慰她呢？
　　他距她是如此近，却又如此远。
　　何长江默默起身，蹑手蹑脚地走到窗前。小林的抽泣声不但没有远些，反而听得更清晰了，他几乎可以确定，她并没有入睡，而是在伤心流泪。这啜泣声让他感到无地自容。他无比苦恼地掀开窗帘的一角，木然地看着月光下的校园。这校园是如此肃穆，静谧，无知无觉。他把目光从远处拉回，窗玻璃上很清晰地映出他的脸。何长江立在窗前，怔怔地看着自己对面的这张脸——平庸的长相、落寞的神情、松弛的脖颈，是张如此陌生的脸！

（原载《广州文艺》2010年第5期）

市场街少年的芭蕾舞

少年梦见自己在飞，云朵在头顶，大地在身下，美得很。

可是，美梦异常短暂，眨眼之间，大地翻卷过来，少年惊恐地发现自己像只折翅的小鸟，正在急速坠落，眼看就要摔个粉碎。这时，一阵剧烈的疼痛给这令人魂飞魄散的坠落踩了下急刹车，少年一个趔趄，醒了过来。疼痛从少年的一只固定在头顶上方的手腕传来，那只手腕被扣在一个套了黑色皮圈的金属环里，少年的整个身体像挂在金属环上的口袋，直往下坠，扯得那只还未长结实的手腕像要断裂开来。

少年龇着牙，连忙用脚尖把自己立了起来。

少年拼尽全力，绷直身体，像跳芭蕾一样用脚尖支起沉重的身体。芭蕾使少年手腕上的疼痛一下减轻了，但少年知道，脚尖的疼痛很快就会像水一样慢慢淹上来。这是少年没有办法的事。就像小时候玩跷跷板，这头升起来，那一头就要沉下去，那一头升起来，这一头就要沉下去。少年的手腕和脚尖就像坐在一根看不见的跷跷板的两端，少年只顾得了一头，这一头，或者那一头。在两个疼痛的间歇，少年意识到自己并不在飞，没有云朵，没有辽阔的大地，只是身处一间狭长的房间而已。房间长约七步，宽约四步，也就是说，如果可以，少年只需十一步就能绕房间一周。少年曾到过许多的房间：大的、小的、空的、满的、楼房里的、平房里的。可这间跟少年以往到过的所有房间都不一样，这个房间没窗，雪亮的灯光像瀑布一样从天花板上倾泻而下，把房间内的每一寸都冲刷得透亮。少年对面的墙上有一块四四方方的黑色玻璃,那是块镀膜单反玻璃,少年从港产电影、录像里不止一次见过它。少年睁开眼,往玻璃那边望了望,就像在漆黑的夜里望一口漆黑的井,少年什么也没有看到。玻璃旁边有一扇门,和墙浑然一体,如果不是亲眼见过有人由此出入,是很难发现这里有一扇门的。所以,这个房间,在某种程度上来说,是个密室,完全与外界隔离。房间内的人,听不到任何来自外面的声音,也不知道外面现在是黑夜还是白天。可以说,这房间是寄居在这世界的另一个世界,它有着仅仅只属于它自己的永恒白昼与异样的静谧,少年甚至都听不到自己发出的令人羞愧的呻吟声。天花板,还有四面墙上都贴着雪白的带蜂窝眼的新型吸音板,这些吸音板像柔软的泥沼,不动声色地把一切声音都吸吮殆尽。但墙面是真干净,连一粒苍蝇屎都别想找到。房间的另一头搁着一把扶手上有活动挡板的椅子,这椅子的四条腿是铁做的,人坐上去后,把挡板放下来,看上去就像坐在一把婴儿座椅里,只不过这椅子比普通的婴儿座椅大了许多。这把椅子曾经属于少年,少年坐下去时两只胳膊可以很舒服地搁在横在面前的挡板上——少年当时可并没有感觉到这把椅子的舒适,羞耻和惶恐令少年忽略了这些。现在,少年可真希望能再次坐上去。大号婴儿座椅的前面是一张贴着榉木贴皮面板的长方形办公桌,有一块贴皮的一端因为常常受到拍打而离开了桌面,像条僵硬的舌头一样翘了起来。桌子上空无一物,跟墙面一样干干净净的,使人不免疑惑这里为什么要有张桌子。桌子这边也有两把椅子,是两把正常的椅子。少年说不清楚是多久之前,这两把椅子上坐着两个人,两个男人。他们的个头都差不多,一样的穿着,衬衫的领口都磨出同样的泛白的毛边,长相都平淡无奇,使人很难将他们区分开来。这两个人一遍遍询问少年:那一天干了些什么事?见了些什么人?几点到几点去了哪里?后来,他们起身踢开椅子离开了房间。现在这两把椅子呈八字样背靠在一起,看上去竟像彼此都有许多的不耐烦。

  少年的脚尖开始疼起来。

  疼痛像生着一口利牙的饥饿的小兽,沉默而贪婪地啃噬着少年的脚尖,它还会吃掉少年已经充血的脚趾头和麻木的脚背,然后是两条修长的腿,再然后是那单薄的秀美的脊背……少年抽泣着,慢慢把脚放平,他泪眼婆娑地抬头看了一眼自己那只被固定在高处的手腕,坚硬的金属刺破皮套,齿轮一样地卡住了手腕,很快它就会被升到跷跷板的疼痛的顶端。金属环的另一边,五根被日光灯照得惨白的细长的手指都向下耷拉着，毫无生气。仅仅是在两天还是三天前——其实少年搞不清到底过去了几天，少年对自己在这间狭长房间内度过的时间没有把握——这几根手指还是那么快活、轻灵，它们吻遍了那女孩丰满温热的身体，落在屋瓦上的密集的雨声像是在为它们歌咏，使它们的旅程变得欢快而又令人沉醉。后来，它们疲惫地依靠在一起，如羽毛般轻覆在女孩莲蓬一样温暖而坚挺的乳房上，它们随着女孩的心跳，和少年一起落入到幽深的梦境。少年看着自己高高在上的变得陌生的手指，仿佛看到女孩站在门边，双眉一挑，抬手给了他一个，与其说是告别，不如说是邀约的飞吻。

少年不知道女孩叫什么名字，来自哪里。少年尽情享受了那片刻的欢愉，对其他事情，都不曾关心。在少年不算漫长的人生旅程中，他早已习惯了人与人之间的无法消弭的陌生感。少年在小城的市场街长大，流动的摊贩、熙攘的顾客，少年每日所见的都是些熟悉的陌生人。陌生的人们彼此都费尽心思地过着差不多的斤斤计较、无甚把握的日子。而少年少时亲密的玩伴，早都已在生活里各自走散。少年的父亲和母亲，是生活这条战壕里的战友，彼此依靠才得以生存。可父亲每日要有谷子酒才能入睡，母亲日日半信半疑地念经拜佛，把半生担忧、苦恼都只是诉与菩萨知。少年很早就知道，陌生是人世的常态，最自然的常态。在少年看来，这世上所有的人都是陌生人，唯一的区别是，有的是你认识的陌生人，有的是你不认识的陌生人。那是一个原本不认识，也不想过多了解的陌生女孩，除了她那温暖而美妙的身体，少年对她其余的一切都产生不了兴趣，他只不过是在某个特定的时刻，恰好遇到了她而已。

那两个曾坐在那两把椅子上的人告诉少年，女孩叫小玲，就在那个下了场暴雨的夜晚，就在少年和她亲热过后不久，她被人割断了喉咙。现在她已变成了一具冰冷僵硬的尸体。

少年惊诧不已。起初，他浑身颤抖着说不出话来，后来他开始哭泣，出于恐惧。

少年与女孩在电影院里相遇。那晚，他们的座位很凑巧地挨在一起。开始他们谁也没有注意谁，电影实在是太好看了，他们完全被电影吸引了。后来，电影中的一段对话，让他们同时爆发出一阵大笑。

"儿子，有人欺负你吗？"

"没有，是我在欺负别人。"

"那他家有没有钱？有没有地位？够不够资格让你欺负哇？"

女孩笑得停不下来，她拍着座椅，笑得前仰后合，一不小心拍到少年的大腿上。两人对视的一刻，女孩安静下来，但很快，一个微笑在女孩脸上绽放开来。借着银幕的微光，少年清楚地看到了那个微笑，在微微噘起的湿润的红唇边。那一刻，少年感觉身体里有一眼热热的喷泉一下子喷涌而出。

少年没有把这些说给那两个人听，他不是一个善于言辞的人，也无法用语言描述那一刻的情形。当然，少年不说，最主要的原因是他不知道。沉默有时候并不是一项权力，而是一桩可疑之事。

"电影放完了，你跟踪她到了她的出租屋，你强奸了她！女孩威胁说要报警，于是你干脆杀了她！"两人中的一个说。

少年的沉默也激怒了两人中的另一个。那人把一个黑色硬壳笔记本啪地扔到桌面上，怒道："十三岁就看三级片，五年来你看的一千多部影片中，不是色情，就是暴力，要不就是色情加暴力，你个肮脏、变态的小杂种！"他说着说着噌地站了起来，少年惊恐地看到，他一侧脸颊上的肌肉不可思议地跳了跳。他站起来后，冷冷地盯着少年，开始摘手腕上的手表，还有一个沉香木的珠串。另外一个人赶紧拉他坐下，并安慰似的拍了拍他的臂膀。

少年认得那个笔记本，少年常常在看完一部电影之后，带着因电影而滋生的某种难以言说的情绪，在这个本子上记下一两笔。少年从小就喜欢看电影。逢年过节，少年不要鞭炮不要新衣服，只要到电影院看场电影就好。一听说哪里放露天电影，不管有多远，也不管第二天要不要上学，少年铁定是要去看的。后来，录像厅如雨后春笋，一间接着一间地在少年所在的小城里冒了出来。它们大都一个样，不大的幽暗空间里，搁着二三十把椅子，墙上一块小小的白幕，在乌烟瘴气的空气里上演着这世间的各种爱恨情仇。人们称之为"小电影"。两块钱一张票，有时候可以看两场。五元钱看三场的也有，没人清场，要是你愿意，可以待上一整天。少年开始逃学，终日在街上游荡，他什么片子没看过呢？在录像厅里，最神气的是那些臂弯里搂着个女孩子的小伙子，有时他们看着看着会喊一嗓子："老板，换片子！来个刺激的！"少年头一回碰到别人喊"换片子"。老板换了部无码欧版的成人电影。就像一下吃到了猛药，少年被恶心到了，当时他差点儿吐了，直到后来看了李丽珍的《蜜桃成熟时》才缓过来。"好看多了，不像那些外国人！"少年在本子上写道。再后来，少年自己也带着女孩子去过录像厅，自己也喊过"换片子"。尽管如此，少年却没有料到，有一天，有人会因此而认定自己做下强奸、杀人的恶事。

少年从未想过要杀一个女孩。当然，长到十八岁，他也有过恶从胆边生的时候。有一段时间，他想过要狠狠教训教训他的姐夫。十二岁时，少年的姐姐出嫁了。那个男人原本是个老实而沉默的吊车司机，平淡的婚姻生活没有开掘出吊车司机的优点，倒是很快让他添上了一样打老婆的毛病。少年心里对姐夫的憎恨，无以言表。夜深人静之时，少年格外勤奋地蹲马步，练功夫。可是，缓慢的成长与不能立竿见影的练功也让少年时常陷入深深的沮丧。他什么时候才能打败那个以家人的名义殴打他姐姐的人呢？他简直等不及。有个星期天的下午，少年在一个叫"水晶宫"的录像厅，看了部《鹰爪铁布衫》的片子，这部片子告诉他，凡是男人都有一个致命的弱点，那就是他们身上的"罩门"。再强壮厉害的男人，要是被人捏到罩门，一准玩完。影片用手捏鸡蛋来表现男人罩门的脆弱，鸡蛋在手中迸裂破碎的一刻，少年惊出了一身冷汗。但同时少年也看到了以弱对强、出其不意打败他姐夫的希望。少年坐在录像厅的硬木长椅上，两手在暗中一张一合地练"铁指寸劲"功，同时在心里发狠地想："再敢动我姐试试看！"这日，少年回家后，就在日记本上写下了"鹰爪铁布衫"几个字，然后在旁边打了个大大的神气活现的惊叹号。不过，那两个坐在椅子上的人并没有注意到这部叫《鹰爪铁布衫》的片子，也没有问起这个惊叹号。

少年也从未想过强奸，强奸在少年看来是件可耻之事。以弱凌强，把一个手无缚鸡之力的女孩摁倒，不顾她的哭喊，把自己强行塞给她……少年每每在录像片里看到这样的场景都会觉得难以忍受，那样一种情形，难道还能有什么乐趣吗？少年十四岁就有了第一个女朋友。少年长相清秀，结识女孩子对他来说从来就不是什么难事。再说，这小城里的男孩子，谁不是看着那些哦哦啊啊、嚯嚯哈哈的片子长大的呢？谁不是这样过来的呢？少年从未觉得这有什么不对头，也从未觉得自己和别人有什么不一样。

"我没有！"起初少年又羞又恼，大声地分辩道。
那两个人轻蔑地笑了，说："你这样的，我们见得多了！"
他们认为少年是最后一个见过那个女孩的人。女孩租住的小屋内有少年遗落的雨衣，少年离开时，一场暴雨刚刚停歇。翻倒在地的台灯上有少年的指纹。他们还告诉少年，从女孩体内提取到的精液，已送到省城的鉴定中心，很快就会有确定的结果。
"你跑不掉！"他们伸出一根威严的手指，指着少年说。
那两个人还告诉少年，他们之所以耐心地坐在少年面前，是因为他们想知道那把割开女孩喉咙的刀子在哪里。现在，他们就缺那把刀子了。少年承认雨衣是他的，承认是他打开了台灯，承认他曾让自己喷射在女孩体内。但少年也哭着告诉那两个人，他不知道什么刀子，他没有杀人！
那两个人再次轻蔑地笑了。他们提醒少年，那是一把薄刃短刀，可能是把折叠刀，没有刀尖。
"你好好想一想吧！如果你想起来了，这一切就可以结束了。"离开的时候他们说。

少年再次把脚尖立起来。
灯光刺得少年眼睛生疼，但他别无他法，只好闭了眼"好好想一想"。少年忍受着脚尖的剧痛，努力地去想象一把没有刀尖的薄刃短刀。少年曾有过一把漂亮的小刀，直柄，带着一个磨得溜光的桃木刀鞘。它是少年小学三年级那年的生日礼物，是年长他十岁的姐姐送给他的。桃木有驱鬼辟邪的意思，疼爱他的姐姐希望他平平安安的。那时少年还年幼，他一直没有搞清楚那把刀是钢刀还是铁刀。刀从不生锈，但颜色暗沉，唯有刀刃上的一线白，像极了一道冷冷的光。刀的手柄被少年用棕红色的铜丝仔细缠过，握在手里非常合适。少年用这把刀削铅笔，挖蚂蚁窝，对着护城河边的柳树练飞刀。少年还用它给自己做过一把漂亮的桑木弹弓，有一年春天，少年用那把桑木弹弓打下来过一只偶然从小城上空飞过的白鹭。后来，那把刀在少年的生活里消失了，不知所踪。少年还有过许多其他的刀。少年的父母在市场街拥有一个卖卤菜的摊位。母亲信佛,爱干净,家里切生食的刀有三把,切熟食的刀有两把。除了一把四四方方的斩骨刀没有刀尖外,其他几把刀都有着细巧的刀尖,切生肉时刀尖一挑,就能很轻松地将肉上的白筋断开。少年十三岁辍学后,就在市场街帮父母干活,他熟悉所有的刀,也能熟练地使用它们。但他从未想到要用刀去干什么别的事情。功夫片盛行的那些年,少年在切肉时,切着切着,偶尔也会嗖嗖来两下十字劈。少年也暗中练过什么逍遥刀、少林刀、八卦刀,最后还练过一阵儿八极刀,皆因为一部录像片中一句极震荡人心的台词,"文有太极安天下,武有八极定乾坤"。后来,少年长大了些,晓得自己只有市场街的一个卤菜摊可以继承,天下和乾坤都跟自己没有半毛钱的关系,于是便把这些都丢弃了。不过,某年在地摊上买的一本《夺命三十七式》,少年没有扔。市场街的日子也不好混,辛苦在其次,最怕的是碰上那些要强要横欺行霸市的,少年将那本书一直收在抽屉里,偶尔拿出来翻一翻,照着练上一两招。但那三十七式,名曰夺命术,其实都是自卫术,都是徒手,没一样是要用刀的。

　　少年疲惫地把头倚靠在那只高举着的手臂上,把脚慢慢放了下来。少年累极了,那根疼痛的跷跷板令他筋疲力尽。少年在原地缓缓挪动双脚,可是有那么一段时间,他不能确定自己的脚是否还在自己的腿上,于是他低头看了看,但浅色大理石地面的反光使少年睁不开眼睛。少年把头倚靠在那只上举的僵硬的胳膊上,开始怀念自己先前度过的那些平淡无奇的漫长黑夜。那些或炎热或寒冷的夜晚,从隔壁的房间会传来父亲酒后如雷的鼾声,而母亲则声音弥弥翻来覆去地碎碎念:"愿以此功德,庄严佛净土。上报四重恩,下济三涂苦……"少年躺在自己房间里的小床上,因无事可做而苦恼地让电视机一直开到雪花满屏。现在,少年愿意做任何事情,只要能重新回到那样的一个夜晚。少年用自己另一只尚可自由活动的手揉搓眼睛,过了好一会儿,少年才看清了,一双脚倒都还在腿上,但脚上的运动鞋真是没法看了,肿胀的双脚撑得鞋帮都裂开了,鞋的舌子外翻,看上去异常怪异。少年被带进这间屋子之前,鞋带被人抽去了,少年不晓得以后该去找谁才能把鞋带要回来。少年为买这双鞋,背着父亲找母亲要钱,母亲偷偷塞钱给儿子时念了声佛,母亲低了头,红着脸,眼神躲闪。不过,这算不得什么,少年被警察从家里铐走时留给母亲的难堪要比这大了不知多少倍。少年为自己带给母亲这样的难堪而感到难过。不过，这难过很快就过去了，肢体的麻木比疼痛更令人难以忍受，少年觉得自己的四肢都像是被泡发了，生涩感令他虚脱得感受不到自己的体重，很快就淹没了他想起母亲时的那一点儿难过。低头的一瞬，少年还闻到了一股子腥臊的味道，少年用那只自由的手摸了摸自己的裤裆，当他确定自己失禁时他再次哭了起来。少年太为自己感到害臊了，他真想赶快结束这一切。

少年流着泪，用尽全力把脚尖立了起来。

"可能是把折叠刀。"——"可能"是把折叠刀，那么，也"可能"是把直柄刀，比如，姐姐送给他的那把手柄上缠了铜丝的不知所终的小刀。那两个人要的刀，到底是折叠的还是直柄的，答案或许并没有什么太大的关系，现在它也是一把少年迫切需要的刀了。少年擦去眼泪，再次抬头看了一眼那只固定在头顶上方的手。那只手，已变得无比陌生，它苍白而沉默，孤独地悬于空中，无人能真正了解它所经历的一切，即便是少年自己。一个真正的万恶不赦的杀人犯的处境也一定好过它。少年看着这只无罪手，眼里生出了令人心酸的怜悯。他倒宁愿它曾做下过某种恶事，以使它能配得上它所得到的这一切。从前，少年对着柳树练飞刀时，常常把柳树想象成他的姐夫。"万建军！"少年喊着姐夫的名字，"看刀！"往往话音未落，刀子就嗖地飞了出去。少年练飞刀那阵儿，少年的姐姐挨了打会哭着跑回娘家，可过了一两年，情势变迁，姐姐挨了打后连娘家也懒得回了，她开始和万建军对着打。万建军要是喝多了酒，还常常打不过姐姐呢。姐姐算是给练出来了，少年这才不知不觉地淡了要杀万建军的心。可见，一个人的杀心来去都是极易的，杀人并不是一件多么不可想象的事。少年十六岁时就和万建军一般高了，如果不是姐姐的改变，少年极有可能会杀了他。可能早都已经杀了他了。

"至少，自己也是一个在心里杀过人的人。"少年这样想着，心里竟得到了一丝奇异的安慰。

神思恍惚间，少年的双膝忽地一软，双脚咚地落到地板上。一阵锥心的疼痛使少年浑身都抽搐起来，少年的额头很快沁出了一层细密的冰凉的汗珠。少年咬着牙，再次颤颤巍巍地把脚尖立起来。

少年不玩刀已经有三四年了，那把刀也许在抽屉里，和那本《夺命三十七式》搁在一起。但少年很快知道这不是真的，如果在抽屉里，那两个人应该早就都看到了。他们连少年的日记本都抄了来，还会有什么他们找不到的。日记本可是藏在靠墙一侧的褥子底下的，除了少年自己，谁都没有见过。少年抬起那只自由的手，去遮挡头顶上的刺眼的光。这时，某年的一个异常炎热的夏日的午后，突然毫无征兆地闪现在少年的眼前。

那是一个学期的最后一天，闷热无比的午后，蝉在树上歇斯底里地叫。在离开学校之前，少年和一群小伙伴被老师叫到办公室，签下了一纸远离"两室三厅"的保证书，保证在整个暑假都远离游戏室、娱乐室、录像厅、舞厅和卡拉OK厅，去过一种理想中的健康生活。这种健康生活，大约老师自己也是陌生的，所以，老师神情疲累地收起孩子们签好字的纸张后，挥了挥手，一句话没说就让他们离开了。少年恍惚中，看见自己出门前异常同情地看了老师一眼。从学校出来后，少年和其中一个小伙伴走到护城河边。小伙伴说："哪儿都不让去，那他到底想让我们去哪里？"少年从口袋里掏出那把小刀把玩着，没有说话。百无聊赖的小伙伴从柳树上折下一根柔软的枝条，把一小团废纸搓软了绑在柳枝的一端。小伙伴就用这样一件东西把一只青蛙从护城河里钓了上来，一只非常漂亮的青蛙，有着异常温软的粉色肚腹，淡绿色的蛙背上均匀分布着好看的黑色花纹。这只青蛙也许是出于同样的无聊，才对那团从天而降的白纸生了不该有的兴趣，它在异常刺眼的阳光下纵身一跃，一口咬住了那团纸。小伙伴把青蛙摁在石阶上，少年从刀鞘里抽出小刀，把它压在青蛙的脖子上。青蛙四肢伸开，眼珠鼓得像要掉出来。少年面无表情地用力把刀子往下切下去，刀下传来了轻微的吱的一声。那个死去女孩的面容浮现在少年眼前，生气勃勃的眼神，湿润的嘴唇……少年加了把劲儿，用力把刀子切了下去，青蛙叫声被阻住了，变成了异常短促的一声叹息。"吱——"不是叹息，是刀子切进皮肉的声音！少年听得真切，浑身都颤抖起来。石阶上的青蛙尸首分离，小伙伴兴趣索然地离开了。虚弱的少年看到自己一个人站在河边的柳树下，手里拿着那把刀，神情很是有些沮丧，仿佛刚刚一件可期待的欣喜的事情突然出乎意料地落了空。少年无力地把头靠在那只像是不属于自己的手臂上，清楚地看见站在柳树下的自己把手一抬，将那把刀扔到了护城河里。那把薄刃短刀，此刻，正静静躺在柳树下的河水里呢！"它在那儿！"少年不由喊出声来。

少年心里一阵儿轻松，膝盖一软，身子原地荡了起来，原本麻木的手腕再次被剧痛一口咬醒了，剧痛给了少年当头一棒，苦盼的黑夜来临，少年眼前一黑，晕了过去。

（原载《创作与评论》2014年第15期）

远大的前程

于小松于小柏家的对面，是一座山。

山上密密麻麻地长着松树，也有些栎树、野生毛栗和合欢。灌木和杂草一年四季都很茂盛，它们把林间的空隙都填满了。坐在小松小柏家的稻场上，隔着几丘稻田望过去，山永远都是黛青色。面向小松小柏家的是山北坡，坡势要比山那面平缓，山脚一带原先是坡地，种过棉花和油菜，后来无人耕种，变成了一片油绿的野草场。有一条细细的小路，顺着山脚往山那一面弯过去，山这边的人家，要出门，比如去涔水镇，或是再由涔水镇去县城，去外面各处，都要走这条路。路很窄，跑不了汽车，但是走个人，赶个牲口，或是骑个单车什么的，路就显得宽绰了。

于小松和于小柏是双胞胎兄弟。

十八年前，他们的母亲，一个神情总有些恍惚的女人，先生下了小松，过了一会儿——大约是一个斯文人喝一盏茶的工夫——她把躺平的身子又死命地撑了起来，使出最后一把劲儿生下了小柏。小松和小柏的出生，使小竹村于家成了附近几个村子里最令人羡慕的家庭。一连生了两个孩子，却没人来家里捉人，也没人来牵牛杀猪抬柜子，也没人来掀于家一连三间带偏厦的房子。小松和小柏的母亲，那个说话做事都蒙头蒙脑摸不着边的女人，成了于家最大的功臣。小松小柏满周岁的时候，他们的父亲从亲戚们给儿子的贺礼钱中抽出了张十元的票子递给他们的母亲，用着一种特别亲切和蔼的口吻对她说："去镇上耍耍吧。"于是他们的母亲就到镇上去耍了。从小松小柏家所在的小竹村到涔水镇，一个年轻人轻装步行，所需的时间大约是一个半小时。小松小柏的母亲,吃过早饭就出门了,她走一走歇一歇的,直到晌午才来到涔水镇。她先进了一家杂货铺,花一元五角买了一包水果糖,然后她进了一家小吃店,花两元五角钱吃了一碗绉纱馄饨。吃完馄饨,她在街边的一棵梧桐树下坐下来,看了会儿热闹。街上人很多,无数双穿了鞋和没穿鞋的脚从她面前走过,无数的汽车摩托车自行车车轮从她面前轧过,还有两只狗从她面前跑过。梧桐树的另一边坐着一个盲人,他把一根竹杖搂在怀中,空空的眼窝安静地对着街道。小松和小柏的母亲准备起身离开时,盲人突然把头扭过来,隔着梧桐树干对她说道:"想不想知道你的前世今生?"听上去,好像别人的前世今生都在他那双握着竹杖的手里。小松和小柏的母亲对自己的前世没什么兴趣——知道又能怎样嘛!她对自己已走过的人生路还是比较清楚的。她在一个长年刮风沙的地方长大,一日两餐,餐餐都是洋芋和面疙瘩,十三岁时被一个贩药材的男人带到一个水草丰茂的地方,她和他在一条废弃的小船上住了几个月。后来,贩药材的男人把她转手给一个挖沙的男人后就回家了,她住进了那个挖沙的男人搭在河边的窝棚。再后来,挖沙的男人喊她上了一辆运沙的汽车,她坐了一天的汽车后,被交到了一个面容黑瘦的跛足中年男子手里。她跟着这个男人坐了一天的汽车来到了涔水镇。在路上她来了初潮,男人给她买了包卫生巾,然后把她带进她刚刚吃馄饨的小吃店,她和他一人吃了一碗馄饨后,他把她带到了小竹村,一年后她生下了小松和小柏。这就是她至今经历过的人生。

小松和小柏的母亲把头侧过去,隔着树干看了看那个盲眼男人。她把自己兜里的钱都掏了出来,她很想知道自己曾走过的由三个男人连起来的路程,是不是还得有三个男人她才能走回去?她把钱塞到那盲眼男人的手里,在他面前蹲了下来。

盲眼男人亲切地问道:"给你自己算吗?你的生辰八字呢?讲来听听。"说完他微微偏了偏脑袋,把一只耳朵对着小松小柏的母亲。

小松小柏的母亲不知道什么是生辰八字。

盲眼男人于是又把脑袋正过来问道:"哪一年哪一日出生的?什么时辰?"

小松小柏的母亲从未过过生日,她并不晓得自己到底生于何日,她只是大约知道自己的年龄。她记得她跟那个贩药材的男人走的那天,继母和弟弟赶着羊群翻过了门前的土岗,患了重病的父亲从土炕上欠起身,叮嘱她道:"转过冬来,你就十四了,要懂事……"父亲说完这番话,从枕头底下摸出包水果糖塞给了她。她长那么大,第一次一个人吃掉一包水果糖。小松和小柏的母亲蹲在那盲眼男人面前,有些为难地问道:"算命一定要日子和时辰的吗?"

"没有日子和时辰,那就算不准了。"盲眼男人耐心地听完她带着异乡口音的问话后,笑了下,温和地说道。他一边说话,一边把钱摊在膝上理了理,然后迅速叠好塞进了他贴身的小布袋里。他理钱收钱的动作非常流畅,就好像他的每根手指上都长了眼睛。

小松和小柏的母亲明白自己是要不回来这几元钱了,她也不好意思往回要了——钱都到了别人的口袋里,怎么还好开口要嘛!小松和小柏的母亲想了想,决定给小松小柏算一算。于是她对盲眼男人说道:"我的儿子,昨天满周岁了。"她担心盲眼男人会找她要双份的钱,她身上一分钱也没有了,于是就没有告诉盲眼男人她同时生了两个孩子。她仔细回忆了下生小松小柏的时辰,生小松生到一半的时候,天完全黑了,她记得她的婆婆突然拉亮了电灯。她把这个细节告诉给了那个盲眼的男人。

"酉时,酉时中生。"盲眼的男人推算出了一个时辰。说完,他仰起头,十指在胸前飞快地互掐起来。过了一会儿,他身子忽地前倾,空空的眼窝往上翻着,脸上带了点儿近乎惊喜的表情,道:"你有福哇,你儿子的命,极好!"他摸索着抓起小松小柏母亲的一只手,他捏着她瘦瘦的指尖,把她的手掌翻过来朝上,他用一根留着半截灰白指甲的手指在她的掌心画来画去:"此命命局极正大厚重,有福庆之征、祥瑞之兆。运势也算得上是好的,你瞧——"他用手指在她的掌心画了一个奇怪的图案,兴奋地解说道:"云散尽,月当中,光辉到处逢。再没有比这更好的了!"

小松小柏的母亲听不懂盲眼男人的话,不知道儿子的命到底是怎么个好法。于是,盲眼男人告诉她,她的儿子这一辈子福星高照,前程远大。"不过——"盲眼男人的手指在她的掌心停了下来,说道,"岁运并临,偶有不顺。"盲眼男人松开了小松小柏母亲的手,道:"再给十元钱吧,我告诉你保全之法,这么好的命,倘若运势不顺,那就太可惜了。"小松小柏的母亲没有钱,她从口袋里掏出那包水果糖塞到盲眼男人的掌心。盲眼男人捏了捏手中的糖果,又把它举到鼻尖上闻了闻,笑了。"好吧。"他说,"等你将来享福了,有钱了，可要记得我李安世。"他把糖果也塞进贴身小布袋后，道："命是好命，就是八字官煞稍稍重了些，年幼离祖则不吉，但是呢，父母双全可无虞。父母双全，父母双保全！有父母在，纵使安静处偶生啰唣，得庇尴尬处必有救神。怎么说呢？最好的化解之法呢，其实就是亲厚的人。娘啊老子呀立得住，就没有后爹后娘，没有后爹后娘，则无乌云遮月，等长大些，命势壮起来，就再无人能妨他了，你儿子的远大前程那就是板上钉钉的事了。"

"这是我算过的最好的命了。"末了，盲眼男人又说。

小松小柏的母亲是一路跑着回去的。当她喘着粗气砰地撞开于家那两扇桐油油过的杉木大门时，小松小柏的父亲，那个面容黑瘦的男人正和他的老母亲在一盏昏黄的灯下吃晚饭。他们惊愕地从各自的青花大碗上抬起头，看见小松小柏的母亲跌跌撞撞地直奔向屋内时，两个人慌忙把碗放下跟了进去。他们进到里屋后，看到小松小柏的母亲一条腿跪在床上，俯身向下，正笨拙地掀起自己汗湿的衣衫，试图将两个小小的稚嫩的乳头塞进孩子们的嘴里。小松小柏的父亲愣了下，很快脸上浮起一丝温和的笑，他往后退了退，搓着手喃喃道："回来了？也好，也好……"小松小柏的奶奶擦了下眼睛，伸手牵了牵儿子衣襟，低声道："造孽，就当多养了一个吧。"

他们很快就发现，这多养的一个并没有白养。

虽然小松小柏的母亲不会煮米饭不会种菜不会养猪，小竹村的媳妇会做的很多活，她都不会做，但是呢，对孩子，她倒比小竹村任何一个媳妇都要尽心。她几乎不去镇上耍，从不打麻将，那么瘦小的一个人，自己似乎都还站不稳，就左手一个孩子，右手一个孩子，没一刻是得闲。小松小柏的母亲在生小松小柏时，因为年纪太小，小小的乳房分泌不出奶水，小松小柏的奶奶就把小松小柏抱到自己床头，用米汤喂他们。小松小柏的母亲在街道边遇到李安世后，就像一个沉睡的人突然被人叫醒了一般，蓦地一睁眼看到的东西令她吃了一惊。两个儿子！她是有两个儿子的人哪！算完命后，她的胸口就奇怪地胀痛起来，她在路边坐了很久，想到了她的继母。继母是坏人吗？继母疼弟弟，疼爹，可是，也不能说她好。亲妈在世的时候，当然生起气来也是拿羊鞭子打过她的，但是她挨过的继母的羊鞭子要格外多，多得像她的头发一样数不清。小松小柏的母亲在路边坐了很久很久，直等到那阵儿疼痛过去后她才起身一路狂奔回去。第二天，小松小柏的母亲开口找他们的父亲要了件东西，这也是她一生中唯一一次找这个男人要东西："买只母羊嘛。"小松和小柏的父亲跛着脚走了好几个村子，终于买到了一只刚下完崽儿的母羊，小松小柏自此喝上了羊奶。羊奶把小松小柏喂得又漂亮又结实，看上去一点儿也不像是于家会有的孩子。

小松小柏的奶奶去世前对他们的母亲说："于家欠你的，只有来世再还了。"

小松小柏的父亲去世前也对他们的母亲说："于家欠你的，只有来世再还了。"

小松小柏的母亲感到很奇怪，他们到底欠她什么呢？她真是一点儿也没弄明白。小松小柏的母亲带着那点儿疑惑，把小松小柏的奶奶和小松小柏的父亲都用漆得黝黑锃亮的棺材盛了，热热闹闹地埋到了羊每天都要去吃草的山坡上。小松小柏的父亲去世时，小竹村的一位老人和小松小柏的母亲开玩笑："这坏东西把你像牲口一样弄来了，你用卷草席埋他又怎样！"她不说话，只顾低头在火盆里烧纸钱。小松小柏的父亲死去的那年，小松小柏十岁，小松小柏的母亲想起李安世以前说过的话，心里怕得要命。她跑到镇上问过李安世后，回来就让小松小柏拜了门前的大樟树为干爹。小松小柏进进出出都喊大樟树"干爹"，逢年过节给它烧香、磕头。小松小柏又成了父母双全的人。

时光不知不觉地把小松小柏拉扯大，也把他们的母亲变成了另外一个人。她倒是没有长高，但人却变得十分粗壮结实，她成了一个个头矮小、敦实耐劳的中年妇人。现在的她，说一口纯正的本地方言，一天吃三餐饭，人们早已忘了她身后那个模糊而遥远的异乡。她自己呢，差不多也完全忘了吧，只有一点，还时常提醒着人们她的与众不同，那就是她很会养羊，却完全不会养猪。小竹村家家都要养猪的，猪圈在偏厦内，拿菜叶和潲水喂，年底的时候，杀了解成一块块挂在火塘上方的横梁上，能一直吃到来年春上。小松小柏家的偏厦内没有猪，只有羊，他们家的火塘上方也总是挂着羊肉。小松小柏的母亲每年都要养三四十只羊，要不是那间偏厦太小，她一定会养更多的羊。小松小柏的母亲隔一段时间就要卖几只羊到浔水镇的海子煎饺店去，山脚下那条细细的通向小镇的路，是羊一生中最后要走的路。羊帮助小松小柏的母亲解决了很多问题，羊养活孩子们和她自己，给了小松小柏的奶奶和父亲体面的棺材，在小松小柏的母亲自己还是黑户的情况下，羊还让小松小柏上上了户口……羊就是一切。白天，小松小柏家的羊是要牵上山的，为了防止羊钻进山林难以找寻，小松和小柏的母亲像拴狗一样在羊的脖子上套上藤编的颈圈，然后用一根细长而结实的麻绳牵着它们上山吃草。她牵羊上山时，自己常常都觉得好笑，她还记得小时候父亲带着她一起放养的庞大的羊群，总是像潮水一样漫卷过山岭。有时候，她一手抓着麻绳，一手挥舞着一根柳条驱赶羊时，会想到她的父亲，如果他看到她现在这样放羊，一定会笑掉下巴的吧。每天早上，她把羊牵到对面山上，分开来拴在草场上，有时候她吃过午饭再去给它们换个地方，有时候她懒得。羊却总是只只肥壮，从未令她失望过。因为草长得实在是太好了，密密实实的像张毯子，羊要是自己愿意，单是坐着就能把自己喂饱。小松小柏刚生下来时，像两只耗子一样瘦小。后来，他们的母亲拿羊奶喂他们，也喂她自己。三个人形影不离，都慢慢结实起来。有一段时间，三个人甚至长到一般高，一样的小小的结实的胳膊和腿，一样的又黑又硬的头发，身上都散发着一样的羊膻气，看上去就像三姐弟。不过这段时间很短暂，仿佛是一眨眼，两个孩子突然就长得高出了他们的母亲一大截，长高了的他们还是常常像小时候那样与母亲亲昵，比如突然伸出自己粗壮的胳膊，将母亲的头搂到自己腋窝下。他们的母亲把脑袋挣脱出来，挥舞着拳头作势要捶他们，两个孩子大笑着灵巧地从母亲身边跑开，他们像健壮的牛犊一样冲下稻场，越过田埂，跑到对面山上去牵肚子吃得滚圆的羊。他们的母亲立在稻场边的樟树下，一边理着自己被弄乱的头发，一边笑盈盈地注视着他们年轻而结实的背影。小松和小柏从会走路开始，就常常帮着他们的妈妈牵羊。她人生中的一点儿甜头，全来自这两个孩子。

小松小柏小的时候，他们的母亲也时常带着他们去镇上卖羊。

一个浑身散发着羊膻味的个头矮小的女人，两个浑身散发着羊膻味的结实的孩子，两三只温顺而肥壮的羊，他们组成了一支奇怪而沉默的队伍。浔水镇上的人看到他们，总是会说一句："小竹村这女人，不容易！"但小松小柏的母亲从来没有觉得有什么不容易。在小竹村，人如小草，活着真是一点儿也不费劲儿，吃什么肚子都能饱，孩子们简直就是见风长，她操过什么心？赚钱，也不是太难的。小松小柏的母亲在镇上买过三个手电筒，三个带盖的塑料小桶。五月天气好,她在小桶里抹上百草枯,每夜带着小松小柏去对面山上抓蜈蚣。最多的一晚他们抓了三百多条蜈蚣。一个月下来,用竹签绷得直直的红头金足的蜈蚣能铺满一稻场。每年五月,单是卖蜈蚣,都能卖上个两三千块钱呢。

小松小柏的母亲喜欢小竹村。

小竹村是那么好,可孩子们还是要往外面跑。长大后的小松小柏也离开了小竹村,去了又远又陌生的城市。小松小柏的母亲不舍得小松小柏,可她也是知道的,小松小柏的远大前程,并不在小竹村。小松小柏出门前,他们的母亲没有什么更多的话叮嘱他们,她像小竹村其他母亲一样叮嘱孩子:"不准卖肾,不准下井!"就好像只要她们的孩子点点头,就可以避免遭遇这些单是听一听就会让人发抖的可怕的事情。除此之外,小松小柏的母亲还多叮嘱了一句:"要把身份证收好!"——薄薄的两张身份证,是用多少只羊换来的!尽管小松小柏的母亲自己没有身份证,尽管她没有身份证也曾像被风刮着一样跑了很远的路程,但她还是知道,孩子们不能没有身份证。小松小柏用清澈无邪的眼睛看着他们的母亲,各自把两只空空的稚嫩的拳头捂到嘴上,嘻嘻笑着答应了,就好像在嘲笑他们母亲那多余的担心。小松小柏去城里后,他们的母亲感觉房子变空了,日子变长了。每天早晨,她把羊牵上山后,回头望望于家那三间带偏厦的房子,常常会对接下来漫长的一天不知所措。于家没有电话,小松小柏偶尔会把电话打到村主任家,留话给他们的母亲。小松小柏的母亲隔三岔五走过那条小路到村主任家去,村主任有一辆小汽车,去涔水镇的公路就连着村主任家的稻场。小松小柏的母亲偶尔去向村主任或是村主任老婆打听小松小柏是否打过电话,村主任或是村主任老婆有时候说有,有时候说没有,大部分时候说没有。说有的时候,消息也是零零碎碎的,而且越来越少,小松小柏的母亲不免怀疑起他们的记性。于是小松小柏的母亲告诉村主任,她想去城里看看小松小柏。村主任不耐烦地问道:"好嘛,你要怎样去吗?"小松小柏的母亲说:"我不坐要身份证的车,也不住要身份证的店。"村主任说:"那你到了城里,城里人问你是谁,你要怎样回答?"小松小柏的母亲说:"我是小松小柏的娘啊。"村主任笑了笑,说:"你要怎样证明自己就是小松小柏的娘?"这个问题把小松小柏的母亲吓了一大跳。在小竹村,人人都知道小松小柏是她的,那三间带偏厦的房子是她的,山坡上的羊是她的,稻场上晾晒的蜈蚣是她的,但她确实无从证明。等再次卖了羊,小松小柏的母亲就去买了一个手机。当然光有手机是不行的,她还得办个手机号,没有身份证,她就从火塘上方的横梁上取下一条羊腿,去镇上找李安世。李安世把自己的身份证复印了一份给她,帮她办了个手机号。小松小柏的母亲回家后,又从火塘上方的横梁上取下一条羊腿,这回她去了村主任家。村主任正在看电视——《神探李昌钰》。小松小柏的母亲把羊腿搁在村主任的脚边,然后把写着自己手机号码的纸条递给他,拜托他转告小松小柏。村主任接过纸条挥了挥手,连头也没有抬一下。小松小柏的母亲不放心,坐在村主任家稻场边的一块青石上等着,直等到电视放完了,亲眼看着他把羊腿搁到了电视柜上,把纸条贴到了电视柜上方的墙上,这才起身离去。

可小松小柏的母亲依然没有等来任何电话,她吃饭睡觉都把手机带在身边,可是手机从未响过。小松小柏的母亲怀疑自己买了个不会响的手机,她又去了村主任家,央求村主任拨打自己的手机号码。手机不但会响,而且会唱!村主任拨完电话号码后,小松小柏母亲的手机很快就唱起歌来,她这才放了心。闲下来,她时常坐在门前的樟树下,手里握着手机,眼睛痴痴地望着那条山脚下的小路,回想起带着孩子们去放羊、去捡蜈蚣的情景,小松小柏的母亲不知不觉就会笑起来。她单是想他们,别的其实倒也不太担心,她在小竹村度过的这些年使她相信,世上还是好人多,而好人总是会碰到好人。也许就像村主任说的:"不用想他们!兔崽子们灯红酒绿,好着呢!等到春节,他们就会明白自己终究不是城里人,再远也得滚回来!"

而春节还能有多远呢!

一个初秋的早上,小松小柏的母亲把羊拴在山坡上后,回头望了望于家那三间带偏厦的房子,房子里没有小松小柏,也没有羊,她回去做什么呢?于是小松小柏的母亲就地找了块平坦的地方躺了下来。她闻到了初秋的青草那干燥浓郁的温暖气息,看到天上的云远远地飘走了,留下来一大片蓝莹莹的天。小松小柏的母亲觉得日子好得令人心里发空。她打了个呵欠,把一只胳膊搭在眼睛上,很快就进入了梦乡。在梦里,小松小柏的母亲见到了她的父亲,他完好如初,抱着根羊鞭朝她走来。他朝她微笑,告诉她药材商人的钱治好了他的病。小松小柏的母亲很诧异父亲还活着,她看着他高兴得直淌眼泪。小松小柏的母亲想把小松小柏推到面前给父亲看,她回身抓到了小松,却没有抓到小柏,她举着一只空空的手,焦急地问小松:"你弟弟呢你弟弟呢?"小松低着头不回答她。她把他的小巴抬起来,看见的却又是小柏,她摇着小柏的肩膀问:"你哥哥呢你哥哥呢?"小柏也低下头不回答她。她急得出了一身汗,惊慌地从梦中醒过来。小松小柏的母亲从草地上坐起来,擦了把额头的汗,四下里看了看,山坡下的稻田里有个老人在干活,风正顺着山坡吹上来,草叶被吹伏下去的一瞬,露出来一些黄的白的野花。一只羊拴得距小松小柏父亲的坟墓近了点,现在它把半边坟堆上的草都啃低了。小松小柏的母亲连忙起身走过去,给羊换了个地方拴着。这一天才刚开始呢,居然躺下就睡着了。小松小柏的母亲感到很奇怪,更令她奇怪的是,刚刚做的这个梦,到底是什么意思呢?小松小柏的母亲拍了拍身上的草茎和尘土,决定去镇上找李安世问问。

小松小柏的母亲把羊牵回家后,推着单车出了门。转过山来,小松小柏的母亲意外地看到那面山坡上竟然围着许多人,不远处村主任家的稻场上停着三辆警车,车顶的红灯在阳光下熠熠生光。稻田里那些弯曲狭窄的田埂上,还有不少人正往这赶过来。有个穿着件红色上衣的女人,边走边用木梳梳着自己乱蓬蓬的头发。小松小柏的母亲头一回见到这番景象,这么多的人,邻近几个村子里的人,只怕也都赶来了。小松小柏的母亲把单车靠到路边一棵松树上后,也赶紧挤到人堆里去。

"死人了死人了!"周围的人嗡嗡议论道。

这面山坡地势陡峭,有几处因泥石流造成的沟壑,沟壑幽深,松树长得密不透风。以前她还带着小松小柏来这里捉过蜈蚣呢。小松小柏的母亲奋力钻到人群前面去,她看到沟底用绳子围起了一个圈,村主任也在圈里头,正和一个脸色灰黄的警察说着话。两个身材高大的警察推搡着一个戴脚镣手铐的人过来了,人群里响起了"杀人犯,快看那个杀人犯"的喧闹声。小松小柏的母亲仔细看了看那个杀人犯——三十来岁的年纪,一张瓦刀样的瘦长的脸,微微佝缩着的单薄的肩膀,并没有什么特别的。杀人犯的脚镣和手铐被一根铁链扣在了一起,他的两只硕大的手都只能端在小腹那儿。杀人犯怯怯地伸出一根手指头,略带迟疑地往一个地方指了指。几个戴白手套白口罩的警察拿来了铁锹,一小块草地被扒开了,露出来深红色的黏湿的土。这些深红色的土再被掘开，露出来一个灰暗的人形物体，一把尖嘴镐把他从泥土中钩了出来，衣服鞋袜竟都还是全的。小松小柏的母亲心里一阵乱跳，而人群轰动起来，响起了"咦——"的一声喧嚣。

"为什么要杀他？"人群里有人问。

"什么也不为！杀人犯要抢珠宝店，想先练练手，听说是从劳务市场找到他的，是个细伢子，不晓得辨人。一枪打在后脑壳上。"人群里有人答。

"什么也不为！"小松小柏的母亲吓得把手捂到嘴上去。

村主任用一只手捂着口鼻，走到土坑边看了会儿，回身大声对那个脸色灰黄的警察说道："不是我们这里的人，不是！"

那个脸色灰黄的警察嘴里一直嚼着什么，他默默地看着另外几个警察在沟底忙活儿，没有再跟村主任说一句话。一顿饭的工夫过后，戴白口罩的警察用一块塑料布把沾满红土的尸体兜了起来，装进了一个长方形的塑料箱子里。他们抬着箱子，押着那个杀人犯一并上了那两辆警车。村主任把他们送过去后，马上一路小跑折回到现场来。他折了根松枝，蹲在土坑边在泥土里拨来拨去。

小松小柏的母亲看着草地上那个红色的土坑，心里难过得不得了，她也在村主任身边蹲下来，问道："村主任，晓得不？是谁家的孩子？"

"哪个晓得！又没找到身份证，裤兜里只有一支笔。"

"他的身份证呢？现在的孩子不是都有个身份证的吗？"

"哪个晓得！"

那个穿红色上衣的女人也凑过来，好奇地问道："怎么被打死在这里？"

"哪个晓得！有人哄他说家里有口煤井，缺个坐在井口记数的伙计。"村主任失望地把手里的松枝扔掉，拍了拍手上的泥土站了起来，道，"唉，一句话，牵牲口一样就把一个人牵来杀了。"

"造孽，他家里人都不晓得，到了年底还会盼着他回去过年的吧。"红衣女人叹道。

"他脖子上挂着个护身符呢！"村主任有些兴奋地冲大家说道，"想想看，一个贴身物件，隐含着多少秘密呀，真要下功夫查，哪有查不到的？"

"下功夫查？"有个见多识广的村民扑哧笑道，"呵呵，死的又不是皇帝儿子！"

"这话算你说着了。"村主任叹了口气，道，"抢劫杀人犯都抓到了，这个案子就算是破了，大家都立了功，哪个还会去查这个倒霉蛋！有个护身符又有么子用嘛！"

"村主任，你可看得清是哪样的护身符？"有人好奇地问道。

"一个不值钱的石牌牌，两面都刻了字，一面刻着'出入平安'，一面刻着'前程远大'。"

小松小柏的母亲停下脚步，把一只手慢慢捂到胸口上去。她看到人群聚拢来，将村主任围到了中央。她离开人群，走到那棵松树下去推单车。她两手用力抓着单车把手，抬腿试了好几次，都没能骑上去。

"谁家的孩子呀？死在这里……"

小松小柏的母亲心里乱得很，她推着单车慢慢在山道上走着，山还是那座山，路还是那条路，不知道到底是什么被改变了，风吹过松树林，听上去都像是一阵阵的呜咽，她听得心惊肉跳。

"到底是谁家的孩子呀？"

小松小柏的母亲把一只手伸进口袋里，握住了那只从未响过的手机。她盼望着它赶紧响一次，哪怕只是一次。可手机一直都没有响，只有太阳，沉默而温和地照了她一路。

(原载《江南》2014年第2期)

被埋没的神

南风把一阵浓郁的油菜花香吹送进了丝瓜巷,花香使我外婆想起了一桩旧事。

"是油菜花香吗?"外婆惊叫道。她把手里的菜筐放下,狗一样四下里嗅了嗅,拍着手问我道:"小宝!小宝!莫不是油菜花开了?你闻到了吗?"

我坐在门前的台阶上,仰脸看小院上空,没有搭理她。

天空很蓝,温暖湿润的风像条河一样在空中缓缓流动,各种花粉漂浮其中,暗香潮涌。哈,倘若人们都能像我一样闻得到它们,或者看得到它们,也必定要像我一样痴了,傻了。瞧,那在空中飞来飞去的雪白的羽绒是垂柳树的情丝,金色球状的花粉就藏匿其中,若你肯伸出一根手指出去沾上一片,放到鼻尖下捻捻,就能闻到一股子暖暖的成熟女性的味道,姆妈的味道。一小片芝麻蒿的花粉漂过来了,它们抵达这个城市的时间一定不短了,闻上去已经有了股灰霾的腥气。我还闻到了白蓬草花粉的气息,它们就混杂在我头顶上空这条有香味的河流中,它们所到之处,留下的是转瞬即逝的微微有些刺鼻的甜腥味。松花粉则是活泼的、莽撞的,它们像是长了一双翅膀,凭借着风力、气流,在空中横冲直撞、翻滚不停,像极了这个季节里发情的猫猫狗狗。人们不知道,其实花粉们也是不安分的,它们在风的河流中飘来荡去,每颗花粉都渴望着一场足以把它们烧成灰烬的艳遇。我想象着城外的原野,白蓬草花一定开遍了山坡和河沟,它们也一定像往年一样,竭尽全力地打开每一片白色的花瓣,骄傲地露出它们的雄蕊。

"小宝！你倒是说说呀，你闻到了吗？是油菜花开了吗？"

那还用说吗？我当然闻到了！早就闻到了！五天前的一个深夜，夜风从窗缝里把今年第一抹油菜花的甜香送到我梦中，我打了个喷嚏，尿了一床，外婆为此给了我一顿好揍，难道她就忘了吗？呵，不要问我为什么，我就是闻得到油菜花的第一抹甜香，也知道我头顶上空这条香香的河流中鲜有油菜花粉的身影，它们蜷缩在花朵深处，安静地等待，随风而来的只是它们浓郁得令人沉醉的香味。就像那些甜甜的桃花、杏花、槐花，还有黄荆条和野生毛茛，油菜花也是在花朵的深处藏着花蜜，以此吸引馋嘴的蜜蜂和蝴蝶来吸食。那些可爱的飞虫在一朵朵香喷喷的花朵上忙个不亦乐乎，它们在饱餐一顿的同时，也顺便将一朵油菜花的爱情传递给了另外的一朵。我闭上眼，仿佛就能看见蜜蜂沾满花粉的长腿探进油菜花花冠深处的那一刻，花粉与花粉的碰撞引起的战栗使整株油菜都摇晃了起来。一整个春天，漫山遍野的油菜花常常这样幸福地摇晃。这个世界上再没有比这更美妙、更令人叹为观止的事情了！可人们又知道什么？他们傻傻地，只会以为那是风的缘故呢。

外婆见我不理她，咚咚咚跑到我面前来，揪住了我的两只耳朵，把我从台阶上提了起来，威胁道："小宝，你再不说话，我就饿你三天，你可要想清楚了！"

我把目光从空中收回来，看着我外婆的脸——不算太老，却十分干瘦的脸，两片薄而干燥的嘴唇紧抿着，嘴角的两道弧线深深勒进了单薄的面颊，鼻翼一张一合，眉头拧到了一块儿。她在生气。我不用看她的眼睛，就知道她在生气。说不清是从什么时候起，我不再看人们的眼睛，人们的目光是这世上最令我心悸的东西。我的医生曾断定这是我病情加重的结果，可医生又知道什么呢？人们的目光真是又冷又硬啊！每一道不经意的目光都是一根满怀戒备的柔韧的竹篙，只一下就能将你弹到几里开外。偶尔，人们的目光也会在我身上停留下来，好奇、嘲讽、不屑、怜悯……这些和我外婆、我姆妈眼底不知不觉就流露出的伤心、无助一样，通通都能在瞬间将我戳伤，我不想被人们的目光所伤，因此不再看人们的眼睛。我不看外婆的眼睛，但照样可以知道她生气了。惹外婆生气可不是什么好玩的事情。去年的这个时候，我犯了事，外婆揍了我一顿不算，还饿了我三餐饭。挨揍的滋味我不记得了，但是饿饭的滋味是非常不好受的。于是我开口说道：

"开。"

"阿弥陀佛！"外婆松开手，连拍了几下巴掌道，"太阳山观音娘娘的像，怕是早都成了哇，得赶紧让你姆妈回来一趟！"

去年夏天，城外的太阳山要砌观音像的消息传到了丝瓜巷，都说这座观音像将矗立在太阳山南边新开的广场上，都说这像将用太阳山原生石堆砌而成，都说砌成后将成为全亚洲最高的原生石观音像。我外婆这一生，除了我、我姆妈，就只有菩萨了。所以这个消息令外婆非常激动。

"小宝哇，太阳山北边儿的灵泉寺修观音殿的时候，我们不晓得，这次呀，阿弥陀佛！是大慈大悲的观音娘娘让我们知晓了！"

外婆从上着锁的衣柜里抱出一个上了锁的小匣子，又从小匣子里取了一沓钞票出来，带着我急急忙忙去了一趟太阳山。太阳山风管委的胖叔叔在阴凉的办公室里喝茶，外婆隔着张亮锃锃的桌子把手里汗津津的钞票递到他跟前。

"这个工程，政府有预算，不吸纳民间捐款。"胖叔叔道。

听闻此言，外婆急得脸都白了，说："领导同志，政府的，是政府的心意，我们的，是我们的心意。"

"既然是这样，"胖叔叔喝了两口茶后说道，"后头大堂有个功德箱，你若诚心诚意，就搁那里头吧。"

诚心诚意的人不止我外婆一个，功德箱里的钱是满的。外婆颇费了番工夫，才将那沓钞票塞了进去。

外婆捐完钱，拉着我又跑去问胖叔叔："领导同志，观音娘娘的像，什么时候能好呢？"

"按计划，要在来年观音娘娘的生日前完成。"胖叔叔道。

"那，娘娘的生日是什么时候呢？"外婆又问。

胖叔叔喝了半天的茶，才甩了一句："油菜花开的时候咯！"

尽管不知道观音娘娘的生日令外婆很有些难为情，但回来的路上，她还是很开心。外婆把我的一只手攥到她的手心里，边走边摇摆着我们紧握在一起的手。外婆说："小宝哇，我的傻孩子，你知道吗？观音娘娘最是大慈大悲，一准保佑你的痴病好起来，也一准会保佑你姆妈，保佑她给你找个好爸爸！"

我的痴病也是我的一笔财富，给了我不少便利，好不好的倒并不打紧，但好爸爸我也还是希望有一个的——如果可以。只是外婆为了这个观音娘娘，连带我去壹得壹吃碗牛肉米线的钱都没有给我剩下，我对这个全亚洲第一的观音娘娘，实在是一点儿也喜欢不起来呢。

姆妈回到家里的时候，天还没有黑。

姆妈是一个人回来的。这回，那个养老鼠的男人没有跟她一起来。我不喜欢那个养老鼠的男人。养老鼠的男人姓张，身材瘦小，总是穿黑色的西服，从无框眼镜的上方看人，一笑就浑身抽搐，看上去和一只老鼠没什么两样。我喜欢姆妈一个人回来。我有多久没有见到过我的姆妈了呢？我坐在窗前，低着头，来来回回地扳着手指头数着。外婆在厨房里忙着晚餐，腊肉炖春笋、香椿炒鸡蛋、鲊辣椒糊鱼、豌豆苗烧汤，还有从壹得壹打包回来的一大钵牛肉米线。都是姆妈爱吃的！也是我爱吃的。姆妈只是走到丝瓜巷口，我就听到了她的脚步声，她的高跟鞋轻快地敲打着碎石路面，十分悦耳动听。伴随着她的脚步声的，是一只轻便旅行箱的滑动声，慢悠悠的，听上去像是条跟在主人后面亦步亦趋的小狗。有那么一会儿，脚步声没有了，小狗也停了下来，我知道，一定是街坊们看到姆妈回来，有许多的话要跟她说呢。

"哟！珍哪，回来了？"

"是呀，回来了。"

"张老板怎么没有一起来？"

"他忙。"

"钱是赚不完的嘛——还是养老鼠？"

"是呀。"

"还是出口吗？"

"也内销。"

"真是有本事的人哪，老鼠也卖得出钱来。"

"不是一般的老鼠，是高科技鼠，维E鼠维C鼠高钙鼠什么的，鳄鱼、蟒蛇、巨型蜥蜴最爱吃的了。"

"啧啧！把钱花在这些东西身上！世上的人哪像草木，各色各样。"

"有些人就喜欢那些爬来爬去的东西，他们跟这些爬行动物才有话可说。

我见过一个日本人,他每晚都跟一条短吻鳄睡在一起,买老鼠的时候也十分挑剔,一定要白色的,一定要小母鼠。"——这个日本人,姆妈至少说过三回了。

丝瓜巷的人沉默一阵儿,然后齐齐地盯着姆妈,发愁地叹道:"只是,赚那么多的钱,怎么花呀珍?"

"哪个晓得嘛!"姆妈在众人的目光里低下头,沉默了。可片刻之后,姆妈的脸上又恢复了先前的光彩,姆妈忽地昂起头来,笑道:"花不了,就烧呗!"

"啧啧!啧啧!"

我能想象姆妈说这些话时的样子。她歪着头,满脸含笑,一手牵狗一样牵着个旅行箱,另一只手抻着坤包的肩带,光鲜、靓丽,看上去一点儿也不像是赶了远路的人。"花不了,就烧呗。"说完这句话,我的姆妈会大笑起来,两只镶水钻的耳环就在她单薄的肩膀上荡起了秋千,荡得人眼睛都花了。

我有两百多天没有见到姆妈了。两百多少天呢?我扳着手指,继续慢慢数着。春节的时候,姆妈人没有回来,回来的是钱。外婆带我去邮局,取了一沓钞票出来。我知道那些钱也是卖老鼠得来的,整个春节我都没有什么胃口,即便是壹得壹的牛肉米线也勾不起我的食欲。整整一个春节我都没有吃壹得壹的牛肉米线。

两百零一天、两百零二天……

"咚咚!咚咚咚……"这时,响起一阵敲门声。

厨房里的汤锅响得正欢,外婆似乎没有听到。敲门声很快变成了一阵急促的拍打声,姆妈在门外一连声地叫道:"小宝!小宝哇!"

姆妈叫的是"小宝"。

外婆却答应着从厨房里跑了出来:"哎——来了来了!"

这两个女人见面总是这样,先是抱在一起,又哭又笑的,末了,都要狠狠责备对方为何瘦了这许多,都要拉长了脸责问对方是不是不舍得吃,不舍得花钱。这阵儿热闹过去后,姆妈才会从外婆的臂膀里回过头来寻找我。这回也一样。姆妈擦了擦眼睛,把头朝我转过来。仿佛是怕吵到我,她轻手轻脚地走过来,把身上的薄呢裙子理了理挨着我坐下。姆妈轻轻地把我揽到她的怀里，姆妈身上的味道好闻极了，暖暖的淡淡的清香味道，垂柳树金色花粉的味道，是我喜欢的味道。

"小宝，我的小宝……"姆妈用下巴摩挲着我的脑袋，喃喃低语。

我终于计算出姆妈不在家的确切天数了。两百三十二天！我把两只手掌伸到姆妈面前，翻过来掉过去，告诉姆妈她有多久没有回家了。

姆妈把我的两只手都捂到她的手心里，她亲了亲我的手背，道："对不起哇小宝，对不起！"姆妈什么都知道。

外婆把饭菜端上桌，姆妈却顾不上吃，她紧紧地搂着我，用下巴摩挲着我的脑袋，问外婆道："怎么样？还乖吗？"

"阿弥陀佛！搭帮菩萨保佑，乖倒是乖，从不乱跑的。"

我能跑到哪里去呢？我几乎不出丝瓜巷。这跟菩萨没有什么关系，外婆只用一句话就能拴住我。她说："别乱跑哇，小心被人拐跑！"我不知道会被拐到哪里，但我却猜得到，在那里，人们的头顶上大约是不会有一条有香味儿的河流的。

"近来犯过吗？"

"电话里不都说了嘛，就那一回，你上次带他看过医生后，一直挺好的。"

"药还在吃吗？"

"阿弥陀佛！哪儿敢停啊！你说他傻吧，见药片儿倒把嘴巴咬得死死的，刀子也撬不开。"外婆得意地一笑，道，"我都化在蜜糖水里哄他喝下了。"

姆妈一手搂着我，一手理着我的头发，道："我的小宝才不傻呢！"

"这话也就在家里说说罢了。上次那事过后，小宝出门，一街的人都跟防什么似的。阿弥陀佛！桂姨孙女儿，还抱在怀里吃奶呢，没长齐全的东西，见了小宝，桂姨尿都不肯把了，巴巴地爬四层楼回家去把。怪谁？只怪我们落下话把儿。菜花黄，痴子忙。昨天我可闻到菜花香了，这时节得格外小心。唉，一天比一天大了，以后怎么办哪？"

"您老为什么总这样！"姆妈不高兴了，责备外婆道，"小宝才多大呀！难道就治不好了吗？医学一天比一天进步，现在连那些个烂心烂肝的都能换了呢，何况我们小宝这点儿小毛病。我撂句话在这儿，我们小宝，连只蚂蚁都没踩死过，菩萨保佑，将来准得比这一巷的孩子都强！桂姨孙女儿，哼，以后只怕还高攀不起呢！再说我们小宝哪里傻了？什么他不晓得的！"姆妈把我搂在怀里轻轻摇晃着,道,"小宝哇,快叫声妈妈,让你的糊涂外婆听听!"

"妈。"我叫道。

姆妈笑起来,又亲了我好几下,道:"瞧,小宝不傻,外婆才傻呢!"

外婆叹了一口气,也笑了,道:"十三岁的人了,半天不开口,开口就一字,还把你乐的。其实我比你更想小宝好起来,我老了,想要个伴,扯个白话,哪里指望得上你。"

"小宝现在不是伴吗?"姆妈拉着我的手,起身走到桌子边,她弯下身子,使劲儿吸了吸鼻子,一副馋极了的样子。姆妈拿起筷子往我碗里拨米线,头也不抬地对外婆说道:"再说,我又不会死在外面!"

这句话让外婆也沉默下来。她坐下来后,把身子往姆妈那边探了探,问道:"他们都问你什么?"

"无非是老张怎么没有来。"

"你怎么说的?"

"忙着赚钱呗,难道说我们黄了,让他们笑话?"

"你这孩子!阿弥陀佛!"

"桂姨最可笑,还问我是不是回来扫墓的,明知道我打小没爹的,有什么墓可扫!"

外婆垂下眼睑,慢慢放下筷子,不说话了。

"妈!瞧你!"姆妈看了外婆一眼,夹了一筷子腊肉到外婆碗里,"我有妈妈就够了。小宝也是,小宝有姆妈有外婆就够了,是不是?"姆妈转过脸来逗我。

"你和老张到底怎样?将来我死了,你和小宝——"

"妈——"姆妈把一只手覆在外婆的手背上,"不准你说死。"

外婆把姆妈的那只手握到掌心里,道:"珍哪,人没有十全十美,十全十美的也轮不到咱哪,咱们这样的人……我看老张人不错,比小宝亲爹强,亲爹认都不认,老张至少还肯认小宝哇。"

"亲爹!亲爹早死了,提他做什么!"姆妈撇了撇嘴。过了一会儿,姆妈又道:"老张求婚来着……"

"阿弥陀佛!你有个归宿,我这后半辈子也就活得安心了。"外婆拍着自己的胸口道。

"我还没有答应他。妈呀，你不知道，我实在是怕那些老鼠。"姆妈的声音低下来，"他还有只宠物鼠，二尺长，跟老张一样有胃病，胃病一犯，它就自己爬进一只装着中草药的柜子里找药吃——"

"阿弥陀佛！阿弥陀佛！"外婆骇得直念佛。

"我这回回来，就是想求求大慈大悲观音菩萨，保佑我早点儿攒够钱，回来开个服装店。只要能守着你和小宝，就是刀山火海——"姆妈停了会儿，又接着道，"老张倘若肯跟我回这来，我就嫁给他，倘若他不肯……"

外婆叹了一口气。

"你是不知道那地方。我回来前，老张一个劲儿劝我接你和小宝过去住，我是压根儿不想让小宝和你去那里受罪的，一股老鼠味儿！我在那儿受得还不够？还把你们也弄去？"姆妈嗅了嗅自己的两条胳膊，"我在路上走了两天了，总觉得身上还有股老鼠味儿。"

"我闺女好闻着呢。小宝鼻子尖，你要是有老鼠味儿，他都不会让你碰他的。"外婆笑道。

"这倒是。"姆妈摸了下我的头，也笑了起来。

我倒没从姆妈身上闻到老鼠味儿。只是，我不知道老张会不会舍得离开那些老鼠，不养老鼠后他会怎样？看上去还会不会像只老鼠？倘若他来，他会不会把那只会给自己治胃病的老鼠也带来？说实话，我对今后有可能要跟老张和一只老鼠共处很有些犯愁。不过，如果一切都像外婆所说的，你如意的和不如意的，通通都是菩萨给的，那我们还有什么好说的。

壹得壹的牛肉米线好吃，腊肉炖春笋好吃，香椿炒鸡蛋也好吃，每一样菜都好吃。我把肚子装得满满的，走到门前的台阶上坐下。夜空漆黑无边，但我知道依然有新的花粉、新的香味儿源源不断地汇入到头顶这条看不见的河流中。许久未见，两个女人都攒了一肚子白话，她们扯了很久也没有扯完。外婆比姆妈大十七岁，姆妈比我大十七岁，我们三个人，命中注定是要在一起的。我坐在台阶上，听她们在身后叽叽喳喳拌嘴扯皮，心里就格外安稳。

天还没有完全亮，外婆和姆妈就把我摇醒了。她们烧好了洗澡水倒在木桶中，我不明白她们为什么非要我一起床就洗澡。我从未在早上洗过澡。我也不喜欢在早上洗澡。

"今天是观音娘娘的生日,观音娘娘不喜欢闻上去臭臭的孩子。"姆妈说。

这有什么难的?我只要到城外的田野上打个滚,就能香得让观音娘娘直打喷嚏。尽管是这样,但我为自己着想,还是听她们的话飞快地洗了个澡。我可是知道的,要想让女人明白一件她们原本不明白的事,就像要跟观音娘娘直接对话一样难。

早餐是白米粥、白米糕。每次去拜观音娘娘,我们都吃得很清淡。

"不能冲撞了菩萨。"外婆回回都这样说。

两个女人还都换上了素色的干净衣服,都是黑色的运动裤,姆妈是浅蓝色上衣,外婆是浅灰色上衣,猛一看像是俩姐妹。路过穿衣镜前,我也瞟了下镜子里的自己,姆妈新买的草绿色连帽衫不错,使我看上去像株挺拔的小白杨,突然间,我觉得自己的身体里好像也充满了金色球状的花粉,这令我异常欢喜。

"瞧这孩子,虽然不会磕头,可是每回只要说是去拜菩萨,他就高兴。"外婆说。

"他什么不晓得的?"姆妈摸了摸我的脑袋,一个浅浅的笑在她嘴角荡漾开来。我们一直走到了丝瓜巷口,她的脸上依然带着这笑。

我知道去太阳山的那条路,那是这个世界上我唯一懂得怎样走的一条路。在丝瓜巷口过十字路口,到马路对面坐那种车体上画着一大碗牛肉面的车,牛肉面车一直往东跑,一直跑,一直跑……它跑不动了,会在一棵大樟树底下停下来,我们下车去,换乘另外一辆车体上画着一大碗牛肉面的车,这辆车会将我们一直带到山脚下,然后我们再次下车去,从北侧的入口爬上山。我跑到姆妈和外婆的前面去,想赶在她们的前头穿过十字路口,可是姆妈一点儿也没有到马路对面去的意思,她一把抓住我,手一挥,一辆红色的的士恰到好处地停在了我们面前。司机是个黑瘦的女人,穿着一件很短的牛仔夹克衫,她把两手搭在方向盘上,歪着脑袋从车窗里问我们要去哪里。外婆也和我一样想坐牛肉面车,外婆说:

"打的太费钱了,坐公交,来回只要五块钱呢。"

姆妈不说话,拉开车后门,把我和外婆都塞了进去。

"太阳山。"姆妈坐到司机旁边的座位上后,扭过头来对我和外婆说,"钱就是拿来花的嘛,再说这样我们能提前三十分钟到那儿呢。"

我不介意什么时候到太阳山，时间对我来说没有什么意义。我也不介意坐什么样的车去太阳山，走在同一条路上，坐什么样的车又有什么分别呢？令我开心的是，车越往城外的方向开去，空气就越好闻，且样样东西都好看起来，草是那么绿，花是那么艳，偶尔从路旁跑过一两只追逐嬉闹的小狗，它们看到汽车，驻足往车上观望的样子真是可爱极了。我把车窗摇下来，让好闻的空气涌进车内。外婆连忙用一只胳膊拦腰搂住我，像是怕我从车窗里飞出去。我索性把两只手都伸到窗外去，裹挟着花粉的风从我手指间飞快掠过，我的十根手指就像一下插到了一盆香浓软滑的牛奶里。

"哦呀，小祖宗！"外婆叫起来，用力把我按到座位上。

司机开着车，抬头从她头顶前方的小镜子里看了我一眼，笑道："好家伙，别的孩子都去上学了，你多好哇，去太阳山玩！"

"我们不上学。"姆妈说。

司机把脸朝着我扭过来，我感觉到她在打量我。过了一会儿，司机把头扭回去看着前方，她叹了口气，道："不上学也好，现在上学又有什么用呢？"

我不知道上学是什么意思，但她唉声叹气的样子，好像吃够了上学的亏。

"我儿子马上大学毕业了，工作还没着落呢，他那些家里有本事有路子的同学，去年年底就找好工作了。唉，现如今，有什么都不如有副好爹妈。"

"让孩子他爹也求求人，为了孩子，面子是顾不得的了。"外婆道。

"嗬！面子！即便他舍得，可他也得有哇！我们这样的人，哪里有什么面子！"

"现在大学生找工作是不易。"姆妈感叹道。老张的养殖场里有很多大学生，去年姆妈回来，说又招了一个博士。姆妈告诉过我什么叫大学生，她说大学生就是父母花钱送他们去喝墨水的人。姆妈也告诉过我什么是博士，博士就是花更多的钱，喝更多墨水的人。我可是知道墨水的滋味的，桂姨的杂货铺里就有墨水卖。我可不想喝墨水。

"我那孩子打小就是个聪明孩子，学习上从来没让我操过心。"司机清了清嗓子，把车窗摇下来，往外吐了一口唾沫道，"公务员，还有事业单位什么的，现在我们是不去想了，我们下辈子也不会去想了，就只盼着孩子能找份像样点儿的工作，能发挥一技之长，能养活他自己，这就够了，够够的了。可纵使这样，也难哪。"

"现在大学生太多了。"姆妈说。

"孩子急,我不急吗?吃不好睡不好的,我急,可我还不能跟他急。有次我在电话里跟他开玩笑,说实在不行,跟我跑车吧,有手有脚的,还能饿死?嗨!你们猜怎么着?这话像刀子一样扎到他了,他一声不吭,哐啷一下把手机摔了。末了,我还得给他钱买新手机。"司机拍着方向盘,摇了摇脑袋,一绺枯黄的头发在她发黑的衣领上擦来擦去。

我的外婆用两只胳膊紧紧箍着我,她把身子往前挪了挪,贴着那司机的后脑勺道:"那,你拜过菩萨没有?求求菩萨,会好起来的。"

"大姐、妹子,我跟你们说句实话吧。我每天早上五点出门,晚上十点收工,我没得时间搞别的。就说这太阳山,我哪天不得跑几回?可我从来没有上过山,南边山头也好北边山头也好,不知道山上么子样。"司机的语气里透出心酸来。

"我们是娘俩。"外婆笑了笑,道,"这就是你的不对了,勿怪我说话直,你菩萨都不拜,忙也是白忙。灵泉寺的头香,听说年年都是领导们的。领导本事大吧,什么事都不用求人,可还得求菩萨呢。何况我们这样儿的?即便没事求菩萨,也该求菩萨怜悯,好活得顺当儿些。不瞒你说,要不是菩萨保佑,我都不知该怎么活下来。"外婆的声音低下来:"从前我在纱厂上夜班,人小,胆也小,就怕走夜路遇坏人。那时候年轻,也不知道信佛拜菩萨,怕什么来什么。"外婆擦了擦眼睛,伸出一根手指指了指姆妈:"是在战备桥底下有的她——"

"妈!"姆妈打断外婆的话,对司机道,"停一下吧,好油菜花儿,我得给孩子照几张相。"

我扭头往窗外一看,可不,路边的池塘那儿,有几块田里的油菜花开得明艳艳的。我没等姆妈再叫我,车一停我就拉开车门跑下去。那些油菜花儿,正在那儿幸福地摇晃呢,它们留在水中的倒影也像喝醉了酒一般摇晃个不停,晃得水面都荡起了一圈圈细小的涟漪,我甚至听到了它们因快活而发出的叹息声。我站在路边,贪恋地呼吸着它们浓郁的香气,浑身都酥软起来。姆妈拿着相机,一会儿跑到我左边,一会儿跑到我右边,咔咔咔地对着我拍个不停。

这次我们选择了山南边入口的那条路。一开始我有些想念北边的那条路,不知道那条路两边的花花草草现在怎么样了。但走着走着，我就忘记了这是两条不同的路。路两边一样开满了紫花泡桐，白蓬草的小白花、蒲公英和野生毛茛的小黄花铺满了山坡，高大的毛栗树上，翠绿的枝条上生出了一串串毛茸茸的栗花苞儿，还没开呢，浓郁的香气已经把林间的风都染透了。姆妈拨开一丛茂密的野草，采了一束肥白的小花递给我。姆妈告诉我这花叫禾雀花。我又交了一个新朋友，欢喜极了。我把花抱在手里看着，嗅着，期待着自己不久就能从头顶上那条有香味儿的河流中辨认出它们。外婆和司机什么也不看什么也不嗅，她们手挽着手聊了一路，看着她们，谁能想得到今早的时候她们还只是两个互不相识的人呢。

我们四个人爬上了太阳山。

我们来到广场上。可是广场上却没有观音像。

广场很大，空荡荡的，只有几个卖棉花糖、卖风车的小贩推着小车在广场上转悠。广场北边用石头垒砌起来一个小山似的平台，平台上坐着一个面目狰狞的汉子，他的每颗牙都比一头牛还要大，搁在肚子上的两只手，能并排停下两辆牛肉面公交车，两只眼睛圆鼓鼓的，且睁得老大。尽管我知道他只是个石像，但我依然心生恐惧，不敢再看他一眼。

外婆愣住了。姆妈和司机都不解地看着她。

"这是观音广场吗？"外婆伸手拉住一个在广场上兜售风车的小贩问道。

"这是盘古广场。"

"这个傻大汉到底是谁呀？观音娘娘的像呢？"

"买个风车吧，好运转转来哟。"

外婆买了个风车。

"这里没有观音广场，这里只有盘古广场。一周前才修好的，一周前就叫盘古广场。"小贩道。

外婆对我们说："你们在这儿坐会儿，我去找个管理同志问问，观音娘娘的像砌在了哪里？"

我、姆妈还有司机，都坐在广场边一棵松树下的长椅上等着。一群上山春游的年轻人从我们身边跑过，小伙子们追逐着穿花裙子的姑娘，他们欢快的笑声洒满了广场。这群快乐的年轻人跑到了那座巨大的石像下，他们安静下来，齐刷刷地抬头观望。片刻之后，他们又再次喧闹起来，大呼小叫地爬上那座小山似的平台，开始像蚂蚁一样从石像的脚趾间往上攀爬。

外婆带回来的消息真是令人大吃一惊。

"这也是个神。"

外婆紧挨着司机坐下，她从姆妈手中拿过背包，往外掏出了两把长香。外婆和司机分了一包，然后把剩下的那包香递给姆妈。

"管理同志说了，这位神仙，叫盘古，若没有他，这世界就是人不人鬼不鬼神不神的，他一斧子劈出了三界，功劳很大的了。只是他从未进过寺庙，从未受过香火，所以大家都不怎么识得他。"

"埋没了。"司机看着石像，感慨地说道，"原来神仙也有不得意的。"司机把两条腿伸得直直地坐着，一边看着石像，一边用两个黑黑的拳头捶着自己那两条瘦瘦的腿。

姆妈不接那把香，问："当初不是说要砌观音像的吗？"

外婆叹了一口气，道："进了寺庙的菩萨、神仙，都是教上的，是上了仙班名册的，砌个像国家就要管了。管理同志说他们本来也要砌观音像——哪个不想砌观音像嘛！"外婆把两手一摊，接着道："可报到国家一个么子宗教办公室，很久都没有批下来，倒是像盘古神仙这样的，不在庙不在教的，没人管，砌多高多大都随便你。"

"神仙还给分了个三六九等！"姆妈揉着自己的脚背，不悦地道，"难怪今天这条路上的人那么少，看来大家还是都去灵泉寺那边了。"

"阿弥陀佛！这位神仙，以他的功劳，哪位菩萨不得给他几分面子？今儿也是机缘凑巧，让我们来拜他，观音娘娘那儿，也是说得过去的。"外婆道。

"都没听说过，真的是神仙吗？"姆妈接过香，嘀咕道。

"阿弥陀佛！神仙面前乱讲不得的。"外婆嗔怪姆妈道。说完这话，外婆抬头看着石像，愣神想了一想，忽地一拍巴掌道："阿弥陀佛！讲大鼓书的人，时常说'自从盘古开天辟地'，想来就是他了，凡事都从他这起的头儿，今儿可算是都对上了。"接着外婆用两手抓住我的肩头，低下头来寻找我的目光，外婆的声音听上去又欢喜又难过："小宝哇，这可是开天辟地的神哦！这也是全世界最高的原生石神仙像了！小宝哇，外婆要求求这位神仙，求他保佑我的小宝快快好起来！"

我不知道开天辟地是什么意思，也不知道全世界最高是什么意思。为了避开外婆的目光，我把头使劲儿往石像那边扭去，我看到那群年轻人已经爬到了石像的手掌上，石像正用巨大的手掌温存地托着他们。

这时，很久没有说话的司机朗声道："今天也是缘分，让我拉到大姐。大姐的话，我都懂的，观音娘娘地位高，识得她的人多，求她的人多，拜她的人也多，这位盘古神仙不在册，没人识得他，也就没人求他拜他。我是这样想的，我们需要神仙，神仙也需要我们。今天观音娘娘跟前，不缺人！"说着她一拍大腿站了起来，"我是哪儿都不去了，我就一心一意拜这位盘古神仙了，我别的也不求，就求他一件事，保佑我的儿子找到份好工作。拜完我还得赶紧下山跑车去。"说完，司机拿起香，拉着外婆就朝石像走去。

姆妈看着司机和外婆的背影，长长地叹了一口气，问我道："小宝哇，你告诉姆妈，人求神仙求菩萨，是不是也在求自己？"姆妈问我，可是她却并不需要我回答，话未落音，她就起身跟了过去。

外婆、司机和姆妈走到石像下，三个人的背影都单薄疲惫，看上去十分相像。她们点燃手里的香，并排跪下来拜了几拜，一样的淡淡的蓝烟从她们的头顶升起，散开。我坐在长椅上，长久地注视着正享受香火的石像，在他漫长的神仙生涯中，这一定是他头一回享受凡人的香火了，他那青蛙似的鼓鼓的眼睛，巨大的牙齿和手掌，和先前看上去并无两样，可是我却不再感到害怕了。我一边闻着怀中的禾雀花香，一边愉快地盯着他看了很久，很久。

（原载《芒种》2014年第1期）

陶父吟

我们棚场街，是澧州城内最窄小的一条街。倘若两个成年男人蹲在棚场街街道两边吃饭，倘若他们肯把身子往这街道中间欠一欠，就能撩到对方碗里的菜。当然，换成两个女人，或是两个小孩，则不成。所以在我们看来，我们棚场街也不是特别窄。近些年来，棚场街四周的马路越来越宽，房子也越修越高，但我们棚场街的人都没有汽车，做的也都是修鞋修面，砌墙掏下水道，卖锅盘碗盏、香蜡纸扎、针头线脑，外加瓜子、花生、米线、醪糟的小生意，马路宽不宽、房子高不高的，我们也并不在意。棚场街对过原来是纺织厂的宿舍，后来拆迁了，就地起了一栋十八层外挂深蓝色玻璃钢幕墙的大楼——县法院办公大楼。没有人来拆我们棚场街。我们棚场街每一扇窄小的木门后，与其说是一家子，不如说是一窝子，每个窝里都有一群黑孩子。安置起来可不是一件容易的事。我们棚场街上的人家，儿子在家生孩子，姑娘也在家生孩子。没错，姑娘也在家生孩子，这街上没有人会笑话她们。至于孩子们的户口嘛，呵呵，棚场街多少年！户口才多少年！

没有人能说得清，我们棚场街到底有多少年。只是每每听到旁的人教训孩子："再不好好读书，将来只好落到棚场街去！"我们棚场街的居民们就不免冷笑。再没有比这更缺见少识的混账话了！我们棚场街的人，操的大多是祖业，卖精钢锅的老张，往上数六代都是打铁好手。剃头的老王，手上那把祖传剃刀万金不换，净头皮剃髭须外，翻开眼皮刮眼睑、刀敲后脖颈抽龙筋的按摩绝活，谅你在别的地方是听都听不到的，更别说看到了。孩子不好好读书就打发到棚场街来，打算让他们吃什么呢？我们棚场街的人，识字没有他人多，可也谅他人识字不比我们识事多。日子实打实从我们手上过，在我们看来，前事后事，哪一件不比书本厚呢！随便拿一件来说一说，即便悟不得春秋大义，难不成还道不破人情冷暖、世态炎凉？

就有件旧事，恰好发生在我们小小的棚场街。两百多年之后的今天，这街上竟然还有不少人晓得这段旧事。每每在清晨，当澧州城还未从一场黏稠的宿醉中彻底醒来，薄薄的晨曦还未来得及穿透我们棚场街那些窄窄的前窗，就常有风尘仆仆的乡下人，夹了塞满打印纸的旧布包，一路打听着来到棚场街。自从县法院办公大楼搬到棚场街对过后，这样的乡下人我们见过多少！他们往往把我们这里当作他们进城后的第一站，他们来这里修补因为长途跋涉而变形开裂的鞋，刮干净他们髭须横生的下巴，他们也想吃几碗牛肉米线、汤圆醪糟，好安抚他们一肚子咕咕乱叫的饥肠。此时，我们棚场街的居民常常刚忙完了生意开张前的各项准备，刚从自家的瓷坛里摸出了一把花生，刚给自己倒了杯自泡的三花蛇酒，刚打算小酌一杯后开始一天的操劳，看到乡下人那踌躇、忧戚的面容，我们棚场街的居民们常常会在心里忆起这段旧事。忆起来时，人人都不免要将自己手中的酒杯放下，情不自禁地长叹一声："造孽！"

这段旧事，实在是时隔久远，欲说已无从说起。不过，就像街头那块前人遗下的"棚场街"三字石碑，纵使时光无情，但你若肯俯下身躯，仔细吹去积年浮尘，再用沾了口水的指头耐心擦拭，那被时光荡平的前人手迹，多少总能辨得些许。

这件旧事，貌似发生在乾隆年间，某一年孟夏，正所谓天地始交、万物并秀之时。不过，对古澧州城的百姓来说，这一年可真说得上是年光不济。自春分始，经清明、谷雨，至立夏，雨水沥沥，连日接昼，竟达一月有余。过多的雨水使得稻秧根烂、地花不扬，收成无望。那时的棚场街至八角井一带，是古澧洲城的中心，街上店铺林立，平日里人马熙攘，热闹异常。棚街上有家陶记米行，老板陶成达，年过不惑，为人谨慎勤勉，家境殷实。除米行外，陶家在城内还有一间豆腐坊，城外有良田百亩，桑园一座，鱼塘十口。陶成达膝下有一子一女，长女已远适潭州田家，儿子陶安，年方十七，娶妻辛氏。

都说万般皆下品，唯有读书高，但陶成达认为，对平头百姓来说，丰衣足食就已是天大的福分，家有一缸粮，不羡朱紫贵。因而，在陶安上过两年私塾，识得几个字后，陶成达就将他带在身边，教他些待人接物、钱货往来之事。陶安生在殷实之家，却没有一般富家子弟的坏习气，不玩鸟斗鸡，不混酒肆勾栏，虽性情略嫌耿直莽撞少机变，但为人踏实勤恳，交给他的事情，无论大小，没有不尽心尽力的，单凭这一点，就颇叫人放得下心来。因此，陶安成亲之后，陶成达渐渐就把一些家事交给陶安打理。

这年谷雨过后，天气仍未好转。陶成达忧心忡忡，料想接下来饥馑难免。一日，待用过早饭，陶成达就吩咐管家老陈给陶安备车，让陶安出城下乡，去见庄头老崔。以往有事要到田庄，都是管家老陈的活计。因阴雨连绵，老陈寒腿病发作，又加上年事已高，经不得长路颠簸，于是陶成达决定让陶安独自跑这一趟。陶成达要陶安转告老崔：鸡、鸭要少养，不可再拿杂粮喂它们。尽管时令稍晚了些，但坡地、桑树底下还是都要抢种上红苕，田头地边，种南瓜冬瓜，不得使存土抛荒。陶安把父亲交代的事一一记在心里，回房交代了辛氏几句，遂脱了长褂，换了身短衣，罩了件石青色一字襟薄棉马甲，披了油布斗篷，和赶车的小厮冒雨出城去了。

陶家的田庄距澧州城四十来里路，处于山地与澧阳平原的交界处，去田庄所经之地，多是耕田打鱼为生的农户，鲜有剪径强盗，路上从来都还算太平。以往陶安跟着老陈跑过多趟的，算是熟门熟路了，只是天雨路滑，陶成达料想陶安得第二日才能赶回。但第二日，陶安没有回来。到了第三日的掌灯时分，陶安依然没有回来。

辛氏已有三月身孕，她带着老佣人冯妈伺候陶成达用过晚饭，就早早和冯妈回房歇息去了。陶成达伴着一盏桐油灯枯坐在房内，听着窗外沙沙的雨声，不免有些焦虑起来。赶车的小厮叫顾阿林，比陶安小一岁，是老把式顾大脚的儿子。两年前的一个冬天，顾大脚回乡起藕，不慎得了痰咳之症，自那以后就是阿林为陶家赶车。阿林年纪不大，身高体壮，口齿伶俐，赶起车来不比顾大脚差，但毕竟年轻，涉世不深，处事应变，显得稚嫩。陶成达倒不担心陶安会在田庄有什么，他是知道老崔的，他放得了这个心。他担心的是陶安会在来去的路上出什么岔子，万一有什么意外，阿林，哪里能照顾周全？恐惧随着深沉的夜色一起袭来，陶成达坐卧不宁，起身从床头的柜子里摸出陶安小时候戴过的一枚长命锁，捧在掌心端详，一小簇灯火在他那深陷的双眼里不安地跳跃。就这样，陶成达手抚长命锁，对着盏桐油灯听了一夜雨声。

好容易挨到天蒙蒙亮，陶成达来不及梳洗，就到前院店铺吩咐正在准备开业的伙计闭店歇业一天，又叫老陈差人去城南路租马车。他回后院厢房收拾随身包裹时，见辛氏静默地立于回廊之下，神情甚为忧愁。陶成达心头猛地一颤，他记起来妻子胡氏去世的那天，也是这样的天色，他松开胡氏冰凉的手，感到了说不出的虚空乏力。胡氏死于难产，他看着她挣扎了一天一夜，这也耗尽了他的力气。后来，他把浑身冰凉的胡氏和满屋子的血腥味留给了愧疚的接生婆和慌乱的仆妇们，拖着疲累的身躯往外走去。当时，六岁的陶安也正是立在回廊下的这个地方，像此刻的辛氏一样，一脸忧愁地望着他。

"爹爹，姆妈死了，是吗？"

现在他想不起来自己当时是如何回答陶安的了。也许是他的眼神令孩子感到了绝望，陶安那张小脸忽然就变得惨白，接着泪如泉涌，转身哇哇哭着跑远了。陶成达一直记得陶安那小小的身子消失在朦胧晨光中的样子，他从那小小的背影中看到的都是悲伤——一个孩子的无处掩藏的悲伤。

此刻，立在廊下满脸忧愁望着自己的辛氏，让陶成达觉得胡氏死去的那个早晨似乎又重现了，他在那个早晨感受到的疲惫虚空再次向他袭来。人生真像一场毫无目的的长征，在没有把自己完全耗尽之前，似乎永远也抵达不了终点。陶成达手扶廊柱站定了。辛氏还是前一日的打扮，上着一件月白色琵琶襟薄夹衣，外套宽松的大云头蓝背心，下系一条深紫色百褶裙。陶成达料想她也是一夜不曾宽衣就寝的，不免有些恼怒。有孕之人，如此不知轻重，岂不叫人烦恼！自胡氏死后，陶成达对生育就心怀恐惧，因而也不再续娶。他曾暗地里庆幸过他不用再面对这种恐惧。可是生命生生不息，恐惧就如血缘一样代代相传，又如何能够避免？随着辛氏的肚子一天天变大，与陶安日盛于一日的兴奋不同，陶成达的担忧却在与日俱增。见辛氏不顾风凉，一大早立于凉飕飕的回廊之下，陶成达心里着实有些恼她不知轻重，本欲责备她几句的，但想到自己妻子早逝，辛氏过门之后，年纪轻轻就管起一家大小的饮食起居，又无人指引教导，甚是操劳辛苦，于是心有不忍。陶成达唤冯妈出来，命她好生照顾少奶奶。

陶成达对冯妈说："叫厨房多做点儿少奶奶爱吃的，你好生看护着，天气不好，仔细着了凉。"冯妈连连称是。

陶成达又对辛氏说道："乡下事多，绊住了也是有的。我今日带人去迎迎他，左右不过这两天，就该回来了，你好生休养就是，勿念。"

辛氏默默行了个大礼，遂由冯妈搀着回房去了。陶成达看着辛氏略显笨拙的背影，想起还未归家的陶安，不禁长叹了一声。

陶成达出得门来，只见云雨低垂，长街寂寥无人，空中似有千万根银针扎向地面，满耳都是刷刷的急促雨声。陶记米铺的门前已停着辆轻便马车，拉车的一匹黑马静静伫立在雨中，雨水顺着油亮的鬃毛直往下淌，马却一动不动，像座尊贵的雕像。见陶成达出来，戴着斗笠立在檐下避雨的中年车夫抱着长鞭连忙跳上车去。陶成达跟老陈交代了几句，正欲上车出城去，忽听得长街东头传来嘚嘚的马蹄声。马蹄声由远而近，陶成达凝神细看，见蒙蒙雨雾中打马而来的不是别人，正是阿林。未等马儿奔到跟前，阿林已翻滚下马，陶成达抢步上前，从满地的泥水中扶起阿林来。

"阿林，陶安呢？"

"老爷！"衣衫褴褛、满脸泥污的阿林跪倒在雨地里，泣不成声，"快救救少爷吧！老爷！"

只这一句救人的话，就让陶成达身子像打摆子一样哆嗦起来。

"遇到盗贼了吗？"陶成达俯身抓住阿林的臂膀问道。

阿林一个劲儿摇头。

"那么，是……"

"老爷，是官！"阿林抽噎着说。

"是何官？"

"省府河工道王大人。"

"因何事？"陶成达急切地问道，身形消瘦的他几乎要将身高体壮的阿林从地上提起来。

"老爷，澧水暴涨，官府拟另辟河道，陶家庄正在新辟的河道上。少爷不服，拦轿喊冤，叫王大人捆了。"

陶成达松开阿林，就像被人当胸打了一拳，跟跄着向后连连退去。陶成达摇晃了几下,站定了,用他那双突然间变得失神而呆滞的眼睛,慢慢地将四周都看了看,然后,他微张着嘴,抬起头,将那呆滞而空洞的目光定定地投向空中。他就那样一动不动地站着,一动不动地盯着天空中的某处,一任雨水抽打着他那死灰般的脸孔。管家老陈和几个伙计回过神来,赶紧冲到雨中,将陶成达和阿林都搀回到店铺中。老陈给阿林灌下一碗热汤后,阿林开始讲起前因后果,但见陶安这一番遭际,实在是一场晴空霹雳。

那日,陶安和阿林一早就出了澧州城东门,打马直奔陶家庄而去。起先都是石子路,尽管下着雨,路上有些湿滑,但马车跑起来也还算顺利。出城十里后,路变得泥泞起来,有好几回,车轱辘陷到泥坑中,陶安不得不跳下车来帮着推,阿林把身子绷得像张弓,脑后的辫子像鼠尾一样立起来,把一把马鞭挥得震天响。也亏得那匹马甚是健壮,几番折腾后,他们总算在天黑前赶到了陶家庄。令他们无比惊讶的是,陶家庄家家户户大门紧闭,丝毫不闻鸡鸣狗吠之声,看上去就像是个荒村。庄头老崔那三间两进的小院也是掩门闭户,毫无烟火气息。阿林跳下车去拍了半天大门,不见有人应声。无奈,陶安只好吩咐阿林继续赶车,去村子里转转,看能不能找个人问个究竟。他们的马车在村庄那条被雨水泡坏的小路上轧过,溅满泥水的车轴发出闷涩的吱呀声响,在这寂静无人,似乎被雨水浇透的村庄里,这声音听上去分外凄凉。他们走完了大半个村子后,才在一户茅檐低垂的门首看见一位编织草席的白发阿婆,阿婆身边的草堆旁偎依着三个衣衫褴褛、神情畏怯的小孩。陶安披了斗篷,下车向阿婆打听村里的情况。

"那阿婆怎么说?"老陈急切地问道。

阿林抬头看了沉默不语的陶成达一眼,道:"雨水连连,河水暴涨,岳州府河工道王大人已知会澧州知州赵大人,在孟村另辟河道,近日必将使河水改道,经由焦村、陶家庄入黄山,自黄山入安乡,自安乡合沅水入洞庭,以保澧州府城安宁。村子里男不足六十者,皆赴焦村开掘河道。女及幼童,已陆续搬往山地择高处而居,那阿婆正等着亲戚家的牛车返回搬家,如果我们晚去两天,就看不到陶家庄了。"

"这是什么时候的事?怎不见告谕?"

"告谕只是贴在村口及官道驿站,水情危急,所有村民均限十日内自行迁移。其房将择日拟定官价补发,其地日后另有地亩互换。因开掘河道事急,庄头老崔来不及遣人告知老爷。"

"告知又如何！"陶成达神情凄凉地叹道。

"只是少爷——"

老陈一句话没有说完，陶成达抬了抬手打断了他。他冲伙计们挥了挥手，待众人散开后，又问阿林："陶安现在何处？"

"昨儿天黑前已押往岳州府。"

陶成达扭头对老陈说："拿着豆腐坊房契去找绸缎铺林掌柜，就说豆腐坊可以卖给他，依旧价，两千三百两，不过要现银，请他帮帮忙，务必天黑前给付，如能晌午前给付的话，两千两。铺子里的现银，不管多少，都归拢归拢吧。"

老陈应声而去后，陶成达又问阿林："少爷和你出了陶家庄，直奔孟村去了？"

"是的，老爷。"

"见到了老崔？"

"是的，老爷。老崔让少爷转告老爷，岳州巡抚周大人的故居与祖陵都在下游周村，河水改道，周村自此永无涝灾之患。因此，老爷与其为搬迁事宜找官府申告，不若在日后地亩互换上图谋图谋。"

陶成达缓缓抬起一只手，捂到胸口上，道："陶安，他没有听进去，他去找了王大人？"

"老爷，我们在孟村并没有见到王大人，是在回来的路上碰到的，就在去岳州府的那个岔路口。我们到那个岔路口时，见到不少路人在路口的凉亭里歇脚躲雨，我正要问少爷要不要下车歇歇，忽听得几声锣响，只见王大人一行从澧州城方向过来，要打道回岳州。众人躲闪不迭，我也赶紧把马勒在路旁的柳树下回避，少爷不知为何，突然冲开随行官爷，跪倒在王大人的马车前喊冤。"阿林说着话，扑通跪倒在陶成达面前，左右开弓扇起自己的嘴巴子来，"老爷，都怪我，我没有看住少爷。少爷出陶家庄的时候，哭得很伤心，我晓得他是舍不得老爷好不容易攒下的这份家业，我应该多个心眼的。"

老陈过来踢了阿林一脚，骂道："糊涂东西，为何这么晚才回来？"

"我昏了脑壳，看王大人命人捆了少爷，我急了，跟着王大人的车队跑了一段路，我哀求随行的官爷，想求他们说句好话，求王大人看在少爷年轻不懂事的分上，放了少爷，却吃了他们的打。我只好往回跑，想着赶回来告诉老爷，不想马车却又陷在泥坑中，我只好舍了车，骑马往回赶，可还是晚了，城门关了，我在城门外蹲了一夜。老爷，快想个办法，救救少爷吧！"

陶成达低头不语，半晌抬了抬手，示意阿林离开。老陈神情凄切地站在陶成达面前，低声道："老爷，家里所有的银票以及现银，连带那些个散碎银子，还有少奶奶的几件值钱的首饰，都用那深紫缎面包袱包了，搁在那只樟木箱子里头了。"

陶成达没有应声，他看着窗外，幽幽道："你还记得吗？那年随太老爷从潭州来澧州，也是一个雨天……"

"可不，那年太老爷流年不利，辞官归隐，老爷还很小，比现在的少爷只怕要小七八岁呢，澧州话还听不利索，可没过几天，老爷就说得溜溜转了，太老爷高兴得什么似的，直说故土养人呢。"

"太老爷临终交代，陶家子孙，世代不得入行伍、出仕。这些年来，我谨遵慎行，安分度日——"陶成达说着话，突然转过身来，一拳击打在墙上，"到底是哪里做错了？要让陶家再担这一场飞来横祸？！"

"老爷！"老陈抢步上前，将陶成达那只手从墙上掰下来抱在怀中，只见那手背已是血淋淋的了。老陈老泪纵横，连忙从自己的衣服前襟上撕下一块布条，替陶成达包扎起来。老陈泣道："还望老爷打起精神，想个法子吧，一会儿我去央求保正和各位邻里乡亲出个良民保书，只说是少不更事，一时冲撞，望乞宽大处置。知州赵大人那儿，老爷得赶紧去一趟啊，要是能求他修书一封给王大人，事情恐怕就好办多了。"

陶成达点点头，闭上眼，双泪直流。

陶成达回房换了身干净衣服，袖了对家传宝玉佩，在管家老陈忧愁纠结的注视下直奔澧州府赵大人的官邸而去。只是一顿饭的工夫，陶成达回来了，脸色不见得比先前好，但也不见得比先前坏。

"老爷，保书写好保正后，大伙儿都签字按了手印儿。"

陶成达看着老陈，良久，点了点头。老陈低下头，有些羞赧起来。他没有对街坊们说实话，他只说是陶安的马车惊了王大人的座驾。

陶成达带着有众乡亲亲笔签名的保书和一箱子银两出了棚场街。赶车的还是阿林，只不过这一回他们要去的不是四十里外的陶家庄，而是四百里外的岳州府。两百多年后的今天，棚场街的居民们竟然还记得，那一日恰好是立夏前一天。"雨压根儿没有要停的意思。"他们指点着自己门前干燥的水泥街道，声情并茂地向听得入迷的乡下人讲述这宗陈年旧事，"陶安的媳妇知道出了大事，但她还是把泪一抹，和冯妈一起用糯米粉和鼠曲草做了些立夏羹，让公公陶成达临出门前喝了一碗。晓得不？吃了立夏羹，麻石踩个坑。如果您立夏前后来，您也能喝上碗立夏羹，您也能将这水泥地踩个坑。"

客人却并不关心什么立夏羹。

"后来呢？"听得入迷的乡下人常常会像孩子一样追问。

"哪里有什么后来咯——"

似乎讲到这儿，故事已没什么说头，棚场街的居民们神情变得懈怠起来。他们捏了几颗花生米丢进嘴里，坐在门前的竹椅上喝了口酒，又起身把那些顽皮孩子轰一轰，直等到吊足了那些好奇的乡下人的胃口，这才接着缓缓道来。

从棚场街出澧州城东门，马不停蹄地赶，用不了一日半宿就能到岳州府。老陈目送陶成达出东门而去后，回身即遣散伙计，将陶记大门掩闭。街坊们亦不奇怪，平头百姓无端惹了官司，哪里还有心情做生意。大伙儿寻思，三五日之后，陶氏父子回来，陶记必会重新开门营业。可是五日过去了，陶家依旧大门紧掩。澧州城内的米价，开始节节攀升。此时正值青黄不接之时，以往多亏陶记平价粜米，澧州城内的米价从未在春上前后不接之时暴涨过。人们手挽分量日渐减轻的米袋路过陶记，雨中驻足，看着陶记紧闭的黑漆大门，渐渐明白事情可能要比预料的严重得多。就有年长的街坊前去拍打陶记的大门，良久，侧门吱呀一声响，老陈瘸着一条腿出来了。他站在檐下，无比谦卑地冲大家打躬作揖，脑后的小辫毛得像生了刺，一双老眼满布血丝，似乎是几夜不曾入眠的样子。

什么也不用说，光看老陈，大家就知道，这回，陶家是真出事了。

"少奶奶呢？"众人不无担忧地问道，心里想着那纸签有自己名字的保书，对可能到来的灾祸充满了恐惧。

"辛氏不日前患了恶疾，久治不愈，已被少爷一纸休书逐出家门了。"

听到老陈这话，就有一个曾半夜起来小解的街坊想起来，那晚他站在搁在后窗下的马桶前小解，似乎听到后街小巷里有马车驶过。后巷狭小，平日里鲜有马车通过。他睡眼惺忪地站在马桶前，听到车辘辘吱呀一下滚上了生着青苔的街沿，旋即又扑通一声碾了下去，当时他一个激灵，尿到了手上，里衣的前襟也湿了一小块。

现在，陶家的少奶奶辛氏不见了，连带着冯妈，也不知所终，想必是陶家做了最坏的打算，于那晚买通城门看守偷偷出城逃生去了。

街坊们于是明白，陶安这事并不仅仅是惊了河工道大人的座驾那么简单。众人沉默了，脸上蒙上了一层难以言状的死灰般的阴影。所幸保正见多识广，是个经历过不少世事的人，他很快以自己的方式弥补了先前询问不详的疏忽。古澧州城十八街三十六巷，唯有棚场街一百零二户人家联名上书知州大人，盛赞河水改道保了一城百姓平安，是真正的惠民工程。与此同时，一块刻有"吏治清明"的描金牌匾缠着红花，被敲锣打鼓地抬到了知州大人的公堂上。棚场街的百姓做完这套功课，这才稍稍松了口气。他们回到家里，怀着尽人事、听天命的心情将日子继续过下去。雨水顺着他们低矮的屋瓦向下淌，有时候，他们看着檐下涓涓不断的细小流水，想到日渐艰难的生计，忧愁也会使他们暂时忘却了恐惧。

雨下得再久，终有停下来的一天。

距小满还有四五天的时候，天终于放晴了。棚场街上的行人与车辆渐渐多了起来，恢复了些许往日景象。尽管人们花高价买回的稻米中掺杂了不少杂粮，甚至是沙砾，但只要想到城外倒毙的饥民，活着的人又有什么可抱怨的呢？

一个薄雾缭绕的黄昏，棚场街的百姓正忙着采摘门前槐树上还未来得及绽放的槐花，一位衣衫单薄褴褛、须发尽白的老人从他们的木梯下走过。老人怀抱一个脏乎乎的包袱，他径直走到陶记，坐到了陶记的门槛上。经过一天太阳的照耀，棚场街街道两边的槐树上，那一串串娇小的花蕾刚从浅绿中吐露出一线乳白，还远不到可以食用的最为肥美的时候，但有个心急的街坊对即将到来的漫长夜晚失去耐心，率先搬出木梯爬上槐树动起手来。棚场街的街坊们放下矜持，纷纷行动起来，谁家能没有一把木梯呢？当老人走进棚场街时，人们腰间扎着布兜，正在树上搜寻槐花，谁都没有注意到他。仿佛是经过了一场漫长的跋涉，老人显得十分疲惫，他爬上陶记门前石砌的台阶，坐到了陶记那高高的还有些潮湿的门槛上歇息。他坐下来后，喘了几口气，将那只包袱往怀里搂了搂，然后把头倚靠在厚实的门板上打起盹来，脚上开了口的长筒靴八字样直伸出去。起先，人们以为不过是又一个趁看守疏忽混进城内的乞丐，一场水灾过后，城里的乞丐明显比往日多了许多。但不久，老陈一声凄厉的哭喊，将人们的注意力都吸引过去。大家从树上下来后，看到老陈跪在地上，搂着那位老人大放悲声。街坊们凝神细看，觉得老人脚上那双破烂得不成样子的靴子很有些眼熟，靴面上还依稀残留着黑色缎面"卍"字回锦纹的华美光泽，无论如何这不是一般乡下人能穿得起的鞋。众人走上前去，只见那老人将头从老陈的怀抱里挣脱出来，一双眼睛空洞洞地望向大家。众人看得分明，都吃了一惊，这不是陶成达还能是谁？

只见陶成达将老陈推到一边，两手搂着胸前的包袱，身子蹭着门框慢慢站了起来。他颤颤巍巍地站定后，将围过来的街坊们都看了看，过了一会儿，低头对着怀中的包袱泣道："安儿，到家了……"

"太惨了！"

讲到这里，凡是听过这个故事的乡下人，没有不失声惊叫的。

"这就叫惨？"棚场街的居民们笑笑，不紧不慢地将故事继续往下讲。

那陶安原本生在富足之家，何曾吃过苦头，又加上年轻，身子嫩枝儿似的，经得起什么！先是挨了河工道大人一顿暴揍，后来风里雨里一番折腾冻馁，已自是不支，到岳州府的大牢里没几天，又染上了时疫，未及巡抚大人开堂过审，陶安就已病得奄奄一息了。陶成达赶到得还算及时，经多方打点，他的求告也获得了河工道大人的谅解。最后巡抚大人看在陶安少不更事又身染沉疴的分上，特准允陶成达以银抵罪，将陶安带出大牢医治。

陶成达就地变卖了马车，阿林自卖自身，好容易凑了些银两为陶安延医问药。无奈陶安已是病入膏肓，药石无功。话说岳州府这年因时疫而殁的人不在少数，按照惯例，大伙儿凑了些柴火，在官府指定地点烧化了事。陶成达就在灰堆里捡了陶安几根骨头，还用那紫皮包袱包了，一路抱着西行回家。

看着陶成达这个样子回来，棚场街的街坊们心里可真不是滋味，他们将槐花杂粮饼送到嘴边,又放了下去。陶家遭此大不幸,惺惺相惜,想到自己的安乐也许同样的脆弱,同样地不堪一击,他们就很有些难过。但同时他们也有些高兴,陶安无罪而殁,不至于牵连众人,这脆弱的不堪一击的安乐日子暂且还可以放心地过下去。只是眼看陶家家破人亡,偌大家业,一眨眼间就做烟云散了,陶记迅速颓败的房檐下,渐渐长出了衰草,众人终有些不忍,就有年长的街坊试着劝说陶成达接陶安媳妇回来:

"万一诞下男儿,陶家香火得续哇。"

陶成达缓缓扭过头来,将那人看了半天后,照旧又把头缓缓扭回去。刚过不惑之年的陶成达,看上去迟钝、呆滞,已是残年风烛一般。众人于是不胜唏嘘,知道陶成达不过是在苦挨残生罢了,哪里还有心气劲儿去重整河山呢?

可是,残生也不是那么好挨的。没多久,官府摊派造新堤银两的告示贴到了棚场街街口。告示上陶家连家仆老陈、阿林、冯妈在内,共六口一百八十两白银。陶成达此时糊口尚难,于是以人口减灭申辩于官,官府却分文不减,对曰:

"造堤在前,人殁于后。"

陶成达和老陈两个颤巍巍站在官府新贴的告示前,浑身抖得如筛糠般。忽一日,陶成达将陶记大门一锁,和老陈两个,搀扶着上湖广总督府告状去了。

"也是民告官?"听故事的人眼睛一亮,低头看了看怀里塞满打印纸的旧布包,又将脑袋扭过去往棚场街外望了望,只见棚场街对面法院那庄严肃穆的大门上,一方黄地金穗的国徽甚是耀眼。

"也是民告官。"

"结果怎样?"乡下人急切地问道。

"陶成达到了湖广总督衙门所在的宜昌府,状告岳州府巡抚周大人与河工道王大人结党营私,为一己私利,擅自使河水改道,毁人田产,祸害一方百姓;告澧州府知州赵大人只知贪财媚上,不顾百姓死活;告总督大人袒护下属,反诬陶成达……"说到这里,我们棚场街的居民们不是人人都能说得下去,就有人端着酒杯走到世世代代打大鼓书为生的那家人窗前去,隔窗叫醒屋里的人问道:

"三哥!三哥!总督大人怎说来着?"

"吵死老子不偿命的吗！"一阵浓浓的痰咳之声过后，是陡然响亮清脆起来的声音，"是挟嫌滋事，抗官殴差哟！"

"谢三哥！总督大人袒护下属，反诬陶成达挟嫌滋事，抗官殴差。陶成达不服，逐级上告，状告了一年半，从宜昌府一直告到北京城。最后皇上——"

"降谕裁定！何时才长得些记性！"

"谢三哥！最后皇上降谕裁定：岳州府巡抚周大人与河工道王大人结党营私属实，绞刑；总督大人——"

"袒护劣员，曲为开脱，革职。唯有——"

"多谢三哥！后面我晓得了。皇上裁定总督大人袒护劣员，曲为开脱，革职。唯有澧州府知州大人，靠了棚场街街坊们的公德书与牌匾，屁事没有。而陶成达呢，却因此落个诬告，抗官滋事之罪坐实，斩首示众！"

乡人听完这个故事，往往会有些没来由地沮丧。

"斩首示众？"他们歪着头，用手掌摩挲着自己的膝盖，道，"怎么会这样？皇上，没来由呀！"

我们棚场街的居民们总是一仰头将自己杯中的酒饮尽，只用一个淡淡的微笑，就回答了他们。

（原载《作品》2013 年第 2 期）

船长的船

多宝将船艏顶风,慢慢滑向码头。失去帆动力的船体轻盈得像片树叶,在海浪的推送下很快就准确地到达了系泊点。

这是一次完美的停靠。

多宝像是听到了风的召唤:"就这儿吧,就从这儿开始吧。"于是多宝留出的滑行带刚刚好。

多宝系好船,抬头看岸上,那个穿黑色防风衣的男子在那儿呢。像以往一样,他安静地趴在岸边刷了蓝色油漆的铸铁栏杆上,两肩高耸,骨节粗大的双手抱着两臂。

"黑T",多宝这样叫他。别人都叫他高教练,多宝叫他黑T。黑T皮肤黝黑,额头下长着两条又长又粗的眉毛,眉端几乎连到了一块,像是用毛笔重墨写就的一横,这一横下是一条又高又直的鼻子,猛一眼看上去,就像脸上写了一个大写的字母"T",于是多宝在心里叫他黑T。此刻,多宝看不清黑T的表情,他戴着一顶棒球帽,帽檐压得低低的,夕阳只是将他的帽檐照得很亮。

多宝的船是一艘白色OP级小帆船,多宝叫它"小白鲨"。

小白鲨长两米三,宽一米一,重三十五公斤。装上滑轮后,十一岁的多宝能很轻松地将船拖走。这是多宝的第一艘船。多宝渴望自己能拥有一艘超级三体帆船,就像泊在码头的那艘"青岛号"一样。八月的一天,这条红得像火焰的船来到了这里,成了码头内四百多艘船中最漂亮的一艘。当然,多宝不叫它"青岛号",他给它取名"红飞鱼"。多宝从看到红飞鱼的那天起,梦见过它许多回,在梦里,多宝驾着它,飞驰在无垠的大海上。多宝知道,目前来说,拥有红飞鱼是不可能实现的奢望,这样的船,全世界也不超过五艘。跟多宝的小白鲨比起来,红飞鱼可是个大块头,它有三十米长,近二十米宽,重十一吨,是三体船中最大的那种。红飞鱼块头大,可它一点儿也不笨重,它的体形可以说得上优美,主体修长,双翼灵巧,和一条真正的飞鱼一样漂亮。它的桅杆差不多有十层楼那么高。

多宝顺着长长的码头走近红飞鱼,脖子后仰,仰望桅杆。

"如果全帆升起来,那得跑得多快呀!"多宝在心里感叹。

多宝查过资料,全帆升起后,红飞鱼能跑出三十节的时速。那次事后,多宝从网上搜到了不少船长的航海视频。"今天是航行的第三天,天气晴好,船速始终保持在二十七节到三十节之间……"这样的速度,如果不出意外的话,船长一定能再创造一项新的世界纪录,这是确凿无疑的。

黑T是船长最好的朋友,他曾给船长做副手,他们一起在不间断、无补给的条件下完成了北冰洋东北航线的航行。多宝知道,那是一次壮举。后来,黑T在一次航海活动中受伤,右腿落下残疾,自此黑T不再参加远洋航行,而是到帆船俱乐部工作。黑T喜欢船,他的主要工作就是管理船舶。红飞鱼目前也归黑T保管,只有他才能登上那艘船。当然,黑T也很少上那艘船,但他每天都会来港口,趴在栏杆上默默看着前方。

"他在等船长回来。"多宝的队友们都这样说。

多宝却不这么想。搜救队宣布放弃搜救的那天,多宝看着电视,有些难过。爷爷曾说,拉第一把网,就知道网里有没有鱼,接受空网的现实,好好撒第二把网才是对的。多宝接受了搜救"空网"的现实。多宝的爷爷是渔民,村子里的人都叫他"老海狗",整个村子里能被称作老海狗的人,不会超过三个。爷爷曾带多宝上渔船玩,他最先教会多宝的,不是如何才能不掉下船,而是掉到海里后,如何才能再次爬上船。爷爷还说,人到了海上,就要抛掉一切不切实际的幻想。和爷爷一样,黑T和船长也是大半辈子以海为家的人,多宝觉得,他们都不会有不切实际的幻想。

多宝回头看黑T,他还在那儿呢,面朝大海的方向,也不知他到底在看什么。不久前的一天，多宝系好自己的船，顺着长长的码头走来看红飞鱼，正逢黑T从船舱里出来。多宝仰头看黑T，黑T也看了看多宝。多宝鼓足勇气，问道："叔叔，我能上去看看吗？"多宝那段时间正在看一本漫画书，这本漫画根据船长的真实经历写成，多宝和队友们几乎人手一本。漫画书的前一部分讲述的是船长和黑T的北极之旅，当时他们驾驶的正是这艘漂亮的红飞鱼，后一部分是"未完成的航程"，写到了没有什么结果的海上搜救。

黑T面无表情、眼神冷淡地看了多宝一眼后，道："走开，这可是船长的船！"

说完，黑T跳下船，穿好鞋就走了。后来，倔强的多宝又问过黑T几次："叔叔，我能上去看看吗？"黑T虽然没有同意，但也不再叫他"走开"。多宝知道黑T的意思，连小帆船都没有练好，怎么有资格上船长的船？多宝于是更加勤奋认真地训练，连感冒咳嗽都没有缺过课。

红飞鱼刚入港时，多宝的教练叮嘱大家："不要总是跑去看那条船，不要打扰别人。"多宝后来理解到，这个"别人"，应该就是黑T。船长失去联系后，搜救队在海上找到了红飞鱼，可船长却不在船上。红飞鱼来到这里之前，先被送到法国的一个船厂检查维修。据说，红飞鱼就是在那个船厂造出来的。当它再从那家船厂出来时，漂亮得宛如新生，一点儿也看不出它曾经历过不幸。

多宝从网上得知，红飞鱼大三角帆帆索断裂，这很可能是造成船长意外落水的主要原因。现在，整整一年过去了，船长还是杳无踪影，黑T一定恨死了那条帆索。

红飞鱼大三角帆的帆索不知要比小白鲨的主缭绳结实多少倍！不要说主缭绳，就是小白鲨上的调整绳、保护绳，不管打什么结，也不管怎么拉，怎么扯，怎么勒，从来没有断过一根。多宝实在难以想象，是什么样的力量，能使红飞鱼的大三角帆帆索断裂。

"一定碰上了鲨鱼！"多宝想。

对航行中的帆船来说，遇到鲨鱼几乎是致命的，会船毁人亡，不过红飞鱼只是帆索断裂，不像是被鲨鱼撞击过的样子。多宝看着静静泊在码头的红飞鱼，它在水中的倒影比夕阳的倒影还要红，还要美。

"也许……"多宝又想,"也许那是条黑鳍飞鱼。"

"宁静的夜晚,没有换帆,有飞鱼撞到桅杆,跌落到夹板上……"有一次,在视频中,船长对着镜头这样说。

飞鱼喜欢光,讨厌噪音。帆船没有马达,凭借风力,像施展水上漂功夫的侠客,行动起来无声无息。夜晚,飞鱼看到帆船上的灯光,追逐而来,跳到船上,这是极有可能的。

多宝对飞鱼不陌生。

多宝小时候,爷爷常会带回些有白色飞鳍的飞鱼给多宝吃,有时是黄鳍的,鳍上有漂亮的深褐色斑点儿。多宝很小就知道,白鳍飞鱼、斑鳍飞鱼可以吃,黑鳍飞鱼则不能。爷爷说,吃了黑鳍飞鱼,渔船会遇到风暴。多宝很想知道,船长有没有吃掉那条撞上船来的飞鱼。如果那是条黑鳍飞鱼,而船长又吃了它,那么,船长就是遇到风暴了。不过,不管船长有没有吃掉那条飞鱼,多宝都知道,那一定不是蓝鳍飞鱼。蓝鳍飞鱼是飞鱼中的王,爷爷说过,如果一条蓝鳍飞鱼跳到船上来了,那这艘船就别指望还能靠岸了,因为接下来会有数不清的飞鱼跳到船上来,直到将船压沉到海底。

"也不会是红鳍飞鱼。"多宝想,"红鳍飞鱼,爷爷都没有见过。"

没人见过红鳍飞鱼。红鳍飞鱼是海神的使者,飞鱼中的精灵,能发出喜鹊一样的叫声。就像全世界没有几艘红飞鱼一样,全海洋也没有几只红鳍飞鱼。红鳍飞鱼驾临过的船,是幸运之船,火不能毁,风暴亦不能毁。因为海神不是让红鳍飞鱼来船上玩的,而是让它捎来海神比金子还珍贵的允诺——平安、丰收的允诺。爷爷告诉过多宝,如果有红鳍飞鱼跳上船,要双膝跪下,将它用双手捧着,轻放回大海。爷爷还说,曾有红鳍飞鱼跳上过郑成功的大福船,而哥伦布的圣玛利亚号则不曾遇到这等幸运之事。

多宝转身往岸上走去。黑T已经不在那儿了。多宝有些失落,他把拎在手里的小背包甩到肩上,一步一回头地离开了码头。

"嗨!小家伙!过来一下!"

多宝走到岸上,帆船训练中心的一个工作人员叫住了多宝。多宝走过去,那位工作人员问道:"你是'一八号'小帆船的学员吗?"

多宝的船在小学高年级组排号十八。多宝看着那位工作人员,心想他学习帆船一年多了，拿过去年市长杯小学高年级组的冠军，他可不是什么小家伙。

"高教练留话给你，明天下午两点，码头见。"说完，这位工作人员还摸了摸多宝的头。多宝愣了下，随即，他的小心脏咚咚咚跳了起来。

"谢谢叔叔！"多宝高兴地说。

周六、周日，多宝去爸爸家，上补习班什么的也都是爸爸接送。如果爸爸没空儿，那多宝就还是去妈妈家。明天是周日，周日下午多宝没有什么补习班要上，爸爸一般让多宝自由支配整个下午。想到明天下午，多宝开心得连蹦带跳。

这天，多宝来训练中心，是爸爸开车送来的，爸爸跟多宝说好到点来接，可多宝走出帆船训练中心，看到停在路边的却是妈妈的红色小轿车，就知道爸爸大约又临时"有案子"，不能来接自己了。多宝的爸爸是刑警。

多宝上了车，妈妈告诉多宝，爸爸有案子要办，今晚他不能住"那边"了，得跟她回"家"住了。在多宝面前，妈妈把爸爸家叫"那边"，认为自己的家才是多宝真正的家。

"今天怎么样？"妈妈笑着看着后视镜里的多宝，问道。

"好着呢。"多宝简短地答。

妈妈一直不支持多宝学帆船。妈妈出国求学的那几年，多宝跟着爷爷在渔村生活，在渔村小学上学。三年级的那个暑假，妈妈从国外读完博士回来，把多宝接到了城里上学。周一到周五，多宝归妈妈；周六和周日，多宝归爸爸。和城里的同学相比，多宝的学习成绩要差一些，妈妈希望多宝能把更多的时间和精力花在学习上，所以不喜欢多宝玩帆船。直到多宝拿了市长杯的冠军，妈妈才不再说什么，因为这个冠军可以帮助多宝在小升初时有更大的把握去重点中学，重点中学都有自己的帆船队，每年都要招募优秀选手入队。不过，多宝也知道，即便靠帆船加分去了重点中学，妈妈也不会希望多宝一直练下去，妈妈多次跟多宝说，将来进入重点中学后，还是要以学习为主。

"将来可不能靠划船吃饭！"妈妈总是这样说。

所以，当妈妈问今天怎么样时，多宝知道，妈妈并不是想知道他的训练情况，而是有别的话说。

果然，妈妈开着车，告诉后视镜里的多宝，她已给多宝找好了一位英语口语老师。他是个留学生，一个地道的美国人，出生于知识分子家庭，一口标准的美式英语，人也干净整洁，是个非常优秀的年轻人。妈妈已跟他约好明天下午两点在书城咖啡馆见面。

"你会喜欢的。"妈妈说。

多宝不高兴了，他看着窗外，不吭声。明天下午两点！为什么妈妈就不能提前跟他说一声？妈妈做出的安排，很少有人能改变，妈妈总是想要别人都听她的，爸爸也一样。妈妈喜欢安排别人，爸爸总在安排自己，根本想不起来别人。

"谁也别想改变他们。"多宝有些伤心地想。

多宝在妈妈家时，总是在不停地学习，学习，学习。妈妈觉得自己外出求学的那几年，欠了多宝什么，所以努力要给多宝把失去的东西补回来。

多宝很想告诉妈妈，她一点儿也没欠他什么。爷爷曾说过，捕鲅鱼时就不要想着钓鱿鱼，这就是生活，生活从来就不是完美的。可是多宝也知道，如果他这样跟妈妈说，妈妈会更自责难过的吧。于是多宝什么都不说，听妈妈的话，学习，学习，再学习。好在现在的多宝对学习一点儿也不反感，多宝可是知道的，一个航海家需要懂得许多东西，船长就有两个学位，会两门外语呢！

和妈妈不同的是，多宝的爸爸信任多宝，相信他能搞定自己所有的事情，对多宝的学习，爸爸从不多问。"作业写完了吗？"爸爸常常一边看案卷，一边头也不抬地问上那么一句。似乎只要多宝回答"写完了"，爸爸就尽到了一个父亲的责任。因此，多宝总是回答"写完了"。当然，多宝的爸爸也是个好爸爸，只不过多宝的爸爸总是很忙——可这年头，又有谁的爸爸不忙呢？

多宝的妈妈也不清闲，她要上课、备课、写论文，没有什么空余的时间。但和爸爸不一样的是，妈妈总在努力让多宝也忙起来。

多宝的妈妈有一张十分宽大的书桌，每天晚上，妈妈坐在这边看书，多宝坐在那边写作业。多宝写完作业，妈妈会给多宝检查，然后，和多宝一起预习第二天的新课。多宝上床睡觉了，妈妈还要再看一会儿书。多宝从来都不知道妈妈到底是什么时候上床睡觉的。早上，多宝睁开眼，妈妈已准备好丰盛的早餐。多宝洗漱的空隙，妈妈也会抄起一本书来看。

多宝的爸爸妈妈分开的时候，多宝伤感地问爷爷，爸爸妈妈为什么要分开。

"有时候，就是会有这样那样不如意的事情发生。"爷爷回答不了多宝的"为什么"，末了只好对多宝说，"你爸和你妈呀，活得跟老海狗一样！"

以前，多宝不懂爷爷这话，现在，多宝有些明白爷爷在说什么了。如今爷爷八十岁了，每天都要摇个小舢板到海上去遛个弯。爷爷说，要是不这样做的话，他很快就会死掉。老海狗不下海，岸上的日子也无法继续下去。爷爷还说，每个老海狗，都有自己的鱼要捕。爸爸妈妈也有各自的"鱼"要捕，这没有什么不好。只是，不凑巧的是，他们一个要捕鲅鱼，一个要捕鱿鱼。——这也没有什么不对。

于是，多宝也尽量做好自己的事情，好好捕自己的"鱼"。

这晚，多宝坐在妈妈对面，不动声色地写作业，心里却打定主意，明天下午要赴高教练之约。吃晚饭前，他跑到阳台上，偷偷给爸爸打电话，想先跟爸爸沟通好，看能不能让爸爸做做妈妈的工作。多宝打通了爸爸的电话，却无人接听。显然，爸爸正忙着呢。

"捕鲅鱼时就不能钓鱿鱼。"多宝想，"爸爸在捕鲅鱼。"

"也好。"多宝又想，"即使爸爸接了电话，爸爸也只会站在妈妈一边的吧，为的是'为多宝好'。"虽然多宝的爸爸和妈妈不在一起生活了，可是他们操心起多宝的事来，齐心协力得就像共同驾驶一艘船。

年幼的多宝曾经问过爷爷一个很可笑的问题：既然捕鲅鱼时不能钓鱿鱼，那到底是捕鲅鱼好还是钓鱿鱼好呢？爷爷的回答是：

"难道你连自己想要吃什么鱼都不知道吗？"

这晚，坐在妈妈对面认真写作业的多宝，可是很清楚地知道自己想要吃什么"鱼"的呢。

转眼就是"明天"。吃过午饭，趁妈妈在厨房洗碗之际，多宝把自己的背包抱在怀里，偷偷溜出门去。出小区大门，多宝跳上了一辆公交车，他关了手表电话，从背包里摸出那本漫画书看了起来。多宝看到了最关键的一节，讲的是船长在出发之前发现J1帆老化，临时又从法国调来备用帆的事。船长是个谨慎的航海家，为航行做了足够充分的准备。

"不打无准备之仗。"爷爷也曾这么说。

一直看到结尾，多宝也没有看到关于船长落水原因的具体分析。多宝合上书，看着车窗外不停往后跑去的房子、树木和行人，心里有点儿莫名地忧伤。

"没有什么原因，有时也会有这样那样不如意的事情发生。"多宝想起了爷爷曾说过的话。

在书的最后两页，船长接受记者采访。记者问船长："您为什么要选择做一个航海家？"不善言辞的船长沉默了好一会儿后，说：

"有时候，走遍天涯海角都找不到的东西，回到岸上就发现了。"

多宝转了三趟公交，准时赶到了帆船训练基地，一路小跑着向红飞鱼跑去。果然，黑T在船上呢。黑T冲多宝招了招手，多宝连忙把鞋脱了，从背包里拿出帆船鞋换上。上了船，多宝发现，红飞鱼的船舱和夹板白得像雪一样，多宝简直不敢落脚。

"跟爸爸妈妈说了吗？"黑T一边整理帆索，一边问。

"嗯……"多宝含糊地支吾了一声。

黑T打量了一阵儿多宝后，说："你可以呆十分钟。"他看了看手表，抬手示意道："随便看看吧。"

多宝走到黑T身边，黑T正擦拭固定帆索的螺丝扣和开尾销。漫画书里船长示范过航行前的准备工作，船长说，有许多帆船的桅杆，就因为少了一个不到十块钱的开尾销就折断了，导致航行功亏一篑，有的甚至造成了无法弥补的损失。这也就是教练们常告诫学员们不要犯的"重大低级错误"。检查绳索也很重要，确保它们没有缠绕在一起，确保它们没有损伤，确保绳结好好的，不会穿过风帆和滑轮……任何一个细节都不能疏忽。帆也一样。多宝知道，红飞鱼除了三十米高的主帆外，还有包括大三角帆和J1帆在内的四具辅帆，每面帆都要比多宝的小白鲨还要大。不航行的时候，这些帆当然是要用淡水冲洗过，然后晾干好好保存的。

多宝把头探出去，仔细观察着："右侧浮筒有被硬物撞击的痕迹。"他记得最初的报道里有这样的信息。

"左侧浮筒也被撞过。"黑T忙着手里的活,头也不抬地说。

"被什么撞的?"多宝回头问。

"什么东西都有。"黑T说。

多宝的小白鲨就曾撞到过一只小铁皮盒子,黑T说的没错,大海里什么东西都有。

多宝下到船舱。船舱并不大,可是干净、整洁,多宝到处摸摸、看看,样样东西都摆放整齐,样样东西都干干净净的,似乎都在安静地等待船长归来。多宝爬到狭小的吊床上躺下,舱板上贴着一张照片,就在头顶上方,是船长和他的妻子、孩子,一家人笑得很开心。多宝看着船长的孩子,那还是个小婴儿,被船长小心地圈在臂弯里。船长失踪后,红飞鱼去过那么多的地方,可这张照片却一直留在了这儿。

"走遍天涯海角都找不到的东西,回到岸上就发现了。"

刚看到这句话时,多宝一点儿也不懂船长在说什么,什么东西天涯海角都找不到,回到岸上就发现了。此刻,躺在船长的船上,多宝好像有些明白了。

多宝闭上眼,想象船长一个人在船上的情景。

"夜晚,风速二十七节,浪高六米,船在风浪中像树叶一般被高高抛起,然后重重落下,主帆撕裂,后帆脚的绳索在剧烈的摇晃中断裂了……"船长曾在一次单人不间断环球航行中遇到强风暴。多宝后来看船长的航海视频时,紧张得不敢喘气,他从未见过那么大的浪,像一堵墙一样高高立起,当空压下。当然,这次险情船长处理得很好,他没有急着去补帆,而是系好安全绳,在船体摇摆达到六十多度、落差达到十来米的情况下,艰难爬到船头,将主帆落下捆好,单独使用前帆行使,度过了危险的一夜。

"有些事情,我们需要等到明天再做。"船长这样告诫大家。

多宝从船舱里出来,黑T背对着他,坐在船头抽烟。多宝走过去,在黑T身边坐了下来。天气晴好,无风,幽蓝的海面像是一碗没放稳的水,轻轻晃动,细碎的波光在海面上活泼地跳跃着。多宝拿过一根绳索,打起结来。八字结、单套结,多宝打好一个,解开又打另一个,熟练得很。

"不是事故,也不是意外,对不对?"多宝说。他很想跟黑T说说黑鳍飞鱼，不过他又觉得黑T应该也知道。

多宝上了船长的船，只感受到宁静祥和的气息，它甚至还给了多宝梦一般甜美的感觉。就像多宝班上那些安静可爱的小女生，红飞鱼根本不像经历过什么不幸，相反，它似乎在告诉多宝，它准备好了，随时可以开启一场全新的航程。

黑T摸了摸多宝的头，看着前方，没有回答多宝。

"走遍天涯海角都找不到的东西，为什么回到岸上就发现了？"多宝又问。

"因为，每当从海上回来，你会发现，岸上的一切都更简单明了。"

多宝还是有些不明白，不过，就像起航需要等待风一样，现在多宝也不急着弄明白。但多宝默默记住了这句话，他相信自己会有无数次机会来印证它。

两个人都没有再说话。多宝感觉很漫长的一段时间过去了，就像有好几十个十分钟。多宝放下绳子，打开手表电话，妈妈的电话像咬钩的鱼一样追了进来。多宝一手盖住手表，等妈妈如雨儿点般密集的说话声过去后，对手表里的妈妈说道："我在码头。"多宝刚挂了妈妈的电话，爸爸的电话又跟了进来。爸爸倒是很镇静："去码头了，是吧？"爸爸不愧是个破案高手。"昨天妈妈跟你商量见外教这事，你可没说不见。所以——"爸爸在电话里很温和地说道，然后又用了不容商量的语气说道，"外教还是要见的，你妈马上过去接你，你快出去吧。"

多宝跟黑T告别，拾起背包，起身离开。

"有时候没有什么原因，这样的事情也会发生。"黑T突然说道。

多宝回过身来看黑T。

黑T伸了个懒腰，斜躺在甲板上，他指着前方的大海，回头问多宝："它很吸引你，即使爸爸妈妈不支持，对不对？"

多宝点了点头。

"当你每次返航，都更像一个男子汉了，爸爸妈妈就不会说什么了。"黑T说着笑起来，"我们都这样过来的，老海狗也一样。"

多宝愉快地跟黑T挥手告别。这是他第一次听黑T说老海狗，不用问，他很确定黑T说的是船长。

（原载《儿童文学》2018年第7期）

小马过河

我和平结婚七年，没有孩子，也似乎没有人们常说的七年之痒的问题，我们的日子过得很平静。我们常常一起出去吃饭，偶尔参加朋友们的聚会，一年中也会有那么一两次短途旅行。我和平都不喜欢坐飞机，所以我们能去的地方都不太远。平是律师，而我这辈子还没有从事过任何朝九晚五的工作。是的，你可以说我是家庭主妇，我打扫房间，洗衣做饭，去超市购买一个家庭所需的一切日常用品。但这并不是我生活的全部。偶尔我写写小说，乡村、爱情、婚恋、谋杀，甚至职场，题材多样，可以说，在一个虚构的世界里，我是个多面手。我和平算不上有钱，但也无须为衣食住行过度操劳，当然，我们也从不敢因此就让自己闲着。

有一年的五月，天气似乎比往年要暖和一些，只是到月中，山里的樱桃就都红了。一天，我和平应邀参加了一位朋友在他的山间别墅里举行的樱桃品尝会。我们的这位朋友是一位成功的商人，经营一家进出口齿科材料的公司。朋友别墅的后院里，一棵栽种了七年的拉宾斯樱桃树硕果累累，就像挂了满树的深红色玛瑙。我和平，朋友和他新娶的唱茂腔青衣的年轻妻子，还有一位肤色健康的中年旅行家，我们五个人坐在缀满了红玛瑙的樱桃树下喝茶，吃樱桃，聊天。樱桃非常甜，肉脆而多汁。两位穿着白色制服的厨师在院子的另一边忙着我们的晚餐——两只烤乳羊，羊是旅行家刚从内蒙古大草原上带回来的。

我们的朋友非常健谈，而且很能调动气氛。尽管我和平与旅行家是第一次见面，但在朋友巧妙的插科打诨下，我们和旅行家之间很快就消除了陌生感。旅行家去过很多国家，每当他谈到某个国家的时候，我和平首先想起来的会是一幅世界地图，然后是这幅地图上某个大概位置上的一小块地方。我用沾了茶水的手指在桌子上画出那些地方，平偶尔也用沾了茶水的手指修正我。对于像我和平这种没有出过远门的人来说，这是件非常有趣的事情。就这样，我和平喝着茶，吃着樱桃，坐在朋友的后院里兴致勃勃地跟着旅行家去了世界上的许多地方。后来，我问旅行家哪个国家最令他难忘，旅行家想也没想就说，图瓦卢。

朋友夫妻俩也没有去过这个国家，甚至跟我们一样几乎没有听说过这个国家，所以当旅行家说图瓦卢时，我们四个人异口同声地问道，哪里？

旅行家将两只结实的胳膊抱在胸前，冲我们点了点头，说，图、瓦、卢！

旅行家是在三年前去的图瓦卢。那一年年底，旅行家结束了他的南极之行回到上海休整。那时旅行家的女友还是个上海人。有天早上，旅行家坐在女友位于二十七层高楼的公寓里，沐浴着隔窗照进来的暖暖阳光，翻看当期的《国家地理》杂志。这一期的《国家地理》刊登了旅行家拍摄的几张南极冰原的照片，编辑说过会对照片做适度的裁剪。旅行家打开杂志看了看，觉得编辑的处理还能接受，他的心情一下轻松起来。旅行家的女友在一家外资企业工作，早早就出门上班去了，房间里非常安静，楼下的车水马龙似乎都被消了音。旅行家为自己泡了杯咖啡，走到窗前的沙发上躺下来，并随手打开了电视机。旅行家本想调到体育频道看他喜欢的篮球赛，但电视里的一个肤色棕黑的中年男子吸引了他。这个男人西装革履，可是神情却无比悲伤，他站在一个话筒前，手里攥着一沓稿纸，有那么一段时间，男人一句话也没有说，这沉默带给现场的压抑感连躺在沙发上的旅行家都感受到了。旅行家坐了起来，专注地看着这个电视里的男人。终于，男人把稿纸放下，看着镜头用英语说道：

"今天早上醒来时，我哭了。作为一个成年人，这很难启齿，但我的国家的命运，就掌握在诸位手中……"

旅行家看电视下方的滚动字幕才知道，电视里正在播放的是全球气候大会，各国代表齐集一堂，讨论如何应对全球变暖的问题。这个神情悲伤的男人，是地球上地势最低的国家——南太平洋岛国图瓦卢的代表费里，费里要求大会通过一份有约束性的协议，保证到2050年时全球平均温度升幅少于1.5℃，以免他的国家因气候变暖、冰川融化而遭遇灭顶之灾。

费里的悲伤令旅行家动容。接下来的几天,旅行家都准时坐在电视机前收看电视。最后,气候大会通过的协议是将全球气温的升幅控制在2℃。显然,这已超过了图瓦卢所能承受的限度。全世界共同抛弃了图瓦卢。可怜的费里!这晚临睡前,旅行家和女友谈到了图瓦卢和这个2℃。女友说,真不幸。她拍了拍旅行家,打了个长长的哈欠沉沉睡去。旅行家却睡不着,他仿佛看到他镜头里的南极冰原融化成了另一个海洋,正向图瓦卢奔涌而去……他躺在女友宽大柔软的床上,感到异常沮丧。在一个人的旅行中,旅行家时常会有这种沮丧的感觉,他到过那么多的地方,几乎每一个地方都有一两件可怕的往事。历史总是以令人困惑的方式一遍遍重演,那些在不同年代里留下来的万人坑、战争遗址、大屠杀遗址几乎遍布了这个世界的每一个地方。可以说,时光在每块土地上都留下了一个幽深的黑洞。旅行家常常觉得自己不过是行走在一段段的时光里,每一段时光之间都是鸿沟。有时候,旅行家晒着陌生地方的安宁祥和的太阳,想到人之不可解析不可捉摸,心里就陡生悲凉。

旅行家决定去看看图瓦卢。

旅行家花了两天时间,从上海飞到斐济,然后从斐济飞到图瓦卢。图瓦卢比旅行家想象的还要小,飞机场也是条公路,只能降落像萨博100这样的小型飞机。每当飞机降落的时候,全国的人都会跑来围观。一群结实得像海豹的少年将旅行家领到了一名当地妇女开的家庭旅馆,这名妇女叫翠薇亚娜。翠薇亚娜的房子建在几根粗笨的柱子上,旅行家的房间下面就是翠薇亚娜的猪圈,涨潮的时候,海浪像辆巨大而笨重的汽车轰轰地开过来,在猪的嗷嗷叫唤中穿房而去,直扑岛的另一边……旅行家像翠薇亚娜那样闭上眼睛,跪坐在一张用棕榈叶编就的席子上,耐心而安静地等待潮水退下去。翠薇亚娜告诉旅行家,她小的时候,小岛要比现在宽很多,每回去海边,她都要穿过一大片椰林,还有那些开在低洼处的芋田。而现在,海,蔚蓝的大海已涌到了她的窗前。"海水淹没芋田的时候,我就决定不要孩子了。"翠薇亚娜对旅行家说,表情木然地叹道,"现在看来我是对的。"她交代旅行家:"晚上不要出门,小心掉进海里。"

旅行家在图瓦卢待了两天,过去他从未像这次旅行中这样沉默。他走遍整个图瓦卢,几乎没有跟当地人交谈过——他跟他们说什么好呢?在日益逼近的大海面前，旅行家变得跟当地人一样茫然。当下一班飞机降落到岛上时，旅行家竟不由自主地跟在当地人身后向机场跑去，他跑到半路上，猛然回过神来，那架飞机，除了会带来几个像他这样的好奇的观光客外，什么也不会带来。旅行家停下脚步，羞愧满面。他回到翠薇亚娜的小屋，收拾好行李，飞快离开了图瓦卢。

"可是后来我常常做一些奇怪的梦，我总是梦见自己睡在一片漂浮在海水中的树叶上……"旅行家看着我们，有些疲惫地说。

我们的朋友年轻时攻读过心理学专业，他笑着对旅行家说："那是因为你在梦里把自己变成了图瓦卢人。"

朋友的年轻妻子点头表示赞成。朋友的妻子是茂腔剧的传人，她讲了她头一次登台唱茂腔名剧《罗衫记》的感受，那大约是七八年前的事情。朋友的妻子扮演的是《罗衫记》里的郑月素，郑月素随夫赴任，路遇水贼，家破人亡。朋友的妻子说，她读剧本的时候，一切都很平常，不过是个故事而已。可是当她到了台上，演到丈夫被水贼推到河里的那一段，她竟哭得肝肠寸断，晕厥在地。那时候她才十七岁，根本没有丈夫，甚至连恋人都还没有。忆及当初，朋友的妻子一只手作兰花状掩在腮边，一只手抬到胸前似托着水袖。她低头笑道，哎呀那时候，可真傻！

我们的朋友总结说，入戏太深，是一切痛苦的根源，而淘汰，不过是人生的常态。他以他最熟悉的东西——牙齿为例，说人最初没有牙齿，后来会长出乳牙，乳牙会被新长出的牙齿取代，这些后来长出来的牙齿最后会被假牙取代，当我们再也没有什么东西可以被淘汰的时候，人生也就走到了尽头。我们的朋友微微一笑，摊开双手，说，图瓦卢，就是人类被逐渐升温的气候淘汰的一颗牙齿。

我的丈夫平一直是个出色的听众，他只有在法庭上才会口若悬河。平带着一种陷入沉思的表情说，这很无情，不过很早以前，我就听说过一个"谁也不救"理论。

谁也不救理论？

是的，谁也不救！平说，一位西方的经济学家曾把穷国和富国都比喻为漂在大海上的救生艇，当那些管理不善的穷国发生沉没的危险时，经济学家认为富国最正确的做法就是谁也不救。

这是我头一次听平提到这个荒谬的理论，于是我非常惊讶地问道，当富国对穷国的沉没负有责任时，也不救吗？

可不是嘛！旅行家愤愤地说，就像图瓦卢，人人都对气候变暖负有责任，可是无人因此而为图瓦卢做点儿什么。

平叹了一口气，轻轻拍了拍我的手背，说，亲爱的，集体负责，常常意味着没人负责。

可悲的图瓦卢！我们的朋友感叹道。他看着旅行家问道，你见过非洲角马迁徙吗？

旅行家点了点头。

我们的朋友说，那还是十多年前，我去肯尼亚碰巧看见过，角马群过河觅食的时候，成年的马会逼着小马和大家一起从有鳄鱼的水域经过，不准小马选择安全的浅滩，因为那些没有鳄鱼的浅滩只有在特别干旱的年份里才有，小马必须面对凶险，它们不能指望得到成年马群的特别照顾，要想活下去，只有成功地跳到河对岸。

旅行家补充说，是的，角马迁徙的场面令人震撼。

我们的朋友把身体重重地靠在椅背上，将十指都插进灰白的头发里往后捋了捋。"朋友说，每匹马似乎都明白一个道理，决不能因为有小马被鳄鱼咬住就停下脚步。"他伸出两根手指在空中挠了挠，接着说，"马群踩着被小马的鲜血染红的河水，就那样往河对岸狂奔……"他停下来，摇摇头，把手放了下来。

一时间大家都没有说话。

过了一会儿，朋友的妻子捧起了桌子中央那篮刚摘下来的樱桃，朝我们次第递将过来。"好了好了，就当图瓦卢人是没能过河的小马，他们掉进了鳄鱼的嘴中，我们呢，顺利跃过河岸！来，多吃点儿樱桃以示庆贺吧！"朋友的妻子调皮地说。

我们的朋友也挥了挥手，说道，是的，过好我们自己的日子吧，不用为图瓦卢人担心，没准他们可以适应水下的生活，长出腮来呢。

我们都被他这个有趣的想法逗笑了。

这时，厨师开始给我们上烤乳羊和红酒，还有蒜香烤青口、清蒸花蛤和贻贝。美味的食物转移了我们的话题,我们就像约好了似的,直到聚会结束也没人再提图瓦卢。旅行家也一样。

就在那一年,我和平已经在计划要个孩子了。聚会过后,我们还是按原先与医生约定的时间去做了全面体检,我和平的健康状况良好。但是,不知不觉地,我们要孩子的计划又被拖了下来。有时候我们是被手头上的工作给耽误了,作为一名律师,平有时候会很忙,而我偶尔也凑巧有部新书要写。有时候,我们又有别的什么事不得不先做。有时候呢,什么事也没有,我们却又没有心情行此事。总有这样那样的原因,总有。光阴荏苒,眨眼我们年过四十,精力大不如从前,平的血压开始高了,而我从镜中看到的自己,也正在一年年老去。至于那个计划中的孩子——有天我看着镜中的自己,突然想起了在那天的聚会上,旅行家提到的翠微亚娜说的那句话:"海水淹到芋田的时候,我就决定不要孩子了。"而我也清醒地意识到,倘若没有什么特别确定的措施,我和平要个孩子的计划可能也会付之东流。想到这里,我的心就像被一只小手——一个孩子的一只柔软小手揪紧了。

从那一天开始,我特别地留意起孩子来。他们坐在超市的购物车上东张西望的样子,他们背着沉甸甸的书包、受惊的小鹿般仓皇穿过马路的样子,还有他们在小区的广场上玩耍、尖叫时的样子,常常会令我心跳加速,呼吸不畅。天哪,在这个一切都在狂飙突进,就连汽车都跑得又粗鲁又疯狂的时代,他们显得是多么娇弱呀!我真想把他们每一个都拥进怀里,每一个!我知道自己只需要下一个决心。好像那个孩子,我和平计划中的那个孩子,就藏身于我们生活中的某处,只要我们热切地呼唤一声,他,或者她,就会咯咯笑着跑出来与我们相会。每每想到这里,我就变得兴奋而紧张,也常常因此辗转反侧,彻夜不眠。但即便是如此,我和平也依然没能下定这个决心。平再次忙起来,他接受了一位倒霉的父亲的委托,开始打一场注定会旷日持久的官司。这位悲情父亲的第一个孩子遇到劣质奶粉,患了结石,第二个孩子遇到的是假疫苗。在我们的国家,这位父亲和他孩子的遭遇广为人知。而我,则开始动手写一篇新小说。

我在我的新小说里,写到了旅行家。

那次聚会过后,山里的樱桃又熟了好几回,我和平却都没有再和朋友夫妻俩联系过，他们也没再向我们发出邀请。那棵拉宾斯樱桃树下，也许年年都坐着不同的人，不同的人应该会有完全不同的话题。我在动手写这个小说前，犹豫过要不要打电话给我们的朋友，我想也许可以从他那里知道些旅行家的消息。我犹豫了一段时间，最后还是放弃了这个打算。小说写得还算顺利，就像加西亚·马尔克斯说的那样，写东西就跟做张桌子一样难，因为所用的材质都坚硬——可做张桌子到底又能难到哪里去。小说写出来后，很快就发表了。我用我认为合适的方式，将旅行家的故事做了修改，在小说里，全球气候大会一致通过了将温度升幅控制在1.5℃的协议，海水慢慢从翠微亚娜的窗前退去，将她的芋田交还给了她。她的孩子们——在小说中我让她生了两个小孩，一个男孩，一个女孩——结实、漂亮，有着特别纯真而快乐的笑容，他们用椰子树花梗的汁液酿酒，教旅行家下海捕鱼，用珊瑚的形状、颜色预测旅行家的爱情……旅行家因此得到了很多非同一般的人生体验。与以往不同的是，写这篇小说时我并不觉得自己虚构了什么，我坚信这一切就是生活向着虚空的真实延伸。是的，我得承认，我过分利用了一个作家的自由，就好比一个自告奋勇的家伙，他披挂整齐，威风凛凛地打马上阵，可等到了阵前，结果却只是虚晃一枪了事。可是，小说写完后，我个人获益匪浅。当然我不是在说稿费，也不是在说名声。这你懂的。

平继续打他的官司，而我，继续写着。写完旅行家的故事后，我的世界好像突然大了，它变得富有弹性，似乎可以任由我将它向四周拉伸。我在我的新书里写到了我早已去世的母亲，虽然我从不知道我的父亲是谁，他去了哪里，但童年时和母亲生活在一起的日子也算得上平安快乐，尽管不乏艰辛，我很知足，因而从不追问。母亲在生命中的最后几个月，蜕变成了一个无助的羞涩的孩子。我在书中详细地描写了我为她清洗时的情景。她拉到了床上，弄得到处都是屎尿。我把她的衣服脱光，双手叉在她的腋窝下，将她赤条条地举到浴室去——那时候她已变得跟个婴儿一样轻。我甚至仔细描写了浴室中的一把椅子，那是一把竹椅子，我从旧货市场上买来的。我一眼就相中了它。母亲赤裸着坐在椅子上，脸上带了点儿羞涩的笑，我调好水温，用淋浴花洒喷头为她清洗时，她会竭尽所能地配合我，将头偏一偏，或是努力将那只还能动一动的胳膊抬起来。我给母亲清洗完，用浴巾把她包裹起来抱到另一张干净的床上去，然后我在她干瘪的屁股、皱巴巴的腋窝还有大腿根部扑上婴儿爽身粉。做完这一切，我常常会轻轻拍拍母亲因为衰老而走样的脸，说："再拉到床上，我会打屁股哦。"母亲缩在干净的被子里，一句话不说，只是羞涩地笑着，都不好意思朝我看。当然，我在书中也没有回避那些会令我难为情的细节，母亲再次弄脏自己和床单时我陡然而生的厌恶心情，有那么几次，我甚至盼望她早点儿死去。还有那把椅子，当时我相中它不是因为它坐起来比较舒服，而是因为它的坐板上正好缺了两根竹条，可以方便冲洗……不管怎样，我还是很庆幸自己没有像大多数人那样，敷衍了事地把母亲送到那些管理不善的养老机构去。在母亲生命中最后的，也是最艰难的一段旅程里，我坚持为她做了这些。表面上看来，似乎是我，正是我帮助母亲比较体面地实现了向人生另一岸的成功一跃，其实仔细想想，又何尝不是母亲在帮我？

　　写完新书后的一天，我去超市采购。在距我家两条街道之远的地方，有家日本人开的超市生意十分红火。超市开张的头两年，门可罗雀，多年前日本人端着刺刀进入这个城市的情景大家都还依稀记得。不过，就像旅行家所说的那样，每段时光之间都是鸿沟，人们匆忙活着，慢慢将带血的往事深埋沟中。再说那些谦卑的日本人做起生意来也真是很有一套，他们不停地鞠躬，渐渐赢得了人们的信任。近几年来，我也总是在这家超市采购食品。

　　就在我拿起一罐有降血压功能的燕麦片时，突然感觉到似乎有人正在不远处打量我。我扭过头去，在货架的另一头，旅行家手推购物车正站在那儿朝我张望，见我看他，他笑着冲我招了招手。

　　我很有些意外，没想到他会这样出现。我们相互打了个会意的手势，各自推着小车，越过拥挤的货架和人群，来到收银台前一块较为空旷的地方碰头。

　　旅行家对我说："你一点儿也没有变。"

　　"怎么可能？"我笑道。

　　他可是比以前显得老了些，额头上方出现了一个很大的 M 型发线，但行动依然敏捷，体格看上去也还结实健壮。我问他近来可好，有没有去新的地方旅行。旅行家告诉我，他结了婚，和一个我们本市的女孩。前几年他一直在外边跑来跑去，汶川地震后他在灾区待了两年多，帮当地人找水、建房。他和他的妻子也是在那边认识的。

"她是一个心理康复师。"一个微笑在旅行家的嘴角荡漾开来，他微微偏着头，有那么几秒钟，他似乎在寻找合适的词语，好向我进一步介绍她。过了一会儿，他笑着摇摇头，简单说道："她很勇敢。"

"真好！"我说。

"我们有了个孩子，八个多月大，近来我一直待在家里。"旅行家说。至于以后还会不会出去，他笑了笑说现在还真说不好。

我这才注意到他手推车里有几罐进口婴儿奶粉，还有两大包纸尿裤。当他问起我和平过得怎么样时，我简单地回答一切都还好。事实也是如此，一切都还是老样子，我和平仍然在一起，也仍然没有孩子。时间似乎只是白白地从我们的生活里流了过去。我看着旅行家手推车里的婴儿奶粉和纸尿裤，突然有些惆怅起来。那个孩子，那个听从我和平的怯懦的安排，一直乖乖隐身于我们生活中某个角落的孩子，会不会等得不耐烦了呢？

我曾在写完那篇关于旅行家的小说后，常常很纠结地想，如果有一天碰到旅行家，我要不要跟他说说我那篇小说呢？如果要说，我又该如何说起？我篡改了他的故事，他会不会介意？等我真的站到了他的面前，才知道这纠结真是多此一举。

于是我只是问他："那个梦，还做吗？"

旅行家一时有些困惑。我做了个波涛起伏的手势，说就是那个梦见自己睡在一片树叶上的梦。

"哦！"旅行家笑了，说，"要想不做睡在一片树叶上的梦，那就只有真的睡到一片树叶上面去。"

这句话听上去像个玩笑，可我知道他说的是真的。

回家的路上，在马路边等红绿灯的一刻，我突然想起来，无论是我还是旅行家，谁都没有提到那位请我们去吃樱桃的健谈的朋友，还有他那娇媚的唱茂腔青衣的年轻妻子。那次聚会过后，旅行家和他们还有联系吗？他们，还好吗？到现在我都不得而知。不过我想，无论如何，他们至少应该都还活着吧。生而在世，我们都不得不这样，尽自己所能，活着。

(原载《文艺报》2012年4月27日总第46期)

编选后记

为深入贯彻落实《中共山东省委关于繁荣发展社会主义文艺的实施意见》，全面实施"文学鲁军提升工程"，进一步培养推介优秀青年作家，推动我省文学事业繁荣发展，在省委宣传部指导支持下，山东省作家协会启动了《山东青年文学名家文库》（以下简称《文库》）的编选工作，集中推介10位近年来创作成绩突出的优秀青年作家的作品精选集。

省委宣传部领导对《文库》的编选工作非常重视。省委宣传部主持日常工作的副部长王红勇和省委宣传部副部长程守田多次对编辑出版《文库》提出指导性意见，给予了大力支持。

为确保编选工作的质量和权威性，省作协组建了由有关领导、专家组成的编委会。编委会对入选青年作家的人员构成、文学导向的宏观把握、题材和体裁的合理布局、风格形式的丰富多样以及总体设计的协调统一等方面，进行了认真研究，确定了编选方案。

入选作家的基本标准，一是发表、出版作品数量多、质量高；二是作品格调健康、积极向上；三是年龄45岁左右，特别优秀者可适当放宽，但不得超过50岁（1967年1月1日以后出生）；四是在全国文学界有一定的影响力和知名度，获得过省级以上重要文学奖项。

编选工作正式启动后，先是下发通知，请各市、大企业、行业系统文联（作协）和省作协各文学专业委员会推荐候选人；为避免遗漏，又请省作协主席团成员和省作协签约文学评论家每人推荐10人。在汇总两次推荐意见的基础上，确定了提交评审专家讨论的候选人选。中国作协党组成员、书记处书记、中国作家出版集团管委会主任吴义勤，中国作协办公厅主任李一鸣，中国作协创联部主任彭学明，《文艺报》总编辑梁鸿鹰，《人民文学》主编施战军，中国当代文学研究会会长白烨，中国报告文学学会常务副会长李炳银，中国当代文学研究会副会长贺绍俊等领导和专家参加了在北京召开的评审会，在充分酝酿讨论的基础上，投票评选出10位入选作家。

  入选的10位作家是我省近年来创作成绩突出的青年作家的优秀代表。其中，小说作家7人，诗歌作家2人，散文作家1人。《文库》收入的是能够代表其最高水平的、已经在正式报刊上公开发表的作品的精选集。需要特别说明的是，近年来我省文坛涌现出的创作成绩突出的文学新人较多，遗珠之憾肯定在所难免。

  省作协领导高度重视这项工作。省作协党组书记姬德君、省作协主席黄发有牵头统筹《文库》各项工作。党组成员、副主席李军、葛长伟指导协调《文库》编选工作。省作协副主席、创联部主任陈文东带领创联部同志承担了《文库》从征集到评审、出版的各项具体工作。张学军、丛新强、贾振勇、刘照如、陈夫龙、李纪钊、李春风、刘青、赵月斌等专家学者和省作协有关业务单位负责同志参加了《文库》入选作家的补选优化论证会，提出了许多建设性意见和建议。省作协办公室为《文库》评审、出版做了许多保障性工作。山东文艺出版社对《文库》的出版工作给予了大力支持和帮助。在此，谨向所有为《文库》编选出版工作给予大力支持和付出辛勤努力的单位和个人，表示诚挚的感谢！

编者
2019年12月